U0689948

启真馆 出品

云上的天空

从 中 东 到 南 美

张小东　著

ZHEJIANG UNIVERSITY PRESS
浙江大学出版社

图书在版编目（CIP）数据

云上的天空：从中东到南美/张小东著. —杭州：
浙江大学出版社，2014.5
ISBN 978-7-308-13170-4

Ⅰ.①云… Ⅱ.①张… Ⅲ.①散文集－中国－当代
Ⅳ.①I267

中国版本图书馆CIP数据核字（2014）第094501号

云上的天空：从中东到南美

张小东　著

责任编辑	王志毅
文字编辑	周元君
营销编辑	李嘉慧
装帧设计	八月之光
出版发行	浙江大学出版社
	（杭州天目山路148号　邮政编码310007）
	（网址：http://www.zjupress.com）
制　作	北京百川东汇文化传播有限公司
印　刷	北京天宇万达印刷有限公司
开　本	635mm×965mm　1/16
印　张	14.5
彩　插	4
字　数	201千
版 印 次	2014年5月第1版　2014年5月第1次印刷
书　号	ISBN 978-7-308-13170-4
定　价	39.00元

版权所有　翻印必究　印装差错　负责调换
浙江大学出版社发行部联系方式：（0571）88925591；http://zjdxcbs.tmall.com

行者小东

经历是一笔财富。这话没错，但严格地说，只有用思想沉淀过的经历才能算是真正的财富。在这方面，小东一直非常富有！

2005 年，小东刚进公司时，我曾是小东的导师，在企业内部，导师其实更像师兄，既然是师兄，就更容易说些掏心窝子的话。心理学专业毕业的小东，学者气质非常明显，善于见微知著，而且爱憎分明，敢说敢做，冲劲十足。这种气质为他赢得过很多机会，也让他曾经受过不少挫折，但他始终坚守自己内心的原则去对待工作，思考人生，不改其乐。

八年的职场生涯，从中东到南美，从浩瀚的沙漠到茂密的热带雨林，小东一路走来，一步一个脚印，步履坚定。

经历，并没有磨平他的棱角，反而把他的棱角磨得更加突出，更加优雅，也正是这些优雅的棱角让他把经历变成了真正的财富，并用真挚的情感和细腻的笔端，为我们娓娓道来。这里既有国际化大公司在全球化背景下人力资源政策如何在本地国家落地的大胆探索，也有在跨文化冲突和碰撞中展现出的人性之美，既有异域风情的神秘和魅力，也有对文化和文明的思考和感悟。一篇篇隽永的短文像一颗颗熠熠发光的珍珠不断折射着理性的光芒，而整本书又像是巴西美丽的科帕卡巴纳海滩，阳光、沙滩、美女，贝壳、海参、海螺儿，应有尽有，相信读者定会在其中遇到捡到自己喜爱的宝贝。

2013 年初，在公司发展很好的小东忽然选择了离开，作为导师的我既惋惜，也有些不解。后来，小东发来书稿邀我写序，看到"云上的天空"这几个字，我豁然开朗，这或许就是小东执意要走的原因吧。

也许小东命中注定是一只鹰，既然是鹰，那就尽情地去探索云上天空的奥妙吧！

永远在路上，行者小东！

人力资源师 蔡永达
2013 年岁末于深圳

目
录

工作，就是丰富多彩

世界奇如斯

那些人，那些事

独在异乡为异客

工作，就是丰富多彩

身份的焦虑

从伊拉克的阿尔比尔回苏莱的路上，一路下着淅淅沥沥的小雨。有审美情趣的司机带我走了一条山路，到山顶时，行驶在云里雾里，煞是好看。因为有大雾，车子走不快，到苏莱时，已过中饭时刻。我本想在路上找家餐厅吃，但司机说他不想吃，可以等我，我只好作罢。回到苏莱，司机忽然邀请我去他家，并跟我解释，他不到万不得已，从来不在外面吃饭，一定要在家吃饭。于是我就随他去了他家。

这是一个普通人的小家，一栋平房，在外面看并不起眼，但是进屋后却不得不惊叹。从进门的那一刻起，我就明白了这个司机为什么几乎从来不在外面吃饭：这个普通库尔德人的家庭实在太过干净、太过温暖了。米黄色的地毯，走着都觉得干净。外面下着小雨，室内的厨房里，放着老式的煤油炉，闪着蓝色的火焰，整个屋子弥漫着一股静谧的暖意。年迈的母亲，穿着典型的库尔德黑袍，从头到脚，慈祥地朝我笑，说着库尔德语欢迎我的到来。我坐下后，库尔德老妈妈端上了用小麦和牛肉一起煮的食品，贴心的本地司机知道我不吃羊肉、爱吃米饭，提前打电话给家里，让老妈妈准备了牛肉和类似米饭的食品。我吃的时候，安详的老妈妈一直朝我们笑，并不时地催我再多吃点。

吃完饭后，被请到客厅里坐着喝茶。客厅也是一贯的整洁，老妈妈捧上茶，听着她单身的儿子用英语跟我交流。我问老妈妈多大年纪了，她得意地告诉我她已经67了，并用双手比划着她有 8 个子女。如今儿女都大了，有住在附近的，有嫁到瑞典的，还有已经去世的，只有身边这个没结婚的儿子陪着自己。我忍不住问司机，老妈妈每天都做些什么。司机告诉我，老妈妈是上一辈的人，每天就在家做饭、带孩子，偶尔去看一下嫁在附近的姨妈。我说可以经常带老妈妈去超市、公园之类的地方逛逛。儿子说，老妈妈整天在家，需要什么会给他打电话，由他去买。她们那一代人几乎都不怎么出门，像以前他父亲在世的时候，虽然是萨达姆时代，但父亲一个人的工资就能养活家里七八口人，所以不用女性出去工作。现在社会变了，物价越来越高，很多女性都出去工作了，女性出门逛街、买东西的频率也高多了。

下午回到公司，跟本地员工聊到这位老妈妈的生活，两个本地员工告诉我，她们的妈妈也是那样，几乎从来不出门。但这两个本地员工说，她们接受不了整天在家煮饭、看孩子的生活，即使将来老了，她们也不愿意这样，还是希望能工作，能融入社会。惊叹她们进步之余，我顺便想到，伊拉克社会异常重视家庭，大家三天两头走亲戚，可能就是因为大多数女性没有工作。而女性有了工作之后，男人和女人都得上班，整个社会的家庭紧密性反而松懈了。工作改变了社会形态。

我正感叹女性工作对推动社会进步的意义，但马上承受了它的副作用。我收到了巴格达一个本地女员工的发难，她提出要离职，她说整整 6 年，除了变老之外，没有看到自己有任何变化。快下班吃饭时，另一个女员工跑到我办公室，也来跟我哭诉。她对职级调整不满意，觉得别人跟她一样的级别，让她很没面子。我对她说，我从来不认为她比别人低。她听不进去，要我站在她的角度想。我接着跟她比较薪酬待遇，她却告诉我，她在意的不仅仅是薪酬待遇，而是感觉。我只好告诉她，我没有办法解决她的感觉问题。我明白，她的问题，在于身份焦虑问题。工作了那么久，从去年到今年，才升了一级到高级专员，任何一位刚进来的员工，都可以很容易达到她的职级，让她感觉很失败。我直接问她，她觉得应该是怎么样的，她想了一阵子说不知道，她认为我是主管，我应该给她一个解决方案。我好好反思了一下：为了让她感到成功和公平，我能给她地位吗？即使给她一个副经理的职位，工作内容没有变化，小部门也没有什么下属，她还是找不到展示成功的地方。给她加点工资吗？那不是能刺激她的东西。换位思考一下，我自己工作到现在不也有很多怨言吗？整天干着给人服务的活，已经进公司四五年，也没觉得自己跟新进公司的新员工有多大的区别。认真工作了，但并没有获得身份上的认可感，始终感觉自己还是一个普普通通的小人物，那么这工作就显得有点像鸡肋。

忽然明白，在工资待遇满足生活需要后，我们自然走到了尊重的需要和自我实现的需要上。身份的重要感，成了人力资源激励上没有说的因素。可悲的是，任何一家企业都没有办法为所有人提供这种资源。我不能跟我的本地员工讲，她的工作就是做那些选用预留的工作，就算她将来把我这个经理顶替了，工作也还是这些。人力资源这个工作，注定没办法获得尊重感，企业也给不了重要感，顶多是加点工资、多发点奖金而已。我相信这也是我的主管没有办法跟我说出口的话，也是这个社会上很多人都不得不接受的命运——身份的焦虑。

在下属的哭哭啼啼中，错过了晚饭，免不了再次想到那个慈祥的老妈妈。老妈妈把屋子收拾得一尘不染、温暖如春，一年到头都呆在家里照看孩子，她从哪里获得身份的重要感呢？她会不会有身份的焦虑呢？或许对她来讲，她没有把照看孩子当作是一份工作。所以虽然日复一日年复一年，但做饭、看孩子却永远不会成为一件厌倦的事。只是她这样天天年年的意义是什么呢？

谁都有需要

　　古希腊医药之父希波克拉底一次在四处游走的时候，发现几个人在给一个人浇冷水，他问那几个人在干什么，其中一个比较老实，说那个人得了感冒。希波克拉底很奇怪，问为什么要浇冷水，这样会让病情更加严重的。众人不说话，之后希波克拉底才明白，这几个人是一家诊所的，他们也明白感冒浇冷水会更加严重，但他们的逻辑是如果直接把这个人治好，就体现不出他们的能干，也赚不到很多钱，所以故意先浇冷水，让这个人的病更严重，然后再治好，自然病人会更加感激，也能收更多钱。我们悲天悯人的希波克拉底异常愤怒，于是就有了后来那个著名的医者誓言，大意是绝不做这种危害病人利益的事，还包括什么不乱开药，不给堕胎等。总之希波克拉底誓言对现代社会影响比较大。

　　这个故事在中国也有一个相似的版本，说的是上古神医扁鹊的故事。扁鹊见蔡桓公，人家蔡桓公好好的，他说蔡桓公有病，蔡桓公不相信，扁鹊见了三次提了三次，并辅助以行为表情，总之主题是蔡桓公听不进忠言，最后真的病死了。其中最有名的一句话是蔡桓公说的"医之好治不病以为功"，翻译过来就是，医生喜欢给没病的人治病来彰显自己的功劳。这一点和希腊那个故事所传达的一样：医生喜欢给病人弄点麻烦来让自己显得功劳更大，然后借此赚钱更多，名声更大。

　　按照现代人力资源的术语，这些医生是希望通过制造事端来获得尊重的满足，获得成就感。

当然，如果天下人都不得病，医生不就失业了吗？如果百姓都很安分，不偷钱不斗殴，那也没警察什么事了……这样的事情还很多。

问题是普遍的，原因也是直接的，每个人都希望像那些浇别人冷水的医生一样，多赚点钱，多博取一点名声；一些有远大理想的政府官员自然希望人民能记住他，在历史上被写上一笔好听的；小民如我也希望将来离开伊拉克时，被怀念而不是被遗忘……

这里面存在一个问题，每一个人的尊重需要是否都可以得到满足？很多时候，我很能理解那些医生的困境，整天救死扶伤，却并没有受到认同和感激，累死累活，老百姓也不感激，甚至还把你受的委屈都当作理所当然。

其实，这也怪不得医生，要怪只怪我们人类自己的本性，谁让我们有尊重的需要和爱的需要呢？而且这尊重和爱的需要还只能从别人那里获得。另一方面，我们给别人尊重和爱的时候，却又总是从功利的角度出发：我不需要别人或是看不到别人对我有什么帮助的时候，我的尊重和爱就是吝啬的。

关于扁鹊还有一个故事。世人都赞扁鹊医术高明，说他是神医，扁鹊却叹气说他自己并不算天下第一的神医，他的两个哥哥医术比他高明得多，但是世人愚钝，只看到他救死扶伤，就说他是神医和天下第一。他说他的二哥比他高明，他自己是病人快不行的时候，才知道开膛破肚用药治病，而他二哥是病人刚有病症时，就可以开出药方，把病人的病扼杀于萌芽状态。他的大哥更高明，在病人的病还没得时，就可以看出病人生活习惯不健康，四周水土不合适，给出合理的建议，防患于未然。这个道理是明显的，天下人只记得那个开膛破肚、治病救人的扁鹊，他的哥哥是谁，却没有人记得。我想，这两个哥哥肯定也没有扁鹊赚钱多，评职称肯定比不过他这个弟弟，定岗定级自然也轮不到他们，因为他们的业绩明显比不上这个开膛破肚的弟弟，百姓的眼睛总是直接的。

百姓的眼睛是直接的，评价的标准是客观的，自然这类神医中的神医就只能降格为普通神医，那些古希腊的医生只好多给感冒的病人浇水，政府官员也只好多去干点修路架桥的事——其实病人并不一定需要浇水，百姓也不一定需要那么高的GDP。可是如果百姓只记得那些开膛破肚救活病人的医生，只看GDP排名第一的官员，就别怪医生泼水、官员老是盖楼了，他们也有需要啊！

需要—满足—行为，这是操作性条件反射，心理学实验中是这样演练的：把猴子关在笼子里，只要它无意中摸到一个什么东西，实验员就给它一个栗子吃，猴子吃到甜头，然后就不停地去摸那个东西。我想，尊重的需要就是那个栗子，任何一个社会中的人都需要这个栗子，当社会中的个体发觉只有主动制造一点事端来才能获得关注的时候，他又怎么能停止这个不停的操作？

在社会上，假如医生需要让病人病情加重来获得栗子，政府官员需要多盖房子来获得栗子，企业中的支撑部门像财务和行政需要制造事端才能获得栗子的话，是该怪这个栗子，还是该怪这个非得看到操作行为出现才给栗子的实验员？

也许有人说，人人都需要栗子，但是栗子不一定要等实验员给，自己可以去别的地方寻找。比如我们人力资源得不到实际的尊重，就在生活中找栗子，做一个温柔善良的好人，追求知识和审美等。今生求不得尊重，或许只能求来世。

希波克拉底通过誓言想来抑制医生成就的冲动以及获取栗子的需要，不知道他是否成功？

集体主义还是个体主义

到底是该走集体主义还是实行个体主义，我总想到这个问题。

我周围的人，主要是我的员工，都越来越关注个人的利益和感受，越来越少考虑他人，更别说考虑集体和组织了。而且没有理由去批评他们，因为他们本身就是个体主义的。信奉个体主义，只关注自己的利益和感受，从法律上的确也没什么错。

大年三十晚上，公司组织所有中国人在一起吃年夜饭。由于有人正从路上赶过来，还有人在看电视，食堂师傅也要花时间准备，所以我提前跟大家说好了七点钟吃饭，结果到了六点钟就有人过来闹，说已经饿了要提前吃饭，于是我解释说再等等，还有人没到。那个同事说不想等，他要先吃。发挥说服人的功能，我继续提供解决方案，让他吃些零食或是别的东西，结果他不满意，说想吃饭，想吃完了去打游戏。我微笑着表达了不同意。等到了七点，准备开饭，召集大家赶快坐，谁知一坐下后发现几对家属给挤出来了，再次起来出面协调，让一个来出差的同事起来挤到别的桌子去，给家属让一下，让那对夫妻坐在一起，结果他不情不愿地站起来朝我翻起了白眼，我侧着身子把让座的人挡住并引到另一桌子安抚，那人终于忍不住叫道："凭什么要我让，跟我有什么关系？"我只好像妈妈拍孩子一样拍这个人的背，连拍带哄把他的声音压下去。

事情还不算完，第二天出去爬山烧烤，提前

问有多少人去，没有几个人说不去，于是当晚租了两辆车。因为怕出事，还临时打电话给本地司机，让他跟着。谁知第二天早上，没有几个人来，我凭着耐心拿出电话一个一个拨打，询问什么时候到集合地点，结果接电话的人要么说太冷了，要么就说太累了，要么就什么都不说，直接说不去了。想去的人不愿意等，不想去的人也等不来，在车上我望着那远去的雪山，不知道该说什么好。

此时此刻我忽然想起中国古代一声令下、万箭齐发的战地情景。秦汉年间匈奴有个冒顿单于，是个不世的奇才，为了统一匈奴，他训练了一批士兵。训练之前，他对士兵讲，"我的箭射向哪里，你就要射向哪里，违令者杀"，士兵们表示服从命令。为了强化这种统一性，他首先射向自己的马，士兵们就跟着射向他的马，不敢射的士兵就被他砍死了。下一次，他用箭射自己最爱的妃子，士兵们惊呆了，许多人不敢射，他就把那些不敢射的士兵都给杀了。自然，这个控弦之师几乎战无不胜、攻无不克，后来在白登山下将汉高祖也给困住了，差点让高祖去北方狩猎。

当然，那是万恶的旧社会，新时代的中国是不会这般野蛮的，更不敢用这种方法来训练统一性，现代人多讲究个体主义。有同事跟我讲，这跟这一代大多是独生子女有关系，我却总觉得这跟西方文化有关。中国文化一直强调集体和组织家庭，什么时候开始突出个人感受和个人利益了？

亚当·斯密把经济学的基础建立在个人主义和个体自私性之上，正是因为人类的这种自我利己主义，才有追求交换的种种行为。因为想多吃点好的，所以拼命种稻谷去换肉吃；因为想住好的，所以拼命多赚钱来满足住好房子的需求。那么集体主义出现在什么地方呢？集体主义，包括国家的诞生都起源于灾难，比如中国就起于治水兴修水利，一家一户或一个人绝对是干不了的，只有依靠集体来聚集力量移山填海。原始社会因为打的猎物不够吃，所以要一起分猎物，保证大家都有一口饭吃。现代社会的国家需要凑钱来养军队，防止国家被别国侵略。其实说到底，集体主义终究还是为了满足个人的需要。问题是，作为个体，有没有权力选择是否服从集体安排？比如大水来了，作为集体，肯定要所有人都来参与疏通江河，但如果有人说他家住在山上，大水淹不到他家，借此不参与集体的活动，组织该怎么办？如果一个人不参与江河治理，的确关系不大，可是如果所有个体都不参与江河治理，会是什么样的后果？

　　什么样的人会选择集体主义？什么样的人推崇个人至上？动物界里，像狮子、老虎这样处于食物链终端的猛兽是个体主义的，绝对独来独往，因为它们能力强，不需要帮手。相反像那些比较弱的羚羊、梅花鹿之类的动物，非要抱团才能活，奇怪的是那单兵作战能力也很强的狼，为什么也是集体主义的？讲究协同作战，效率至上？思考来思考去，可能因为狼群的生存压力太大，若不是集团作战，单独很难找到足够养活生命的猎物——不是因为能力不强，而是因为猎物太少不好抓。人类社会里，人作为个体在自然面前也很弱小，社会资源占有也不多，本应该是讲究集体主义的时候多，但为什么极端自我的人却越来越多了呢？

信号检测论

心理学中的理论很多，"信号检测论"是从实验心理学里来的，最初应该来源于物理。我觉得，那些把这个理论引入心理学的先贤们，绝对是有先见之明的。当初读晦涩的课本时，只觉得这个理论印象深刻，时至今日突然领悟到这个理论的特别之处。

什么是信号检测论呢？举一个简单的例子，一个海军雷达站，要监控海面的敌舰、海底的潜艇，还有天上不怀好意的飞机。那些玩意儿速度超快，要想靠人的眼睛来看，可能没等人反应过来就被炸了。好在英国人最早发明了雷达，相当于中国传说中的千里眼、顺风耳，呈现在你面前的终端就像一个 iPad 一样，要是有敌机来袭，比如还在 50 千米之外的时候，你的 iPad 屏幕上就出现一个亮点，提醒你东北方向有一个不明物体向你飞来，这时你要赶快派两架飞机去拦截。据说英国人发明的雷达，二战时成功帮英国抵挡了希特勒的狂轰滥炸。但是也有一个问题，雷达这玩意儿不如 iPad 那么先进，50 千米外一架敌机飞来，在你的屏幕上是个亮点，20 千米外一只老鹰飞来，在你的屏幕上也是一个亮点。关键问题是，在屏幕上看到的都是亮点，那么是否看到亮点就派飞机起飞去拦截呢？机器再先进，还是脱离不了人的判断和决策。

只要有人参与判断和决策，问题就出现了。机器是人设定参数，凡是看到物体飞来，不论是飞机还是老鹰，都是亮点，你要判断那到底是飞机还是老鹰，最主要的是，你要判断出老鹰或飞机有没有危险，要不要派战机起飞拦截。如果说不管多大的亮点，都派飞机拦截，那么恭喜你，你百分百地保护了自己。但这样一来，你却为了老鹰起飞战机了，而飞机起飞的汽油是很贵的，飞行员的工资也是很高的，你陷入了第一个困境：没有漏报却有很多错报。

好，你说不要那么紧张，等亮点变大点再说，或者等能看清楚是飞机还是老鹰的时候，再让飞机起飞拦截。那么也要同情一下你，你可能漏报了好多来袭的敌机，也可能因为宽标准而让很多士兵跟你一起葬身海底了。这是第二个困境：判断标准过于宽松，错把老鹰当飞机的概率降低了，但是放过真正的侦测目标——敌机的概率则大大提高。这就是信号检测论，要么错报，要么漏报。

如果对于这个奇怪的理论你还是懵懵懂懂，我再举个例子你可能就明白了。比如我做人力资源招人，设定一个招人标准，需要沟通能力好、成就动机高的，如果我的标准较严，那么招进来的人在这两方面素质上肯定很好，但很有可能错过了许多其他方面很不错的人；如果我定的标准较为宽松，那问题就严重了，有可能招进来的是些胸无大志的家伙。

除了这类事情，在绩效考核中也常困扰不已。标准卡得严，只有 10% 的人得 A，那很有可能伤了其他很不错的员工；如果像伊拉克本地人希望的那样，90% 的人都得 A，那么又会让一堆混混成了名义上的优秀分子，最终把企业变成一个养老的地方。

之所以想到这个理论，是因为一件麻烦事。在国外，能看到一些国内看不到的网页，也经常领教西方媒体对中国充满情绪的攻击和污蔑，其中最严重的就是批评我们国家没有言论自由。坦率地讲，这倒不一定是政府的问题，更多的可能是文化的问题。别说政府不喜欢百姓随便批评，作为个人，谁愿意随便被人批评呢？比如一个老先生批评我，不该有野心做将军侠客，不该太过张狂，我自然会火冒三丈，甚至想抽他丫的。

政府也是人来运作的，自然也有人的情绪和心理。民众整天没事对他这不顺眼那不顺眼的，我要是政府我也不高兴。当然，按照西方的逻辑，政府就是给百姓服务的，就应该被骂、被批评。假如批评或骂相当于让战机起飞拦截敌机，政府是开飞机的飞行员，那么检测的标准到底是掌握在谁的手里呢？

如果是掌握在政府的手里，政府决定自己的战机什么时候起降，百姓的批评就成了信号。这种情况下，若是政府定的标准较严，对百姓的控制就多，不停地启动战机，不管是自然灾害，还是小老百姓找不到媳妇，或夫妻生活不和谐，都会应对信号作出反应；若是政府定的标准较松，老百姓找不到媳妇、批评政府或小的自然灾害发生，政府可能都懒懒的，不积极应对，让很多小事慢慢变成大事，或忽略了很多敌机。一般来说，政府定的标准都比较松，忽视百姓的批评是难免的。

可是换一个角度，若是把信号检测的标准交由百姓来控制，那么政府那几架战机很快就得玩完，那些开飞机的飞行员很快就得累死。百姓掌握标准，自然是夫妻生活不和谐都要闹着政府派人买伟哥的，反正不用白不用，更别说房子漏水或发生洪涝这类大事了。甚至自家钥匙掉了，都有可能要让民警来翻窗户开门的。标准如果控制在百姓之手，在不用自己开飞机拦截的情况下，自然会极严，宁可错报，决不漏报。

说到底，对待批评的问题，实际上是标准在谁之手的问题，由谁来做判断和决策的问题。这些天，我也突然向往把信号检测的标准定在我的手中，希望自己能有让战机起飞去拦截老鹰和敌机的权力。

在这个世界上，每个人都希望有制定标准、掌握标准的权力。由于立场的不一致，不是标准极严导致错报，就是标准极松导致漏报，大家却很少去积极思考标准定在哪里最为合理。

服务，是不该免费的

　　天才乔布斯去世了。虽说我对各类高新技术一直不是很热衷，但觉得这人实在太过天才，决定也学别人去买一台 iPhone 4S 来纪念他，同时也切实体验一下高新科技给人类带来的不一样。

　　当然，好奇心是最大的推动力。小妹告诉我，iPhone 4S 中有一个软件，可以对着它问最喜欢的人是谁，这时手机就会"咔嚓"一声照一张相，当然相片就是手机的主人。等主人看到它最喜欢的人是自己后，它还会像个姑娘一样害羞地脸红——关机。还有一款软件，比如我对手机说"我喜欢它"，它会像个吃醋的姑娘一样怀疑我是否对别的手机也说过同样的话……对此，我只能说有点神奇。世界最复杂的东西莫过于人类的情感和情绪，最精密、最冰冷的东西莫过于机械，乔布斯发明的这个被上帝咬了一口的苹果，居然把两者结合在一起，我没有理由不敬佩他。

　　我跟小妹说想等 iPhone 4S 被破解了再买。小妹很奇怪，问为什么要等破解了再买，我说没破解的不能下载各种软件，而美国出的不能破解的 iPhone 4S 下载软件需要收钱的。小妹见此教育起我："花几千块钱买一部正版的手机，就不要想着破解了，后面再花点钱买正版软件也是应该的，为什么老要想着破解呢？"

　　我被这个问题问得瞠目结舌，不知道为什么人愿意为手机付钱却不想为手机软件付钱。由此想起了几件事。

　　里约热内卢的中餐馆很少，平时要请人吃饭，只能请吃工作餐，大家都不高兴。于是大家想出一个办法，由食堂来承办各种集体活动聚餐。这本来是个好主意，但由于为此食堂师傅要额外干活，因此几个筹划人决定像外面的餐馆一样，收点服务费。最初决定收取餐费总额的30%，比如吃了150块巴币，额外给45块巴币，算作服务费，让食堂师傅和帮忙的人去分。谁知方案一公布，大家先是很高兴，后来又很反对，说不该收服务费，或者说收得太高，给10%就可以了。

诸如此类的事情还有很多。如大家成立了一个伙委会，帮大家收集意见、改善生活。这些委员平时也有工作，只能周末或晚上加班给大家解决问题。为了提高这些人的积极性，我出了一个主意，让那些接受服务的员工每月交5巴币来给这些工作人员提供点补助，作为对他们额外工作的感谢。刚开始这些委员很高兴，后来谁也不敢提了。我很奇怪，细问一下才知道，他们觉得要让那些接受服务的人从每月750巴币中拿出5巴币，会遭到投诉的。有几个委员还说他们自己也是员工，要让他们从自己的750巴币中拿出5巴币，心里也是很别扭的。我问他们，如果不收这点"苛捐杂税"，他们的劳动不就变成义务劳动了吗？几个人默然不语，然后有个"天才"跟我讲，反正公司有钱，让公司再出一笔钱给委员发点补助，大家干活就有动力了。我并不是个忠心到从头到脚趾都要为公司省钱的人，但这事违背原则，公司已经把所有的款项都发放到伙食补助系统中了，成立这个伙委会的初衷也是要员工自己来管理所有的钱和服务。让公司出钱，与原则不符。从逻辑上，我觉得既然大家想要额外的服务，就应该为额外的服务付出一点东西，怎么能老想着别人额外付出而自己不付出呢？

联想到我也想买台破解版 iPhone 4S 手机，忽然明白，我也是希望能享受额外的收入和服务却不愿付出的。

话说几千年来中国人富了都喜欢买黄金、买房子、买地，把黄金埋在自家院子里，或是砌成砖做成墙，到现在这个特性也没变，所以现在中国富人经常买兰博基尼、江诗丹顿或者象牙什么的，等自己死了，留给不成器的子孙，典型的实物囤积性格。而西方人呢，有钱了，去投资、去组建公司、去办慈善，要么去潜水、去跳伞、去太空旅行、去搞各种体验。等到自己死了，钱也花光了。

与此相应，不那么富裕的中国人会去省吃俭用大半年，攒钱买一个LV；而不那么富裕的西方人则会花上一两个月的积蓄去买拿不到手上的软件，比如苹果店里各种奇特的软件。

这确实与制度无关，而与人的文化心理有关，我们的文化是重实物而轻体验、轻服务的，大家愿意为那些实在的东西付出，却不愿意为那些看不见摸不着的东西付出。比如我在国内的酒店吃饭、住宿，几乎没有遇到要小费的，也不需要考虑给侍者小费。而在国外，几乎任何一个地方都要给额外的小费。初到国外时觉得很别扭，但想想确实应该给，像司机在餐厅外等着我们吃饭，虽然他们有加班费，但那份辛苦我们应该感谢的；在餐厅，服务员不停地送上各类刀叉和盘子，那份辛苦也该给小费的；在酒店里，服务生帮我把行李提到客房，这份贴心也应该感谢。国外把服务跟实物分得很清，服务就该付费；国内把服务和实物分得也很清，但我们国人没有给服务付费的概念。

我总在想，我们小时候，每个人都被鼓励去做好事，捡到一分钱交给老师，老师表扬是个雷锋式的好孩子。但是好孩子长大了也得赚钱、找媳妇、生娃，总不能一直这样无偿给别人服务一辈子。

把服务提高到道德的高度上去赞扬、鼓励，必然会让社会失序。奥巴马刚上台不久，诺贝尔和平奖委员会就给他颁了一个和平奖，舆论大哗，都觉得奥巴马什么事都还没干就发奖，太无厘头了。而诺贝尔和平奖主席似乎讲过这样一段话，如果孩子还没开始上课，你就表扬他是个上课认真听讲的孩子，他上课时就会认真听讲。现在奥巴马刚上任，还没来得及去发动战争，在他破坏和平之前，先给他一个和平大使的光环，他后来就不好意思大打出手了。

我很佩服那个颁发诺贝尔和平奖的老头，不知他是否学过心理学，但积极暗示的道理他是明白的。再回到我们国家雷锋叔叔式宣传，小时候我被老师表扬成雷锋叔叔式的孩子后，我就不得不经常去捡一分钱，路上没钱捡的时候，我就得经常送老奶奶过马路或是勇救落水儿童。但实际上，过程让我一点都不舒服。

回溯一下历史，我们历史上有很多青天大老爷，比如宋代的包拯、明代的海瑞、清代的于成龙，这些人都被老百姓画成画像供着，有的还当门神供着。可是老百姓只感动于海瑞死后家产不够二十两纹银，却不愿意考虑海瑞的女儿饿死了，妻子是被休的，母亲在过生日的时候才能全家很多人吃两斤肉，平时一个大官还要自己在院子里种菜；老百姓只知道在于成龙离开广西罗城那个蛮荒之地时跪在衙门口不让他走，却不知道他母亲在家已经去世很久还没入土为安，罗城这个芝麻大的地方对于成龙个人身体损害有多大……百姓考虑的是青天大老爷对他们的帮助，父母官要像父母一样对他们进行庇护。

我们想得到服务，只愿意获得服务，却从来没想到服务背后的付出。服务是不该免费的，也不该让道德的高尚来期许。

神奇的国度，不要怕

今天来了一个大姐，以前在中东北非呆过的，今天一来就跟我讲了一堆案例，我只能说这是一片神奇的土地，神奇的人民每天上演着神奇的故事，忍不住要拿出来分享一下。

她部门新招了一个女员工，刚进公司，两个老员工就问那个新员工工资多少，新员工不说，两个老员工就一直追问。新员工很不耐烦，说跟你们一样，一下把两个老员工给惹怒了，追着她问工资到底多少钱，一边逼问一边愤怒地说："你是新员工怎么可以工资跟我们一样？"结果把那个新员工给逼哭了，两个老员工还不放过，继续逼问，旁人拉都拉不住，最后只好把那两个老员工开除了事。

另外还有一个姑娘，刚被招来当作重点对象培养。为了树立典型，我们中方主管特地安排她到中国培训，结果到了中国才三天这姑娘就哭，说是吃不惯中餐，一闻到中餐就想吐，那就吃西餐，可是吃西餐的时候这姑娘非要我们一个人陪着她，主管只好天天陪着她。可这样也不是个事，主管也不能天天陪着她，让她自己去西餐厅，但这姑娘不去，天天中午在宿舍吃干面包。主管实在不忍心，就建议她去超市买点蔬菜肉类回来做，谁知这姑娘说她不会做饭，从小到大都没做过饭。同去培训的还有其他巴西小伙，我们中方主管就安排这个巴西小伙带巴西姑娘去吃西餐，结果这两个人居然因为不熟，吃饭时相互不说话。本地姑娘还是天天哭，于是善良的中方主管只好继续硬着头皮自己上。

事情还不止如此。这姑娘到中国来培训，居然一分钱都没带，而且是到了中国之后中方主管才知道，没钱怎么办呢？中方主管继续发扬风格，从自己的私人卡里取了一万块钱给这姑娘，于是这姑娘拿着这钱出去玩、买礼物了。回巴西前，她把剩下的人民币还给了主管，回到巴西后，她找了一堆买礼物、出去玩的票来找主管报销，主管说那些自己买礼物和玩的钱不能报销，要自己掏的。那姑娘就大吵大闹，说其他员工去中国培训时，玩和买礼物都是报销的，主管核查之后没有这样报销，跟姑娘传达，她依旧很不耐烦。最后，那些玩和买私人礼物的票据当然没有报，结果她只把能报的那部分钱报销下来给了主管，其他的部分就不管了。中国人脸皮薄，不好意思为了私人的钱去跟巴西本地员工吵架，现在只好僵在那里，等时间来解决。

　　我曾经问这个大姐，这样的员工能否开除了事，她直接清晰地告诉我说没用。去年11月份她到巴西，刚开始是120人，现在已经被她杀到只剩下70人。有员工迟到，她发邮件提醒，员工说不能批评，不能给员工制造压力，否则员工可以去法院告。好，既然不能发邮件批评迟到，于是她每天看到谁准时到办公室，发邮件表扬，结果本地员工也找上门来，说不能发邮件表扬，这样也是制造压力。她怒了，就问本地员工，那该怎么样？本地员工说就不该说迟到这个事。我说能否树立几个巴西主管作为典型呢，她告诉我，几个本地主管自己也经常请假，一会儿说身体不舒服要去看病，一会儿说孩子或姨妈奶奶家有什么事，反正总有事请假。我说请假要开证明的，大姐直接回复我，本地的假条很好弄……这真是一个神奇的国度，对巴西人，打不得、骂不得、表扬不得、批评不得，上帝是怎么造人的？

　　说到打不得、骂不得，也得说说我亲手收拾的三个巴西本地HR。我刚到时，同事们告诉我，我的三个本地HR的主要工作是每天坐在办公室，接受各类本地员工的哭诉，然后陪着本地员工去找他们的中方主管，告诉中方主管，你不能批评员工，你不能大声说话，你不能对员工凶，不能给员工制造压力……为什么？因为 Labor Law。为什么本地员工可以当天提出辞职当天就走？因为 Labor Law。为什么本地员工干得非常差也可以调薪？因为 Labor Law。为什么员工什么都干不好还不能开除？还是因为 Labor Law。我们就忍不住问，那公司可以做什么？主管可以做什么？我的本地 HR 回答是不知道。为什么不知道呢？也是因为这见鬼的 Labor Law。

我曾多次想问，哪些是这个见鬼的 Labor Law 可以容许的？后来发现他们答不出，他们也不想回答。比如迟到旷工多少天可以开除，Labor Law 是不知道，也不写的；比如晚上加班，第二天休息，到底晚上加多长时间第二天才可以整天休息？这个 Labor Law 也不写；还比如管理者或是被信任的岗位可以免刷卡和不申报加班费，什么样的岗位才算是管理者？什么样的岗位是被信任的岗位？这个没有界定，也不知道。什么时候会知道？员工需要的时候就会知道，反正本地 HR 不会让我们中国人知道。

还有多少是这该死的 Labor Law 不知道的？肯定比中国人知道的多，可怜的是所有的中国人都怕诉讼，不进讼堂是国人的天性。就因为这个天性，许多中国人就被本地人以他们自己也搞不明白的 Labor Law 为借口来糊弄。可是糊弄毕竟是糊弄，只要稍一较真，总是有办法收拾的。

主管有一个秘书，以糊弄人出名，号称代表处第一辩手。很多人知道其鬼精狡诈，可是不愿意听其长篇大论，所以都躲着她走。主管时间忙，实在没时间没心情去收拾，就让我来收拾。收拾从报销开始。一天她拿着一堆票据来找我报销，说是有主管吃饭的票据，有组织员工生日聚会的票据。我有耐心，一张张地看。先看日期，其中有周六吃沙拉的，她说是主管吃饭的，我说，主管吃的让你报销？她说是。我再问，知不知道主管周六跑到另一个区域去吃饭，她佯怒说我不信任她。我继续刺激她，说："那我找主管核对一下那个周六的行程，另外要想请主管确认一下为什么那一顿他一个人吃了五个沙拉。"这时她赶忙改口，说不是主管吃的，是她周末安排三个维修工装修，中午请吃饭的。接着再往下看，看到一堆买可乐饮料的票据，就问是干什么的，她说是员工组织月度生日聚会的，我问多少人参加，她说起码有300人，我说每个人喝多少升，她又说我不信任她。我告诉她，那个办公室每个位子坐满是200人，怎么可能有300多人？她继续狡辩至每个人都喝很多，她让清洁工去买的。我再问，生日聚会是几点举行的？她说大概是5点半，我拿出晚上7点多的可乐票，问她，为什么在生日聚会结束后还去买可乐？她先是说她不喝可乐，又说可能超市打票机时间坏了。我接着问，为何就那次坏了，打回去重做。到现在，这代表处第一辩手，见了我都绕着走。

这样的人怎么值得信任呢？我的一个本地HR，到巴西后三个月，我就没见她准时上班过，刚开始我微笑着提醒她，后来开始发邮件提醒，最后明确给予警告。她还是有办法应对，在我提醒后就发短信给我，告知我路上堵车，堵车次数多了，第一招，我问她，哪个地方在堵车？为什么堵车？堵了多久？是否每天堵车？每天平均堵车时间是多少？她是什么时候出门的？把堵车时间刨去她在几点钟起床出门比较合适？第二招，她以为我跟别的中国主管一样会害怕工会，动不动就跟我说她去工会了，说的次数多了我怒了，让她跟我讲清楚，去工会干什么了？见到了谁？办了什么事？为什么要在那天办？最后问得她快崩溃，我索性来了次狠的，要她带我去工会见见世面。兄弟我巴格达都去过，还怕你巴西的工会吗？

后来工会来我们公司，我出席了。双方在友好团结的氛围中介绍了自己，表达了和平友好的愿望。对方热忱欢迎去他们办公室坐坐，我也跟他们分享了从伊拉克出来后对人生、工作、生活、生命意义的理解，获得了对方热情洋溢的响应，这次会见在继往开来的友好气氛中结束。

终于，我的三个本地 HR 在这种追根究底的管理下逃离了我这个苦海，找到了更好的工作。总结起来，我不需要那些太有"思想"总想挑战制度的员工。既然这份工作没有那么难，那些老家伙不想好好做，就让年轻人来做。索性招一些年轻、肯干、手脚麻利的实习生，而不是整天请假的老油条。现在我已经找到两个亲自挑选的实习生，我对他们有信心——信心总是应该留给年轻人和新一代的。

中午，一个新员工拉着一个老员工来问，是否答辩转正之后就可以调薪 15%？他之前没答辩，想再答辩一次，我明确清晰地跟他讲，不可以，转正答辩跟调薪没关系。我很期待他继续跟我讲讲 Labor Law，这样我就可以再次见识一下这个神奇国度的神奇逻辑，结果他们听完就安安静静地走了。我有一点失落，都没有人来让我教训了。

其实我也明白，这神奇 Labor Law，对于这些本地人来讲也是一样神奇的。只是之前的 HR 总是给他们合乎需要的解释，所以这些人也变得神奇了。现在由我来解释，不也符合我需要的神奇吗？

我走过的地方，杂草不要生长，无所求，就无所惧！

吃吃喝喝拿拿抱抱亲亲

按照一般传统，每年圣诞节前后，为塑造团队凝聚力，增强员工归属感，我们部门都会牵头搞一个全体员工的圣诞晚会。2011年是我在巴西的第一个圣诞节。为了把这事办好，考虑到巴西人民的特殊性，我提前两个月就开始调研，并组建了一个项目组，按周开会，制定阶段性目标，落实责任人，大力推动这事。终于在12月21日把这个事给搞定了。

搞完后，我去问这些本地员工如何，他们都说非常好，很高兴！

搞完后，我去问中方同事，都说很不错，没想到有吃的、有喝的，还有礼品拿，只可惜没抽到iPad。

搞完后，我向一些主管打听，主管们都说搞得很不错，没想到来了700多人，不知道平常干活时这帮人跑到哪里去了。

搞完后，我没敢去问大领导，大领导正在生气。活动之后，大领导让一个行政的同事写了份深刻的检讨，罪名是晚会之前他离开现场去找他的小女友，导致现场很多突发因素没有控制好，多花了钱。领导很生气，后果很严重。

让我来把这件事的经过理一下：

10月份开始启动这件事。因为巴西人民的特殊性，所以要提前预定场地，核定人数，确定礼品，定下主持人和晚会流程，这些交给了我这个凶悍、喜欢开除员工又经常请人吃饭的Mr. Zhang来牵头。我先把人力资源和行政的一众姑娘召集起来开会，谈了目的和奖惩措施，鼓励她们齐心协力把这事办好，重点鼓励了几个很乐意搞聚会的姑娘，并许以承诺，弄得大家都很开心，群情激奋。

谈到具体工作，拿确定场地来说，巴西的晚会跟国内的不一样，跟伊拉克的也不一样，晚会都在酒吧开，主要目的是为了喝酒跳舞，这是他们的传统，我就从了。这时中方同事提醒我，往年在酒吧里只有酒喝，中方员工和家属意见很大。我想了一下觉得很有道理，就特别强调要跟酒吧预定吃的，弄得几个巴西姑娘莫名其妙，去酒吧还要吃主菜？

本地人又跟我谈，一定要安排抽奖环节，往年没安排抽奖，本地员工都很有意见。好，反正是花钱的事，大家都喜欢，我也从了。最后安排晚会的形式，按照我的思路和逻辑，前面肯定要安排一段影像资料，介绍公司成就什么的，激发大家的自豪感；开场肯定要请大领导讲讲今年巴西的成就和业绩，感谢一下大家的付出和支持，重点要提升一下士气，并指明明年的目标和奋斗方向；另外，找员工编排一些表演节目；之后再分四次，安排抽奖，每次请不同的主管来抽，抽完后再去自由狂欢。结果一个不懂事的小姑娘说："不对啊，直接开场抽奖就可以了，讲话就不用了，大家都会自己玩的。"我耐着性子，讲了下宣传的重要性，看到她们似懂非懂。谁知另一个姑娘对我说，要是员工知道有宣传片和领导讲话的话，可能会晚到的。我强压住火气，说用班车解决问题。

谈到编排节目表演，这些人又莫名其妙起来，反复问我为什么要安排人表演，每个人自由上去跳舞喝酒就行了。之前在埃及和伊拉克，也多少了解到老外对中国式晚会节目表演之惊奇，我就妥协说，能否请外面的桑巴舞或乐队来表演，结果再次被本地姑娘们否决，她们说她们自己就会跳桑巴舞，花钱请一些不认识的人来表演，会很奇怪，我再次从了。说到要安排一个晚会主持人，原以为会有姑娘自告奋勇抓住这一露脸机会的，结果半天没反应，我问了一通才知道，原来她们以为主持人是要给大家服务的，如果当晚做主持人，她们就没办法 enjoy party（享受晚会）了，我听了气不打一处来。想当年小哥我在伊拉克搞晚会的时候，没有人手干活，我还做过现场 DJ 播放音乐呢。我控制住火气，换个角度继续讲当主持人的好处和重要性，最后半强制性地指定了一个姑娘去做主持。

好了，事情安排下去，就开始执行了。每周由我的助理组织这帮人开会，汇报进展，有困难我来出面推动，这之间的多少曲折我就不一一细表了，重点在晚会的前一天，再次复核各项目标。先是姑娘们汇报工作，似乎都安排好了，最后我提到她们去晚会的时间，要第二天下午两点钟去现场做各项准备，一直到晚上晚会开始，直至最终结束。结果再次遭到全体反对，主要理由是她们要去换衣服、化妆，我说上午把衣服换上就不得了，她们说不可以，如果没有洗澡、化妆，她们宁愿不去晚会。我说在酒吧洗手间也可以洗澡的，姑娘们继续不乐意，后来行政提出解决方案，在附近中方女员工的宿舍洗澡、化妆。

到了第二天下午两点，一起去酒吧现场检查音像设备、酒水饮食，结果到了现场才发觉公司宣传片放不出来。我实在控制不住，就盯着那个负责的姑娘厉声质问，这时候才知道她一直认为那东西很无聊，根本就没用心准备，她低着头跟 DJ 想方设法调弄，总算弄出来了，虽然质量差，也只能如此了。之后各类酒水饮食确认时，酒吧老板再三表示到晚上八点一定能准备好。巴西人的承诺我哪能信得过？心里再次七上八下的，最后一次开会时，姑娘们又提出能否一开场就抽奖，然后再搞什么领导讲话之类的。我妥协的次数已经太多了，这时候一直黑着脸，让他们执行我的意见。

晚上六点，员工开始上大巴，从办公室往酒吧赶，筹备晚会的姑娘们都从附近宿舍赶过来了，等我看到她们时，才明白她们为什么要洗澡、化妆了，她们衣服穿得很少，显得胸部很大，脸上的粉啊、口红啊，让我这个还穿着衬衣、西裤、皮鞋的 Mr. Zhang 非常震惊，很惊诧晚上她们怎么干活呢？果然晚上她们给我惊喜了。

人员开始到场，员工的狂欢开始，我的灾难也跟着拉开序幕。首先我简直不敢相信会有这么多人到来，虽然之前名单上已经增加了流动人口，但不知道从哪里冒出来的员工纷纷涌入，很快，那个足够大的场地就爆满了，不过本地人不在乎，人越多越挤他们越高兴。领导觉得我原先设计的讲话点、抽奖点可能不够大，就临时在外面搭了一个高台，却又发觉麦克风被密密麻麻的人群挡住传不出音。好吧，我妥协了，开始播放宣传公司历史的音像资料，却发觉声音根本听不见，被叽叽喳喳的人声给淹没了，要命的是图像投影也不清晰，去找本地员工与DJ协调，却发觉我的下属姑娘们都消失在茫茫人海中了。临时找了一个会葡语的家属帮我去找DJ提高音画质量，那DJ出来看了看，很无辜地跟我讲，这质量已经很好了，我杀人的心都有了。

开始安排领导讲话，领导很细心，本来我只准备了英文的，领导还自己翻译成中文的，当他声嘶力竭地讲到代表处2011年的成绩时，下面的声音很清楚地告诉我——没人在听。我实在忍不住，让主持人提醒大家保持安静，结果没有多大变化。我就让主持人在后面做手势，让大家保持安静，结果不知道有人误解还是咋的，居然在不该欢呼的时候发出了欢呼声，其他人也跟着欢呼起来。幸亏领导心理素质好，继续往下讲。我再往人群中看，绝大多数本地人都在抱着酒瓶子喝酒聊天，再定睛一看，一个本来要跟我负责晚会的行政姑娘，正一只手搂着一个不认识的本地男员工亲着，另一只手吊着一个酒瓶子呢。

之后安排主管上台祝酒，照样是台下一片蛙声。最后是抽奖，抽完奖就放音乐跳舞，中方员工和家属开始吃东西，本地人则开始喝酒、聊天、跳舞，然后搂着亲嘴。我再回头找我的本地员工，发觉一个都看不见。路过人群去找领导的时候，发觉我的一个本地HR小姑娘正笑着被另一个男员工亲着。后来有人要回去坐车，我

29

去找一个负责交通的本地行政姑娘，好不容易找到她的时候，她已经醉了，问她啥，她都朝你傻笑。然后继续开始我悲催的看场时间，不停地有人要进场，有没带工卡的，被保安拦着不让进门的。我又去下令让保安放人，保安说要经过他们酒吧经理同意，去找经理又找不见。突然我又被酒吧的人叫过去，原来一个员工喝醉了，在门口撞树，把头撞出血晕倒了，要找到主管打电话让医院送救护车。后来又有喝醉的，又哭又叫，被人架出去了。更神奇的是，两个员工不知为何跟酒吧保安打起来，我不得不出面劝架安抚，还有来抢礼品的……

晚上两点钟，送完所有人，跟另外两个主管打车回去。两个人问我晚上怎么没多喝，是不是被领导批了，我说领导没批我，只是觉得有些没控制好，有点不开心。两个人都说，晚会很好啊，大家都喝了很多、玩得很 high 啊。我想了想也对，晚会大家是很高兴，可是我不高兴，领导也不高兴。让员工高兴和晚会的核心宗旨并不一致，晚会的宗旨应该是塑造积极向上的团队氛围和激发自豪感，如果顺便能让员工感到高兴当然好，但是如果办成了一个让员工高兴、吃吃喝喝拿拿抱抱亲亲的活动，那就完全没意义了。员工高兴了，就会激发对公司的认同感吗？就会更自豪吗？我看不会，至少我没有感觉到，领导也没感受到。

公司毕竟是公司，做任何事情总是有一定功利目的，在那些本地人抱抱亲亲享受的过程中，是否想到是公司花了钱让他们享受呢？在他们抱抱亲亲时，是否想到公司的历史并认真听领导想传达什么信息呢？如果只是他们高兴，而让公司不高兴了，这就不算"大家好才是真的好"，也不是"你好我好大家好"！

我完全理解员工想有一个完全属于他们自己的晚会的心理，但我也能理解在中国搞那些慈善活动时捐助者的不愉快。任何单方面的高兴都不是均衡的，记得特蕾莎修女在挪威接受诺贝尔和平奖时，看着满桌的佳肴和酒水，她提出让大家把这个费用节约下来，捐给她，去帮助更多的穷人，当时众人都从了，那种情况下我也会从的。可是，这里有另外一个问题，如果只是让那些穷人过得好一点，就非得让那些嘉宾不舒服，放弃他们现有的舒适生活，这会不会太过分了？

同样的道理，公司花钱给这些普通员工举办一个晚会，是要考虑他们的高兴和开心，但这些人在开心和高兴的同时，是否也得控制一下自己？至少你得感激这个花钱给你们举办晚会的公司，也应该适当了解一下这个公司，听听这个公司的历史以及业绩，在你满足了抱抱亲亲的需要后，也该考虑一下这个公司的需要吧？

发展，是一种天性需求

　　一个很漂亮的前台姑娘离职了。公司的中国同事都喜欢她，我也很喜欢她。她是那种很小、很乖巧的姑娘，有时候口袋里有巧克力都忍不住会给她一两颗。当然巴西本地人还是喜欢胖一些、丰满一些的姑娘，但中国人很喜欢这种类型的，男同事没事就去找她聊聊天，女同事也跟我反馈那姑娘笑得很甜。每天一进办公室，看到那姑娘漂漂亮亮地坐在那里朝大家微笑，大家心情就很好。

　　问题是，某个周末，这个姑娘突然打电话给行政主管，说不来了。刚开始我不知道，等过了两天，发现前台的位置坐着一个大胖子女秘书，才发现不对。再后来，那姑娘直接给我这个 Mr. Zhang 发邮件了，告诉我，她不干了，希望我帮她推动离职结算事宜，我才知道再也看不到那个漂亮姑娘了。接着，中国同事中就有人问我漂亮前台怎么不见了，还有中方女员工特地跑来跟我讲："怎么能让漂亮前台姑娘辞职呢，加点工资留下来嘛。"我只好去问行政主管，也去问本地员工，才了解到，这个本地姑娘刚 21 岁，干了一年多的前台，同时还在读夜校，现在找了个工资更高的工作。

　　这种事情很好理解，因为我经历太多了。来到巴西的这七个月，几乎每天都在经历员工离职、入职，离职的除了被开除的，大多是找到了更好的公司、更高的薪水，人往高处走，这很正常。再回过头来看看那些被开除的，大多是混日子的，不想好好干活，对于这样的员工，我并没有多大耐心，凡是主管要求开除的，大多直接同意。

　　这次这个漂亮姑娘要离职，我感到很意外。大家对她都挺好的，尤其是中国人，都很喜欢她。那天她为了最后的离职结算来办公室找我帮忙，我实在忍不住，就问她为什么要走。小姑娘说要去学习。我直接点破："那家新公司给你更高的工资？"她讪讪地笑说"是"，我笑着说："你就为了工资要离开我们啦？"突然这姑娘激动起来，说 Mr. Zhang 看低她了，她是真的看重新公司给她的发展机遇才走的。我忍不住问，我们公司也可以有发展机遇的，结果这个姑娘继续激动，说 Mr. Zhang, 这个公司能有什么机遇？我一愣，说现在你做前台，做得好了，可以做秘书了。接着她又问，那秘书之后呢？

　　2008 年在埃及开人力资源年会，各个国家的兄弟姐妹齐聚一堂共谈人力资源的困扰，其中争论得最激烈的就是这一点。那些老外员工整天动不动就来找你谈职业发展问题，谈养老保障问题，谈将来的问题。最明显的也是一个国家的秘书，干了近 10 年，还是个秘书，那个秘书痛苦不堪地说秘书能有什么发展，一个很有才华的同事脱口而出："秘书可以发展成首席秘书，再发展成秘书精。"

　　再回到这个小姑娘，我没办法跟她讲，前台的发展就是秘书精或前台精。我也在想，的确，公司是没有办法给她什么发展的。事实上，大多数人也是因为她长得乖巧甜美，所以希望她能坐在那里天天对着大家笑，又有谁会想想她将来该怎么办？而前台仅仅是一个操作性的岗位，公司不可能给很高的工资。这个工作并不复杂，第一年跟第二年的工作内容是差不多的，公司也不会因为她在这里的工作年限而奖励她。总有一天，她会年老，容颜不再，工资又不高，到那时该怎么办呢？公司没想这么远，我们也没想那么多，可是她自己想到了。

　　我又想到，前些天行政跑来找我，要求给一个老司机加工资，我看了一下，老司机的工资跟市场上差不多，甚至还高一点，就问行政为什么要加工资。主管说人家干得那么辛苦，而且在公司干了很多年了，跟新进来的司机差不了多少，人家自然不满意。我很没良心地又代表了一下资方利益，堂而皇之地讲，司机是个操作工种，具有较高的可替代性，市场上很多司机，而且司机每年的技能并不会增加多少，对其要求又没有变，怎么能要求给其加工资？公司不为员工的工作年限加工资，工作年限对公司没什么意义。

最近我常在想这个问题，现代企业里，企业是否该替员工考虑未来？之前有一个主管跟我讲过，员工的发展和未来是员工个人的事情，我没有争辩。他言下之意就是公司是不会为员工考虑未来的，更不会为员工考虑发展的需要。我常常把未来和发展捆绑在一起想，想到后面，也不由得替员工悲哀，的确，现代企业似乎是没办法，也不会去为员工想未来和发展的。

记得是小学还是初中，读过一篇课文《老哥哥》，作者是著名的诗人臧克家先生。老哥哥是主人公家里的长工，活了70多岁，20多岁就到了主人家。年轻的时候干活像头牛，什么都干，大人和小孩都喜欢他。主人的祖父和父亲在小的时候，老是求老哥哥讲梁山伯与祝英台的故事，求他讲故事的时候就说："老哥哥，现在你对我好，等我长大了养你的老。"等祖父长大的时候，就成了老哥哥的四老爷，老哥哥成了老李。老哥哥时常被打发到市场上去赶集，回来的时候向躺在床上抽鸦片的四老爷报账，为了一个铜板对不上账或是买的鱼不新鲜，就被骂得狗血淋头。到最后老哥哥70多岁的时候，因为这个大家庭经济困难，老哥哥被赶走了，一生的工钱是12吊钱。老哥哥就一个人安静地回自己的家了。

现在再想起这篇课文，特别理解在伊拉克时那些员工跟我提的问题，将来怎么办？尤其是那里的司机，总是很亲热地喊 Mr. Zhang，希望 Mr. Zhang 能给他们一个发展。那时候我总是很官方地对他们讲，公司给他们买了保险的，承担不了诸如养老和未来的发展之类的事情，这是政府的责任。可是他们又怎能不想呢？等他们70多岁的时候该去干什么呢？谁给他们养老？现代社会里，他们又怎能接受像老哥哥一样70多岁背着一个小包安静地离开？

　　昨天中午吃饭的时候，几个同事跟我抱怨使馆的办事效率以及当地政府的办事效率，我也不由得想起自己去当地政府办事的经历。一次去当地移民局办一个劳工手册，要我早上9点钟到，我提前到了，先是排队，后来公司的签证办理人员还动用了一点关系，让我插队了，提前跑到办事员前面坐着，大姐看我是外国人，还很专业地跟我打招呼。之后两页表的确认和填写，这位大姐耗费了3个小时的时间。一会儿她去跟旁边的大姐说说话，一会儿他们的电脑系统整体瘫痪了，一会儿又去喝杯茶，我虽然焦躁万分，也不敢得罪这批人，只得忍着。后来回头一看，其他几个办事员前面坐着的巴西人，也是从上午9点等到12点，办事员并没有故意拖延我，这是他们的正常速度。有个巴西人很可爱，在办事员前面等的时候，居然带了一本书在看。

　　对政府机构的抱怨和投诉一直就没有停止过，我也一样。他们那种不紧不慢的态度让我这个性急的人非常克制不住，不过我也曾经了解过他们的另一面。那一次是中国驻巴西大使馆跟我们组织活动，得知我是人力资源后，一帮人就或明或暗地来打听公司员工的薪酬，这算不上什么秘密，我就跟他们讲了讲，他们就难过了。我忍不住问了一下他们的薪酬结构，告知他们两年才有一套机票，工资是中下等，补助只有极端国家才有，而且吃饭都要吃自己的，总结一句话就是没什么钱，更不用说有什么前途和未来。

　　当然，也可以说每个人都是自己选择的。选择进政府、选择进公司都是自己的事情，自己的选择要自己为之负责，没有人逼着你必须选择这个工作，选择了就得接受这个工作的好与不好，尤其是没有前途、没有未来这个事实，不喜欢就离开。可事情真的就如此简单吗？

　　人的生存权是第一基本人权，但是解决生存权后，发展权就变得神圣而不可逃避。任何组织或机构，如果忽略了这一点，就不可避免地要去承担员工的发展需要不满足的后果。公司不替他想，他自己会替自己着想。你不想为秘书考虑，她就会让你为秘书精疲力竭；你不替他想，他就会让你承担他自己想的后果；你可以压制他的行为和诱惑他用短时间来交换，可是你又怎能让他放弃这个发展需求的天性？

好人与坏人

那天行政主管请两个本地新员工吃饭，拉我作陪。一位是刚从瑞士回来的姑娘，英语说得很好。另一位更神奇，是尼日利亚的黑人姑娘，这位姑娘头脑之清晰之聪明，完全颠覆了我对黑人的偏见。

一边吃一边聊，不知怎么聊到了尼日利亚的奥巴桑乔总统，聊到了他们老总统对西方人的指责。我夹带私货把西方批判了一下，不免讲到中国与西方的文化差异，比如中国人看问题是从多方面来看的，而不会从非黑即白的角度来看问题，不会觉得要么是好人，要么就是坏人，而是觉得好人与坏人之间还有很多人，而且很多时候人也是可好可坏的。两个姑娘听得云里雾里，最后，那个黑姑娘说了一句：Mr. Zhang，我还是认为这个世界上有非常好的人，也有非常坏的人。我哑然失笑。不过，过了两天，我就知道这个世界上的确有非常坏的人了。

那天早上，我刚到办公室，去年刚招聘进来的巴西老太太就红着眼睛来找我。刚说了一句"Mr. Zhang"就哭了起来，然后神情激昂地跟我讲了一个坏人的故事。之前我来代表处时，因报销收拾过这个坏人一次，之后又敲打过她几次，她惹不起我就躲着我了。后来大领导告诉我更多关于她的事，我才知道，一个坏心肠的人如果有一个聪明的脑子，那太可怕了。

这个坏人是一个秘书。她是大领导在20多个秘书中挑出来的，工资很高，但她从来不把自己当秘书，而把自己当成仅次于大领导的二号人物。有时候大领导要她帮忙订机票、安排会议，她居然觉得大领导在求她，一点都不客气。

她的自我定位不清，不仅在于把领导不当领导，还在于把自己当成领导。我们以前的一个销售副代表，因工作变动调回国，这个秘书居然权欲遮天，找到大领导说，自己要当销售副代表。而且要命的是，在跟领导要求时，她根本没听出领导的不屑和厌恶之感。

在代表处，她经常欺上瞒下，凡是交代给她的工作，她都直接转给其他秘书做，一旦有问题就把责任推给其他人。最严重的是，去年我们办公室装修，前期她参与了供应商选择，后来供应商报价时，我们发觉三家供应商的价格相差不大，而且几轮投标价格都下不来。后来大领导安排中方行政再找供应商，发现价格与之前报价相差20多万巴币。因为没有太多精力去核查，也没拿到证据，我们只好让她退出任何跟采购相关的事。2011年上半年绩效沟通时，给她打了个低绩效，算给予了明确警告。

2011年下半年，该员工仍没有任何改变。行政主管研究决定在11月份给予无理由开除。但11月中旬，该员工居然腿部受伤，请了近3周的假，而按照巴西人力资源部本地员工的告知，12月开除员工和入职，必须在12月5日前完成。无奈之下，我们决定在2012年1月初将其开除。结果2012年1月初，我们收到了一份地区部本地人力资源主管发过来的"惊喜"，这位大姐居然成了工会在华为的代表！也就是说在3年之内不得开除她，要开除她还得赔3年的薪水。

总之，我的想法和行动的时间点，她都算得很准，知道我要开除她，而且大致推算出我准备什么时候动手。等我快动手的时候，她不是请假，就是打巴西法律的擦边球，最后直接给了我一个"惊喜"：成了工会的人，让我开除不得！可能她的如意算盘是，我在巴西肯定呆不了三年，等我走了她还没走，该多么畅快！

坏人总是要干点坏事的，尤其是这种有权力欲的坏人。之前大领导见这个秘书很聪明，让她去管另外几个小秘书。这几个小秘书，有的不懂事跟着她瞎混，有的迫于淫威跟着她作恶，也有逆来顺受的，当然也有像50多岁的老秘书一样，不愿意被人控制干坏事的。

老太太继续向我哭诉她有多坏。因为平时我最受不了员工迟到早退缺勤，而地区部的本地考勤一直用不了，所以我要求他们今年，一到办公室就登陆一个类似QQ群的内部沟通平台。到了规定时间，只要看到有人没上线，我就通过这玩意责问为什么没上线。这个坏人秘书自然是被我当众责问的主儿，这样一问，大家就都知道了Mr. Zhang 对她不待见。

刚开始，她很愤怒，跑来问我为什么问她去哪里了。我说有人要找她办事找不到，将她投诉到我这里。她说她在办公室里，只是不在工位上。我就问她什么时候到的办公室，她狡辩说很早就到办公室了，我继续追问为什么我到办公室看不到她，她说她早到了，我说要调出指纹考勤记录，她只好借故离开。

代表处有个行政平台，有个秘书平台。每次行政平台询问的时候，总有人替这个秘书打掩护，我就准备继续收拾秘书平台。明确告知大家，今年其他秘书要归我管，各个秘书也要准时到办公室，上班开公司QQ。问题在于，这大姐明里不敢跟我斗，但私下里去跟那几个小秘书说不要理我。那几个小秘书就真的不怎么搭理我，而这个老秘书，年龄大些，知道得罪谁也不要得罪我这个凶悍的中国人，所以让其反馈什么事，她就反馈，让其准时到办公室，她就准时到。原来铁板一块的团队要被这个老秘书搅乱了，这个坏人就有点坐不住了，害怕其他小秘书学她，就去劝说她，见没起效，就威胁她，最后居然让人孤立她。

老秘书也不是好惹的，忍着一口气不搭理她，继续干自己的事。那大姐坐不住了，生怕自己后院起火，众小秘书叛变，只好私下跟她们承诺说，会利用工会的身份来帮她们测算平均工资，然后要挟公司给她们几个秘书加工资。这一下，几个小秘书积极了，七嘴八舌地给她发邮件说自己的工资多少、奖金多少，结果到了老太太那里，她回了一个邮件说工资是私密的事，不应该拿出来讨论，而且任何人的工资都是跟自己的经验和能力有关的，拒绝向她提供。然后一个小秘书就怒了，用葡萄牙文骂出了"妓女"之类的话。

于是前面一幕就出现了。老太太在咖啡厅里向我哭诉，这帮坏人怎么个坏法。比如这个秘书知道我盯上她了，要抓她的考勤，就让众小弟给她打掩护。一旦我问，就马上通知她上线。后来嫌麻烦，就让公司QQ一直挂着。再后来，发觉我还有指纹考勤机记录，她聪明地想出了一个彻底的解决方案：胁迫公司新招的一个小前台，用拇指登记自己的考勤，然后用中指帮她登记考勤。结果这前台每天上班，先用拇指给自己打考勤，再用中指给她打考勤，前台打完考勤后，再到她工位，帮她打开电脑，登陆上公司QQ。真是糟蹋了聪明劲儿！她忘记了公司还有摄像头——不过她有公司摄像头管理房的钥匙，她曾经关掉过公司摄像头。

那次是这样的。某天一个IT员工跑来告诉我，说有一天晚上，这大姐先来了办公室一会儿，然后走了。过了一会儿上来一个民工一样的人，搬走了三台电视。因为当时办公室在装修，里面的装修工人不知道情况，就给她打电话确认，她说她批准了。后来我们去查摄像头记录，发觉当时摄像头被关了，也就是说，当时来人搬电视的记录没有了。不过巴西人民的内部斗争经验也很丰富，那个在办公室装修的工人，害怕担责任，居然用自己的手机拍了一段有人搬电视的视频，然后呈给了我们的IT员工。这个大秘书不知道从哪里听到风声，马上聪明地让人把电视又偷偷搬回来了。之后她来问IT员工，中方主管有没有查到什么证据。

我让哭诉的老秘书再次详细地把故事经过给我讲一遍，然后让其将相关邮件转给我存档，再去找中方IT迅速封存录像记录。最后我想，要收集人证、物证，最好让这大姐离开办公室一段时间，就去试探性地询问，她能否去别的城市出差一个星期左右，她高兴地说没问题，只需要提前请她妈妈来照顾她女儿就可以。我听到她说要让妈妈来照顾单亲的女儿时，心中掠过了一丝不忍，这么聪明的人，为何心术不正呢？接着我紧急给各位大领导发邮件，要求派两个得力的外在律师来收集证据。由于邮件中极尽渲染，把几个相关领导气得发狂，原本计划要一周才能解决的，结果律师第二天就来了，当天就解决了。

第二天，先把这个大秘书调到另一个办公室，然后让律师找被胁迫的前台取证，让IT调摄像头，让考勤调指纹记录。小前台立刻就招了，人证、物证都在，坏人也无话可说，垂死挣扎了一下，只威胁说要去告。

不过按照尼日利亚黑姑娘的说法，有些人是非常坏的人，讲道理也许是不必要的，也没有意义的，让她自己承受结果就好。坏人的坏，不在于她不懂道理、不懂对错，而在于她自信自己的聪明可以跨越道德。

人性与人伦

去墨西哥城开会，据说这城在高原之上，海拔两千多米。在墨西哥短短的一周，竟然经历了地震，幸好平安返回里约。然而这次开会回来，收获最大的并不是学到什么东西，也不是看到了玛雅人的金字塔，而是认识了一些人、经历了一些事，让我再次对人情冷暖多了一些了解和感悟。

这次专门针对 HR 的培训研讨，前期花了大力气来准备，相关的同事也费了很多心思，让大家抽出时间，从南北美洲各地飞到墨西哥相聚。讲师是好的，学习的内容也是很有启发的，不过，学习之外的东西更值得玩味。

第一天，可能因为酒店准备的食物里有很多海鲜，而墨西哥人做菜喜欢放一种特别辣的辣椒，结果第二天两个同事没能来，隐隐约约听说住进了医院。第二天晚上大家聚在一起喝了些酒，第三天早上，又有两个同事反馈不舒服，一个拉肚子，一个不停地呕吐。但是组织者不停地说这个培训很重要，要大家准时到教室等待老师讲课，同事比较听话，撑着下楼到了教室。上午一个同事实在受不了，跑到外面找组织者，说想去医院，组织者说让酒店找个医生来看一下，然后老实的同事就坐在教室外面等医生，左等右等终于来了个医生，测了一下体温听了听心脏就走了。同事说难受，问能否送医院，组织者说继续请医生，另外参加学习的人员到教室去，他会去找行政来帮忙照看。可怜的同事就在外面等着，我在教室里看组织者半天没什么动静，挨到中途

42

下课，见同事还在那里干坐着，忍不住就说要打车送医院，让组织者告诉我，附近什么医院比较有名。结果组织者说，领导说了，参加学习的人不要随便离开。我立刻怒了，二话不说就去找领导反映情况，要求送医院。结果领导大吃一惊，让我赶快送医院。因为不懂西班牙语，又拉了当地一个懂西语的同事帮忙，当我们两个往外急匆匆地走时，那个组织者又补充了一句：领导说参加学习的人不要脱离学习。现在想起来真后悔没冲上去打他两耳刮子，只是冷冷地说："我已经跟领导说过了。"这人听了马上改口说："那就去吧。"

将两个同事送往医院，登记入住，颇为周折。入住后，我跟会西语的同事闲聊，才知道昨天也有两个别的地方的同事不舒服住进了医院，一个上吐下泻严重到虚脱，结果同事将他们送到医院治疗时，不停地接到组织者的电话，先是询问病情，但最终落脚点是，没什么大问题的话，赶紧回教室听课。最后见两个住院的同事必须要住院，组织者就把落脚点放在这个会讲西语的同事身上，让他赶快回来听课。生病的同事中有一个特别老实的，听说组织者传话说"领导问情况，问题不大的话赶紧回教室听课"，想想自己还能动，于是真的回到教室，然后隔半个小时到教室外面的洗手间上吐下泻一次。

我越听越怒，想这个人那天下午要是敢这样来要求我和我生病的同事，我就问候他全家。到了下午，讲西语的同事终于接到电话，落脚点还是，领导说没什么特殊情况的话赶紧回教室。讲西语的同事比较坦白，说在打针，同事都不会讲西语，他必须呆在这里。因为送得及时，打完吊针，症状有所减轻，考虑到晚上在医院也不好，就让医生开了药往酒店赶，就在这个时候，组织者又打来打电话，通知务必在7点前赶回，因为晚上有个重要领导的座谈。讲西语的同事老实说正在药店买药，然后组织者创造性地提出解决方案，让那个生病现在能走的同事自己在药店买药，让我们这两个看护的闲人马上打车回酒店，参加重要领导的座谈。

终于坐上车开始往回走，把生病的同事送回房间后，居然赶上了那个重要领导的座谈。在那些 HR 畅谈工作中的困惑和烦恼，表达自己对这个行业的理解和学习感悟时，我坐在那里不停地在想，做HR，难道不是在做人吗？那个为了保证培训效果好、保证座谈气氛好的组织者，他难道没有兄弟姐妹吗？他自己没有生过病吗？他组织这个 HR 的培训到底是为了什么？从功利的目的想，他花了很多时间来组织这事，大家的出勤率、上课的反馈、讲师和领导的认可对他非常重要，也许就是他上半年的考核指标。但是就算领导上半年因为他组织的座谈人头齐、反响热烈，就能把他提拔成一个领导吗？即使这一切都如他所愿，领导很满意，给他奖励，难道这个奖励难道就比同事的身体和生命更重要吗？

我明白，不同的人有着不同的价值取向。事情过后，我也不停地一遍一遍回过头来想这名同事为何如此冷血，他想得到什么，他的利益诉求又是什么。最终只能得到一个结论，他只想把这次培训搞好，这是他的目标和任务，其中每个应该参加的人没有缺席是他的 KPI。除了他的目标，他的 KPI，别人的死活以及那些鲜活的同事对他的印象和评价都不重要。为了这个目标和 KPI，他甚至忘了他在组织的是HR——最应该关注人的部门的培训研讨。这不得不说是一种悲哀。

在墨西哥，除了这件刺激我的事情外，还听来一个故事。一个小主管，父亲在国内病危，因为他是唯一的儿子，所以想申请回国尽孝，在医院照顾父亲。结果这边一个小领导不批他的假，说当前的项目非常紧急，让他想法安顿好家里，尽量等项目搞好了再走。这个小主管比较老实，真的没回去，一直呆着，后来幸好他父亲在国内抢救过来了。不过问题不在于这个小领导不批他的假，而在于之后其他小领导知道了，将这件事当正面典型大肆宣传，宣传这个小主管是个好员工，大家要向他学习。与此类似，公司内部的报纸上也刊登了一个 CSO 姑娘的事迹，说这个姑娘 800 多天没有好好休息，为带公司的资料，将自己买的衣服和鞋子在机场给扔了。最让人惊奇的是，这姑娘父亲病重，她因为项目紧没有回去，最后父亲在国内去世，她也只是一个人偷偷哭了一下午，然后继续到办公室去加班，坚持她的开票事业。

总在想，有什么东西比父子人伦之情更重要？又有什么项目比子女尽孝或同事身体健康更重要呢？

心理学里有个名词叫"目标综合症"，有些电影就表达过类似的主题，其中以《桂河大桥》最为典型。说是二战期间，一批英美军官在缅甸被日军俘虏，被要求修建一条连接缅甸和泰国的大桥。这个大桥是为日军征服和侵略用的，刚开始被迫参加劳动，英美军人是抵制的，但后来他们发扬了专业精神，忘记了这个大桥的目的，居然专心致志地修起桥来。等到后来美军来炸桥时，他们竟然反对起炸桥来，他们已经沉浸在那个修桥的具体目标中，而不去思考这个桥的意义和危害了。

在我们公司，很多理工学历农村出身的同事，总是对目标极其关注，以致大家都知道华为人有不达目的不罢休的怪癖。可工作是工作，工作不是生命的全部意义，有些东西总比工作中项目或合同重要，那些同事又为何这般极端，为了一点 KPI 或一点目标，将最基本的人性和人伦都忽略掉？

刚进公司的时候，看到公司老总怀念自己母亲的文章，在伊拉克的时候，听他讲对待父母的感情，子女应该尽孝，没有什么比这更大的事情。可为何到了基层，我们的员工就这样罔顾人伦和生命，甚至就像那个培训组织者一样，打着领导的大旗四处去要挟别人帮他们完成目标？

这样的事情似乎还很普遍。当初我在中东的时候，一个同事的父亲在国内去世了，当时他临时买票回国奔丧，凌晨时给我打了一个电话，告知跟领导请假电话不通，所以跟我请个假，后面等上班的时候再让我帮忙跟领导请个假。我二话没说就答应了他并让其赶快回去，这同事还特别负责，特地告诉我他已经将各项工作以及各个项目都安排好了。等到上班时间，我跟领导说这事时，这个领导第一句话问的居然是，他要请多长时间的假，什么时候回来，项目很紧急的。我一直都不忍心将这事跟那个同事讲，那样的领导，即使他能一时成功，我相信他也是没人性的。

一个老同事给我分析过这个问题，为什么公司的人都具有"目标综合症"呢？一方面可能因为大多出身理工科，对问题和技术感兴趣，智商高于情商；另一方面也可能跟出身贫寒有关，太过于渴望成功和出人头地，只要把自己的工作完成，就能获得好的绩效考核，进而获得好的回报。于是目标完成跟好的回报成了直接的毒品，诱使人变得越来越功利，久而久之就形成这种不问意义、不顾人伦的目标症候群。

公司作为一个功利性组织，没有办法不关注目标和战略，而作为个人，应该是个有血有肉的人，不能因为这种短期功利而忘却人的本性。生命中有一些东西是比短期的经济回报更重要的，如健康，如爱情。

低端员工的管理

　　早上9点赶到办公室，刚坐下就听见旁边位子上有音乐声，还夹杂着掌声，扭头一看，是三个本地员工围着一台电脑在看。我凑过头去瞟了一眼，原来是巴西达人秀节目。我看了看表，已经过了巴西人上班的缓冲时间9点10分，就忍不住盯了那三个人几眼。可能我这个HR平时没怎么跟他们打过交道，那女员工虽然意识到我在看她，居然没觉得有什么不妥。见她没反应过来，我直接站起来说，上班时间不能看电视，要马上停止！说这话时，我脸上的表情很严厉，两个男员工赶紧走了，女员工缓缓地操作电脑，脸上的颜色不大好看。我上午一堆的事，没时间去跟她计较脸色好不好看的问题。

　　一忙起来，忙到连上厕所的时间都没有，等受不了起来去上厕所时，已经11点半了。站起来往厕所走，刚好经过这位女员工的工位，发觉她居然正在电脑上看私人照片，旁边还有一个男员工在围观。看到这，我实在怒了，马上喊来本地HR，让其用手机拍照取证，接着去找主管。一找到主管，马上严厉地询问他，为什么这个员工的工作量如此不饱满？既然有这样的员工，为何不开除？为何还老来找我招人？

　　中午吃饭后，越想越觉得不是滋味。公司在巴西的中方员工，都忙得昏天黑地的。一个中方女同事，才36岁就查出子宫肌瘤了，因为她平时责任心太强，我们提醒过她好几次，让其赶快去动手术，她总是说等等。这些本地人呢，上班时间还在看巴西达人秀，还招众人来围观！我一怒之下就在主管内部的 QQ 平台上发了一则通知，让各部门主管核查本地员工的工作量，以及非工作必需，停止本地员工的外部网络权限。另外，点名这三个本地员工的部门，让其主管核查，并作出处理和清理。总之，语气之严厉，前所未有，平台上一片寂静，没有人敢回复。

到下午，所有主管都知道了有本地员工在上班时间看巴西达人秀，并且围观。HR 在责问这个部门的员工工作量，那个主管被弄得四处不是人。本来这段时间公司各部门都忙得连吃饭的时间都没有，居然有员工在上班时间看电视、看相片并且围观？这引发了众怒，部门主管赶紧给我打电话，说马上就处理。

下午我正在为奖金的事情忙得不可开交，突然一个本地高管很神秘地来找我。一开口就知道他是为了看电视围观的事情而来的。他跟我说，现在中方主管听了我的反馈，马上让本地主管将那三个本地员工开除掉。他觉得这样做是不对的，不能因为员工看一次电视就开除，他们有时候也加班到很晚的。其实，我心里也认同，不能因为看一次电视就要开除三个人。这位本地高管充分发挥了本地人的思维习惯，说要先辅导，然后沟通、交流、警告，不悔改的话再开除。我说会跟中方主管沟通一下，让其先去调查一下这三个人的工作量。

等我回到位子上没多久，旁边忽然冒出一个本地人来，问我是不是 HR。我说是，他说他是那三个人的主管，他们几个人的工作都是他分配的。他们这个部门比较特殊，有时候短期内有海量的客户需求需要处理，要加班到很晚，但有时就像今天这样，客户没有需求，那几个人就闲着没事。他希望我不要因为他们看电视的事情而太生气，然后他又创造性地说，如果现在把这些人开除，到时候再招人也很麻烦。

听完各方的反馈，我重新理了一下思路。这个部门的工作，类似于餐馆服务员，客人多时，会很忙，但是客人少的时候，就没什么活儿了，只能去看电视、看相片或打麻将。但问题是，你不能等客人来的时候才去招人，何况也不知道客人什么时候来啊。公司要想找人干活，就必须将他们招进来养着，这是我司在这个国度的窘境：不得不养一大批这样的低端员工，他们忙的时候，要付加班费，不忙的时候，就可以上网看巴西达人秀。低端员工的工资不高，但基数大，而且巴西当地的社保和个税也是一笔很大的负担，更不用说那居高不下的加班费。

之前还听过另一个部门的故事。他们部门的主要工作类似搬箱子，部门主管本来想招进来一双双手搬箱子，结果发现招进来的是一个个有脑袋、有情绪的人。今天这个员工家里来了客人要请假，明天那个员工与女朋友吵架了没心思干活，还有两个人互相争执谁搬的箱子多，还有反映旁边的女同事身上味道太大不想与其同事的……总之，那个谦和的主管，最后怀念起奴隶社会来：派几个监工，拿着鞭子，看到谁干活偷懒就一鞭子下去，没那么多话讲！可惜在现代社会，公司不能成为山西黑煤窑。这位主管为了管理那一大堆搬箱子的员工，还得另请一批人来指导搬箱子，再请一批人来做思想辅导工作，协调矛盾……

低端员工，一般都是一些从事没有技术含量、容易复制和替换的工种的操作类员工，工资不会很高，比较固定，发展前景也不算很大。他们在整个社会群体中基数很大，流动性很高。但另一方面，低端员工也是人，你需要的是他的双手，却不得不把他的大脑也接过来。虽然他们卑微，却也是有灵魂的人。低端员工或多或少都是在教育技能等方面有所欠缺的人，企业很多时候也是需要用这些员工的双手去扭螺丝，但当他们不愿意好好扭螺丝的时候，又该怎么办呢？

对于这种员工的管理，在万恶的奴隶社会中，奴隶主是最舒服的。奴隶主不用处理两个男奴隶为一个女奴隶打架的问题，封建社会类同，那么到了资本主义社会，该怎么处理呢？据我们教科书里讲，是用大量的机器来代替人手，有效地提高生产效率，减少管理成本。但这些对于我们社会主义企业来讲，似乎都不够理想，也不够现实。

记得清朝太平天国起义的时候，曾国藩组织湘军，先是派人到湖南山区野蛮之地，寻找朴实的野蛮乡农，他特别鼓励这些乡农带着亲戚一起来投军，最后的湘军队伍里，大多是父子叔侄同上阵。这明显与现代公司规定不许亲人在同一个部门的规则相左。这些野蛮之人家族观念比较重，常常这个家族不服那个家族，队伍之间起内讧，但曾国藩创造性地解决了问题。他派到各个乡亲团的管理者，都是像我这样不会打架、不会骂娘的读书人。这真是奇妙的组合，秀才带着一批动不动就动刀子的粗人去打仗，战斗力居然强悍无比！

好多次我都在思考，为什么这种选领导人的办法会奏效呢？后来读到费孝通先生讲中国乡村差序格局，我明白了。打仗最好的是父子兵，父子叔侄都在一起打仗，自然团结。父亲被打死了，儿子和叔侄自然会拼命报仇；父亲被打伤了，儿子和叔侄自然会舍命相救；父亲说话了，儿子和叔侄自然会听。这种以血缘为核心的权力格局和战斗小队，自然有效率。

但多个家族组合谁也不服谁怎么办？曾国藩找那些读圣贤书的秀才来当将领，自有一番道理。大家不服是吧？但大家内部也找不出互相服的人，那就凑合一下吧。最核心的是，秀才虽然不会动刀子，但秀才能动笔，更能动嘴，动不动就是圣贤，而圣贤刚好是乡民所敬畏的。秀才还懂规则、懂人情，总是温润可亲。秀才还有一点好——跟上级领导沟通畅通。秀才知道什么是作战地图，知道设伏和三十六计。指挥是要靠脑袋，而不是靠手的，所以家族性的武装组织，选秀才当将领真是绝了。

巴西的低端员工，他们也是以血缘为核心的差序格局吗？

员工开除

最近连续需要开除员工。一般来讲，公司很少主动裁撤中方员工，哪里都缺人的情况下，能找到人干活就不错了，要下狠手开除的，必是到了忍无可忍的地步。坦率地讲，目前公司给的待遇和福利，同行业中也很难找到差不多的。招来的员工大多是穷苦出身，一个人背负了整个家庭的期望，一旦被开除了，该有多少人为之难过！每次我总在想，这些人为什么不争气一点呢？为了一些奇怪的想法和行为，付出这样的代价。只是，也许年青一代比我们更有个性，更不愿隐忍吧。

说到开除，不由想到这几年处理的恶性事件中最严重的一件，故事之曲折和复杂，直到我离开时还有影响。

那是两年前的伊拉克。有一天早上，一个本地员工偷偷走进我的办公室，说要跟我说一件非常敏感的事。我放下键盘，听他讲。

他刚从南部巴士拉回来，我们在那里有一个小办公室，人数不多，主要都是本地人，所以平时没怎么关注，但我记得其中的三个人：一个女秘书，来北部时我请她吃过饭；一个长得像史泰龙的本地人；还有来北部培训过的比较憨厚的本地人，是做供应链的。故事就发生在这几个人身上。

本地员工告诉我，他去巴士拉后，发觉办公室很怪。平时见不到什么人，女秘书也不怎么干活，而且大家对那个女秘书还特别客气。他找人聊天的时候，发觉大家都在回避那个女秘书。回北部的前一天晚上，做供应链的员工突然找到他，要跟他聊聊，结果聊出了一个惊人的故事。

原来之前大家经常让这个女秘书干活，但女秘书不怎么积极，那位史泰龙大哥因此经常跟女秘书吵架。但后来史泰龙大哥再也不吵了。原来一天晚上，这位史泰龙大哥家里来了几个长得很壮的男人，跟史泰龙大哥讲："你有媳妇吧？你有女儿吧？你有妹妹吧？如果你再对我妹妹不礼貌，小心你媳妇、你女儿、你妹妹活不了！"史泰龙大哥吓得发疯，赶紧说他不会对他们妹妹不礼貌的。事情到这还没完，按照巴士拉阿拉伯部落的习俗，史泰龙大哥赶紧向自己家的头领汇报，按照部落决议，由他们部落长老联系对方部落长老，双方安排见面喝茶。可能因为对方家族人多势众，史泰龙大哥家族这边服软了，双方达成和解，史泰龙大哥保证不再对女秘书不礼貌，对方家族表示接受。考虑到我司非当地公司，尤其我们中国人可能不理会这些部落传统，就补充了一个附加条款：如果女秘书被我公司开除了，史泰龙大哥要赔偿女秘书 25 000 美元，差不多相当于史泰龙大哥两年半的薪水。于是大哥只好在办公室里对女秘书很客气，能不见面就不见面。由于他在本地员工中有点威信，所以还嘱咐其他众小弟对女秘书客气点。

这故事有点超出我的想象，工作居然能牵出家族恩怨？我问本地员工，按照当地习俗应该怎么处理？本地员工说最好暂时不动，因为高度敏感，不能让太多人知道，也不能去跟当事人对质。考虑到那地方本来没有太多业务，影响也不大，所以当时我也先忍了，让本地员工去查一下那个女秘书的工作情况，看看有没有什么办法能逼着她主动离职。本地员工领命而去，每天打电话、查考勤，然后发邮件去催女秘书，活儿没做完，就让她汇报并抄送给我。

过了不久，这个本地员工又偷偷跑来跟我讲了一件事。原来女秘书当初上学学英语时，就认识史泰龙大哥了。后来我们公司要招女秘书，而这姑娘能讲英语，史泰龙大哥就把她推荐到公司了。事实上，史泰龙大哥开始有点居心不良，居然去追求她，想让她做他的第二个太太。但人家姑娘是懂英语的，哪能屈居二房？所以没有答应。结果史泰龙大哥就经常来骚扰她。

本地员工问我该怎么办，我想来想去，只能说先忍着。说是忍着，其实我心里已经作出了两个人都必须被清理掉的决定。忍着，也是在等着，我相信，坏人不会只做一件坏事的。

果不其然，没过多久，事情就发生了。我们在巴士拉的办公室有天被人堵住大门，说要把办公室给炸了。当地人的这种威胁，我们早习惯了，派一个人去了解情况，大致明白了。我们在那边要退租两栋宿舍，但那个房东不让退，要让我们一直租下去。我们说现在没那么多人住，对方却说不管住不住，都要付两年的房租。我们拿出合同，上面写着，只要提前一个月知会即可以退租。对方却大嚷大叫，说他有损失，非要我司赔偿。我们追问他有什么损失，他却不说了。

过了几天，我们动手退宿舍时，这人急了，跑到办公室堵住门，不让我们退租，我们派一个本地主管过去处理。刚开始，这人不跟主管讲道理，后来，他跑到办公室堵着，说要找史泰龙大哥。我们很奇怪，他说他给史泰龙大哥打电话不接，找不到他人，要求公司帮他找。我们隐约觉察出这里面有故事，就联系那个史泰龙大哥。结果大哥要么说在外面办公，要么早来早走，反正就是不见主管，也不见房东。最后，房东终于把这个精彩的故事讲了出来。

原来之前我们在当地有项目，需要提前预租三套房子，公司在找，也让本地员工帮忙找，最终史泰龙大哥帮我们介绍了办公室附近的一个房东。我们问他有没有三套房子，他开始说只有一套，我们看了看觉得可以，准备先租下来。没多久，他又跑来说，他有三套，另两套是他兄弟的，可以由他一起租给我们。我们一看也可以，就进入了房租谈判阶段，基本谈成每月3000美元。谁知快签合同的时候，他突然跑来跟我们讲，要每月4000美元。我们很愤怒，但是限于那个鬼地方天天都有被炸的危险，不愿意让办公室跟宿舍离得太远，所以反复谈判，最终谈到了每月3600美元。问题是，这个房东被害了，我们也被欺负了。

这房东本来是个老实人，只有一套房，每月 3000 美元租给我们也是可以的。当他正准备跟我公司签合同时，有一个人跑到他家里去说：每月 3000 美元太便宜了，可以跟我司要求每月 4000 美元。房东说这可能吗？那个人说可能，他可以保证房租超过 3000，而且可以保证两年内公司不会退房，作为报酬，房东要每月付他 600 美元的好处。而且他还告知房东，我们公司起码要在那里租两年宿舍，并且人会越来越多，他如果有多的宿舍的话，是个发财的好机会。结果，这房东考虑到，他家周围两栋房子也是空的，主人跑到国外避难去了，他可以先把那房子租下来，然后再转租给我公司，这样他就可以成为二房东，再发一笔财。当然，他也看到了合同上写明，我公司有权提前一个月知会马上退租，但是那人告诉他这样的事情不会发生的。好了，老实的房东又去租了两栋房子，当然租房是要提前付定金的，而且租的时间越长，一次性付款越多，就越便宜，于是这老实人一下借了好多钱，去交另两套房的房租。

房东开始收租了，那人每月也收到 600 美元的好处费，本以为高枕无忧的，结果最不可能发生的事情还是发生了。我们因为项目问题不用派那么多人去那里了，所以要退租两套宿舍。房东哭了，他已经提前付了两年租金给大房东，而且每个月还给那人好处费，自然要跑到办公室闹。那个内鬼，也就是我们的史泰龙大哥，还指示他怎么去闹，说中国人怕事，就算不租了，也会赔给他一大笔钱的，让他去威胁公司办公。这房东就真的跑到办公室门口堵着了。

因为那里的办公室实在太小，而且没有中国人在那里，我们也不急。最主要的是，合同上写得清清楚楚，房子肯定要退，钱又在我们手上，不付钱，对方也没办法。

终于房东被逼急了，就要去找那个"史泰龙"。"史泰龙"也发现公司不会按照他想的来处理，只好开始躲。躲是躲不掉的，房东找不到他的家，但能找到我们公司。我们公司是要给员工发工资的，他不来公司就拿不到工资，然后他就被逼出来了。

我们跟房东说，"史泰龙"跟他之间的承诺，是他们私人的事情，公司要按合同来处理事情，至于这个员工犯的错误，公司会处理员工本人。

对那个可怜的房东，最终我们按照当地习惯，去找他们家族长老做解释、安抚工作，另外多补了他一个月的房租。同时要求他把事情的经过原原本本地写出来，并让当地律师和宗教人士作证。至于那可怜的房东怎么动用家族力量去"史泰龙"家里问候，我们就没办法干涉了。

回过头来，公司也要收拾史泰龙大哥。结果他早知道罪责难逃，直接提出辞职了。好在伊拉克开除人没有那么复杂的程序和举证，也没什么补偿。所以不等到发函开除，他就直接辞职了。不过最终，我还是让律师写了一个开除函，公开点名讲明故事经过，扣留"史泰龙"所有的工资和补助，并追讨其带来的损失。本地人重视钱财，也重视名声，这一下子把他伤得挺狠，以致他对我怀恨不已。在我离开伊拉克的前一天，他给公司员工发了一封针对我的大字报，大致内容是我对待员工凶狠，导致员工害怕而离职。

同类的员工开除事件在别的国家也有，每个都很神奇，处理的时候都会招致嫉恨。有时候我也很恍惚，是否这样的员工不该开除呢？我不是法官，没有权力来判断别人的生死，但有一定的权力来判断别人是否可以被开除，比如像伊拉克这件事，是否我装作不知道，大家就都没事呢？可是那些往邪恶道路上越走越远的员工，如果不处理他们，是否对其他员工不公平呢？

我只能以埃德蒙·伯克的话来安慰自己：邪恶之所以胜利，是因为善良的人无所作为。我只是想有一点点作为，来维系一点善良。

从伙委会说起

这算是我司在海外学习西方制度设计学来的一个最神奇的制度，也算是一个一定范围内让员工自行做主、自行管理的民主制度，起源于几年前海外员工伙食制度改革。鉴于全球普遍对我们的行政工作不满意，我司创造性地设计了这个伙委会制度，核心是让员工自己选出代表，自行管理自己的伙食问题。伙食经费由公司按标准划拨，至于经费怎么花、怎么用，让员工自己来决策，因为各地方的中方员工都比较多，且有各自的主业工作。为了避免乱糟糟，请大家选出一个伙委会，代表全体员工来进行决策和食堂管理。到后来形成了生活委员会，在经费标准下，不但要管食堂，还要管各类跟员工生活有关的东西，比如宿舍以及各类员工娱乐活动等。

这个初衷和设置，听起来似乎有点熟悉。如果对西方国家政治有点了解的话，应该能想得到，所谓伙委会或是生活委，其实类似于西方的议会。由普通民众选出议员来代表自己的利益，提出意见和要求，让所谓的政府机关部门给出执行方案，政府机关部门要是满足不了，就代表人民对政府进行弹劾，比如要求总统或元首把这个不合格的政府给换了。说到这，那谁是生活委的政府呢？自然是那普遍遭人痛恨的行政部门。生活委就经常提出各种要求给行政部门，要求行政部门执行，行政部门类似政府，是由总统或元首任命的，工资奖金也由总统或元首来定，好不容易在竞争中弄到这个位子，现在整天冒出生活委的一批议员来给他们提意见、提要求，要这两个部门关系好，那实在有点难。

印象中最早是 2008 年有这个伙委会的，刚开始大家始终搞不清楚是干什么的，后来摸着石头过河，大概知道伙委会有钱有权，还能制定标准，提出要求，让行政去执行，问题严重了。我所去的几个地方，就没有伙委会和行政关系好的。当初在伊拉克的时候，行政是个老员工，两任伙委会主席都是在员工中很有威望的同事，结果后来发展到伙委会主席跟行政势成水火的关系，连我这个好脾气的人力资源都压不住，最后双方居然发展到在代表以及管理团队面前对骂。最神奇的是，双方互相调动资源，要求员工全体开大会，行政一方要求把伙委会给解散了，伙委会一方要求行政当着全体员工和家属的面，执行伙委会的决议。各自引经据典，拉动高层领导的只言片语来作解释，员工们也是左右为难，让我只得四处扑火、烦不胜烦。这是在伊拉克，等我到卡塔尔出差，更好玩，行政是个从英国留学回来的女硕士，伙委会主席是从英国回来的男硕士，两人不讲同为英格兰出品的优雅，居然在办公室里大吵大闹，就差骂娘了。当时我在旁边，听着那尖刻的话，差点对英格兰都没好感了。现在到了巴西，在里约这个神奇的地方，事情不能讲得太细，这生活委和行政的斗争，让我对这个植根于西方民主制度的尝试，迷惑不已。

按照我的理解，既然公司已经把经费标准定了，员工把代表一选，有了代表的议会和议员，加上按议员意见来执行的行政，双方好好去配合给员工服务就是了，干嘛老有矛盾呢？

在海外，有几次看李敖先生在"议会"骂谢长廷，朦朦胧胧中感觉，是不是行政部门就应该被"议会"和"议员"骂啊？再后来，看到台湾两个"党派"在"议会"里大打出手，更觉得神奇，那么多成年人穿着西装在"议会"里还能打架，这个场面有点颠覆我的三观。这样一比，是不是我司的伙委会和行政关系还算融洽的呢？至少没穿着西装戴着工卡在办公室打架。最近还看到我钟爱的龙应台，在台湾"议会"里也被几个臭"议员"质问挑战，心里就很不舒服了，忽然对行政部门又有点同情，谁说代表普通民众的"议员"就是好东西，龙应台先生是那么有品位、有格调的人，都被质疑、被羞辱，难道代表羞辱她的人智商比她高、文化比她好？就因为是代表普通民众的代表，就可以这样口无遮拦、目中无人地不敬？

再回到我司的伙委会制度。这两方之争，类似于议会跟政府之争，那么我们到底该支持谁呢？伙委会是一个由员工自行选举出来的机构，大多委员可以说要么深得人心、德高望重，要么对公共事务有较高的参与度。这个机构是立法机构和标准制度机构，也是提出要求而不用执行的机构，平时只要组织开会，听听民意就好，因为是选举产生的，只需要对选民负责。而与其对立的行政部门，是公司从外面雇佣的专职部门，主要功能是负责员工的吃住用行类的后勤保障，公司是根据市场行情来给他们付工资的。代表作为元首，要负责的大事很多，不能整天去负责行政之类的破事，只得找一个行政主管来管吃穿住用行。作为政府，给一个总费用包，也就是预算，让行政去花钱办好事。当然行政部门是执行部门，不能想怎么花就怎么花，要让员工自己来计划怎么花这个预算。员工人太多，七嘴八舌不好收集意见，若是让行政去收集意见自己执行，其中猫腻会更大，这也是之前没有伙委会时，各地对行政最大的投诉。所以让员工选出议员来，要求行政怎么花钱，并且监督他钱花得好不好，花得不好就像台湾酒足饭饱的"议员"欺负龙应台先生那样骂他。这样一理思路，大概也就明白了行政为什么不高兴，行政主管不是议员挑的，议员又没有权力去给他加工资、发奖金，还整天要求他干这个干那个，完全不把人家当领导，你说他高兴得起来吗？

行政不高兴，是因为议员整天骂他，命令他干这干那还不给他加工资，他自然不搭理。你命令的时候当面问候你家母已经不错了，你还想他把议员的话当圣旨？说买床垫就买床垫、说提高饭菜质量就提高饭菜质量？那是不可能的。行政执行力没达到议员的要求，态度还怠慢，议员们也不高兴，集体决议没被重视，这还了得！这不仅是对议员的轻视，更是对议会的藐视，还是对议员背后更广大的民众的忽视。是可忍孰不可忍，两边开打，你来我往，好不热闹。你说我没有把员工当一回事，我还说你乱发指令增加了公司成本；你说我执行力差，我还说你不懂当地实际情况，要不然你们自己来干这个行政工作？

凡是涉及吵架，无非会从具体的解决问题，退化到权力和尊严以及态度的辩驳上，而迫切需要解决问题的百姓就给晾在了一边。要想解决问题，那你自己也加入到斗争中来，而且必须要加入一派，这是我这些年跟这两个机构打交道后最深切的体会，不知道这是否也是西方民主议会制度的弊端。

或许说，把行政部门的任命权和加薪的权力交给议会不就解决问题了吗？不管元首什么事，代表专心去搞销售就完了。你看，这样做，问题是解决了，但是问题更大了。首先，管理机构统一了，就变成立法、执行于一体，效率看似提升了。伙委会出一个人去负责员工吃住用行的具体执行工作，其他人去收集民意开会讨论，负责行政工作的成员工资奖金由老百姓定，看起来是一个 perfect 的解决方案。可是我知道的几个地方的伙委会，执行效率也不高。

去年下半年我刚来里约的时候，伙委会成员找到我，说是希望帮忙弄一笔钱。我问要钱干什么，答曰伙委会运作要给大家一点激励，不是发工资，只是一个月或两个月组织所有议员们吃个饭。我说公司不是把所有的钱都拨给伙委会了吗，你们自行安排就行了。为了介绍别的地方经验，我还特地启发性地说，那么多员工，每个月都要发好几百的伙食补助，你们从那伙食补助中，每人拿出 5 块来，作为伙委会运作的基金，就可以给议员们发工资的。第一次提建议的时候，那些议员们还情绪高涨，后面就不见动静了，还是来找我要钱，让我很奇怪。我追问为何不能从集体预算中拿出一部分钱来做工资发放，答曰做了民间调查，说员工不愿意在几百巴币的伙食补助中每个月拿出5块，而且他们自己也是员工，将心比心，让他们自己从公司发的伙食补助中拿出5块来他们也不愿意。我忍不住说道，那你们难道不可以跟员工宣传吗？每周末要坐两小时的车赶到办公室集中开会，平时还得在下班时间去调研员工的生活要求，这也是付出，也是劳动啊！员工如果要你们提供服务，就应该付费的。

就这么个简单的逻辑，前些天我跟小段交流时，去过多个西方国家的小段说，伙委会是大家选出来的，那是大家的信任，应该为大家服务啊！意思就是，既然得到了大家信任，就应该无条件为大家服务，哪还能谈报酬？这么多年人力资源的经验和国外生活的经历，让我对国内那种讲究无条件给民众服务的倡导深恶痛绝，而且从来都坚信，凡是免费的服务，都是服务质量不好，而且不长久的。信仰不能当饭吃，议员也有老婆孩子要养，怎么能老是要他无回报地付出呢？小段又跟我补充道，巴西伙委会是亏损的，所以不能给议员们发工资。我还是坚持，那议员们付出的理由是什么呢？小段说我这种理论跟国内国企亏损而厂长都还要发工资一样。我想了想，好像也是，伙委会是亏损的，那不应该给议员们发工资。国企亏损，厂长不能发工资，把厂长给赶下去，换个厂长？还是索性把工厂给关了？换个新厂长，那要不要给新厂长发工资？

伙委会搞不好，民众可以投票换人，可以换一个不要工资的议员吗？如果下一届还是亏损呢？一个机构如果全部用投票来解决问题，议员全部以选票作为目标的话，他会怎么样来执行自己的行为呢？比如员工要求顿顿鲍鱼，要求都住蔚蓝海岸，要求都给配媳妇……经费一定的话，是不可能给每个员工都配一个欧洲媳妇的，顶多配一个越南媳妇。议员要想当选，那他该怎么做呢？指望民众的需求都是理性或合理的吗？从来不抱这种希望。但是一旦民众提出的需求议员不予满足、议会不予支持，民众就把你赶下来。如果议员不想下来，那就只好答应都给民众配上欧洲媳妇。至于能不能配得起，有没有那么多钱，先不管了，先骗着当上议员再说。可是没有好处的事谁做？但百姓不会这样想，时下，国内的公知们老是在说美国哪个市长只能以一美元的工资来给百姓服务，什么总统的工资也是很低的，以此来类推国内政府腐败、效率低。可是那些公知们总是选择性地不去想那一美元工资背后是什么，总统低工资背后是什么，怎么老是想别人给你提供免费高质量的服务呢？

说到伙委会和行政的府院关系，不得不提巴西。巴西在这方面做得比较好，议员是专职的，不像我司这种兼职的。巴西的议员只要忙着去搞选举就行，选上了之后工资很高的。除了高工资外，还有很大的权力，可以自行雇佣一批人给自己服务，而这批人的工资全部由政府出，这在巴西是普遍接受的。号称最民主、最具有体制优越性的美国，奥巴马总统也是有这个特权的，他被选上后，有一个特权是自己找一大批团队专门给他服务，工资福利当然也是政府出。至于招什么人，是他媳妇还是他的实习生，都由他说了算，而且还不用查账。

巴西有议员，也有行政机构，如劳动局、移民局、联邦警察、邮政局、公立大学等，类似于我司的行政部门，不过人家的行政机关有个神奇的特权。前些天我从外面小店买了几张明信片，想寄给国内的朋友，当我问我的小实习生邮政局在哪里时，实习生笑着说不用去了，邮政罢工了。上班后很多人来找办签证的事，问我办签证的员工，告诉我联邦警察局也罢工了，不知道什么时候复工。更神奇的是，有几个在国内的同事办签证，办了几个月下不来，一问，原来在广州的巴西领事馆也罢工了，由巴西外交部组织的。我忍不住问我的实习生，有什么机构不罢工吗？实习生说没有，她们学校也在罢工，老师不来上课，所以她们毕业要推迟一年。还有一些部门正在提交罢工申请，各级机构罢工要排队。这神奇的巴西，总让我惊叹。

我很好奇，到底有什么不公平的事，让这些部门排队罢工？答曰为提高工资和福利，更主要的是让百姓意识到这个部门服务的重要性。在漫长的罢工斗争中，百姓终于理解了各个部门的工作都是重要的，每个部门的服务都是需要购买的。

在中国，你是否明白，每一种服务都不应该是免费的？民主并不意味着免费享受服务的……

让领导满意

我把一个很优秀、很有大局观的员工开除了。开除她也是没有办法，一方面是因为她犯了一点事，有一点法律风险；另一方面，她的主管明确告诉我，她不喜欢她，必须要让她走。原因是这个员工喜欢帮别人做各种各样的事，而不关注主管交代给她的工作。但是在里约这个地方，凡是我接触到的员工，大多都很喜欢这个员工，而喜欢这个主管的则几乎没有，甚至有很多在我面前投诉这个主管的。

为什么呢？因为这个员工常常给员工帮忙，并且亲自帮人解决问题，众人喜欢她，还经常感激地给她送礼物。因为我司大多数员工，虽然都是上过大学通过 HR 面试的，但大多技术出身，对各种文档、表格以及跟外部部门打交道的能力并不强，出错的概率不但大，而且浪费时间、精力。这个脾气好的员工恰恰意识到了这一点，就主动承担了帮忙的工作，结果名声大振，深受好评。与此对应的是，因为对比太鲜明，导致其他同类工作的人员都被比较下去了，最后她的领导不满意了。

她的领导不满意是有理由的。这个员工自作主张去帮别人办事，领导交代的那些流程工作却做不完。另外，虽然做了很多对公司有利的事，但没按照领导的意图去办，给公司带来了麻烦，并且有风险。跟另外一个 HR 同事说这件窝心的事时，同事说那就搞满意度调查了，既然这么多员工喜欢这个员工，可以由其他员工来给出评价意见。我看了看我这个同事，只好说，我司会以满意度来评价员工吗?

好几年前就知道这个潜规则了,我司从不搞满意度调查,尤其像是行政、后勤等服务部门,至于说我这个整天要跟员工"作斗争"的 HR 部门,更不会考察什么员工满意度了。去年圣保罗的一个小主管,因为当天给另外一个 HR 同事打电话没人接,勾起了他的新仇旧恨,把所有 HR 都投诉了一遍,其中居然把我也加进去了。饶是我脾气好也忍耐不住,就差没破口大骂。原来他曾经做一个组织氛围调查的胶片,领导告诉他我在这方面很有经验,所以请我帮忙看看,给他点意见。当时我在忙去墨西哥开会的事,没有及时回复。后来在墨西哥开会的时候,碰到了这个小主管的领导,跟这个领导碰了一下,都没觉得有多重要。问题是,我忘记知会一声这个小主管了,等我从墨西哥回来,就把这件事给忘了。三个月后,居然收到这个小主管的投诉信,说发我邮件没回复,打电话打不通,后来问别人,才知道我出差了。

初看到这封投诉邮件,先是惊诧得冲昏了头脑,委屈得想拿刀子砍人,后来愤怒异常。这年头像我这样的人也被人投诉了?而且还说我逃避工作!当时强忍住愤怒,回了几句,大致意思是他要求的事已经跟他领导沟通过了,另外 HR 每天都有很多工作,并不是只给他一个人服务的,也明里暗里提醒他别把自己太当回事。原以为这个小主管不具这种情商,结果这个小主管觉察到了,感觉受到了更大的伤害,还找出我去年训一个不懂事的本地员工的邮件,说我不给他服务,也不给那个员工服务。那我到底是在给谁服务?由于另外一个 HR 同事也被这个小主管气得不行,也提醒他不要比领导还领导,这个小主管彻底受到伤害,强烈要求在地区部的全体员工间进行对 HR 的满意度调查,并以此来进行工作改进。

这件事现在想起来都免不了窝心,因为经常跟员工打交道,转战各国,跟下层劳动人民相处的时候较多,同时因为处在中间夹心层,遭遇各种势利之人欺压,人情冷暖还是懂一点的。被人欺压的滋味不好受，就很注意不去让别人有被欺压的感觉，但是从来没想到碰到这样的一个小主管，当时我一天都没睡着。没办法想象我也会遭到投诉，而且还是因为这样的一件莫名其妙的事情，以致这事都过去大半年了，偶尔翻起来，我还会气恼一阵子，怎么调适都无法释怀。

我也时常思索这个小主管投诉的深层次动机。那句他最悲愤的"我不给他服务也不给那个小员工服务"，那我是在给谁服务呢？这个好答，里约六七百人，不给他服务不给那个小员工服务，还有六七百人，光主管我扳着指头都数不完，忽略他，不合情也是合理的。倒是后来他要求由地区部全体员工来给 HR 进行满意度反馈，最近让我找出了问题症结，他理解的 HR 的工作，是让员工满意的，只是我们这些真正做 HR 的，可能从来没把让员工满意当作工作目的。

9月份，去一个国家和一个新任主管聊天。那个主管刚刚上任，年纪比较轻，开宗明义，他工作的宗旨就是让客户满意，让员工满意。这在我司这种氛围下，很耳目一新。让客户满意很容易明白，一直是我们的宗旨，最形象的概括是"客户虐我千千遍，我待客户如初恋"。至于让员工满意，当时我很好奇，重点请他解释一下。他先说要多组织活动，比如在办公室设按摩椅，带领员工一起打电子游戏，让员工愿意呆在代表处，至于具体的细节他也没有展开，只说要让员工有被尊重感，不能发生开会时三个国家的代表住一个房间等耻辱的事等。

坦率地讲，这么多年，各类领导见得多了，能有这样一个思维独特的主管，我内心里真希望他成功。忍不住要引导他细想一点，后来，他终于说到让员工满意当然也要注意公司的基线，不能无止境地让员工满意；最后，总算又引导出一句话，还要让公司满意。至于让公司满意，也想不到那么远，归根结底还是要让领导满意——让领导满意是第一位的。为什么要让领导满意？很现实的一点是，领导给你发工资、打考核、评奖金和股票，你不让领导满意，是不是不想混了？或者不想在这家公司干了？

好，"让领导满意"这个基本命题不用怀疑了，问题是让员工满意。怎样才算让员工满意呢？有些新生代的主管虽然不全面，但至少有了组织活动的举动和尊重员工的心思，并由此引发到要让全体员工进行满意度反馈，以集体民意来改进工作。可这里面有个问题，为什么让领导满意的员工常常让普通员工不满意呢？换句话说，让员工进行满意度反馈来改进工作为何不可行呢？

2008年，我刚到叙利亚出差，做的第一件事就是按照领导意图装了一个考勤机，制定了考勤政策，用来制止办公司员工中午才上班的境况，受到了很多员工抵制。一天晚上，一个副代表半开玩笑半认真地跟我讲，"你不应该这么认真，只要大家一年签一点单就行了，干吗弄得人心紧张天天早起打卡？"当年我还年轻，没到三十，年轻气盛，说这是公司的规定，员工上下班本来就应该计考勤的。这个副代表大概四十多岁，从我们对手公司挖过来的，不顾他出身对手公司的身份，说："你们 HR 怎么老是跟员工作对呢？现在外面都在盛传 HR 是对手公司派过来的卧底，来这就是为了让员工不高兴、不舒服然后把公司搞垮的。"当时我勃然大怒，问他谁说的，他说不是他说的，是外面都在传的。

当时那个难过劲，差点让自己屈服，准备把考勤机给废了，后来想了想，给领导打了电话，说了这件事，请求领导批示暂时不要考勤打卡。领导很有智慧，说："可以啊，如果这个代表处的主管要求员工不打考勤，让他们写一个不打考勤的说明，让所有主管签字，发给人力资源部存档就行。"领导见我情绪很低落，问我为什么，我说："我感到难过，一心为公司利益着想，居然被这些员工、主管污蔑为对手公司派来的卧底，是专门来跟员工作对的。"领导说："这个世界上这么多人，你怎么能奢求让所有人满意呢？一个真正的好HR 是绝对不能让所有人都喜欢的。被所有人都喜欢的 HR，绝对是一个有问题的 HR。"第二天我就考勤的事去问代表，是不是可以真的签一个字，然后人在叙利亚不打考勤，代表毕竟有政治智商，说绝对不能签，怎么能员工说怎么样就怎么样，如果他同意签那个字，员工是满意了，他就死定了。

那时候刚好当年明月先生的《明朝那些事儿》问世，从大明朝这家有限公司的创立发展到运作，从皇帝与文官集团和宦官集团的斗争终于明白让我这个"让领导满意"的含义。公司毕竟是公司，是要赚钱的，不是民主的政府，官员不是百姓投票选举产生的，也不需要为百姓的满意负责，但是要为百姓的舆论而顾忌下。明月先生最经常说的一句话深得我心，大家都是出来混的，都是有老婆孩子的，需要发工资的。除了像方孝孺那种不怕诛十族的读书种子和那种只能供起来的海青天外，大家都是有七情六欲的，想自己过得好点并没有什么错，毕竟老板才是给自己发工资的。所以归根结底还是要让朱老板以及大大小小的领导满意。

有那种让老板满意也贪污的人，我的老乡张居正张先生算是，天下第一混的徐阶老先生也是，老板满意事也办了，也有像严嵩这样帮领导做化学试验来让老板长生不死的，更有像哄着老板御驾亲征却最终被俘的汪振这样的太监，这些人都让领导满意，都不是特别顾忌百姓满意的，像海瑞这种老百姓特别满意皇帝老儿其实不大满意的，还有天下特别满意历史也很满意的于谦于大人，最终被老板给杀了的，因为老板极不满意。

几千年来中国历史和现代从来就没有脱节，中学老师最喜欢说的一句话就是"历史总是惊人地相似"，大小政府官员哪一个不是在历史的长河中出现过？只不过并不是每个人都清楚自己的角色而已。让领导满意，而不是让普通百姓满意，或许这就是中国的现实。有人让领导满意，也能给百姓办点事，基本良心还在，心中有天下，有些人让领导满意，不让百姓满意，甚至是为了让领导满意，按照小郭的名言就是恨不得把领导的大腿当鸭脖子啃的，这种人在我司也是比比皆是。还有一种像太监一样，因为自己被阉割了，心理扭曲，不说他赚钱贪污，关键问题是还经常心理扭曲的整事，那样常常叫人欲哭无泪。

去年刚来的时候跟我一个本地高管聊里约的地铁，因为交通实在很堵塞，所以很奇怪地问政府为什么不修地铁，当地高管哼了一声，说政府这些人指望他们修地铁，会要等个十年之后再说，我说你们政府不是选举产生的吗，要是百姓推动政府敢不听吗？那个本地老头说，百姓是觉得交通很堵塞，但是不愿意拿自己的钱修地铁，穷人要富人多出钱，富人说自己不用坐地铁，政府谁也不敢得罪，而且挖地道要拆房子，房子主人不同意就得停工，政府预算不足就得重新讨论，还得纠缠谁把钱贪污了，需要进行调查，政党还得打打口水仗。接着这个本地老头很认真地说，还是你们中国政府好，说要修地铁，一个月就可以修好。这个事我也想了好久，想问题出在哪里？在中国，深圳市政府是不用考虑我这样的打工的愿不愿意花钱来建地铁和机场，也许我在海外多年一次都享受不到深圳的地铁服务，可是我的钱肯定被用在那上面了，你要说我满意吗，我说我不知道。再说国家每年花巨额资金在航天上，据说都可以把人送到月球，跟我有关系吗？或许我将来方便去那里旅行，但是对于我们老家那些贫穷的乡亲们来讲肯定是更愿意把这个钱用来吃猪肉找媳妇的，上不上月球有什么关系。普通民众始终是关心自己小众的当前的生活满意，最好是可触摸可享受到立竿见影的，而你作为一个创业的公司始终要想在艰难环境条件下活下去的公司，是没办法老是以吃猪肉娶媳妇来作为工作指引的。何谓领导，大概也的确是要经常说服或者压服普通百姓暂时忍一下不要贪吃猪肉和抱媳妇，而百姓又不愿意等，更怕被牺牲，这就是问题。

我没有明朝那些大臣们的那么多心思和智慧，不具备方孝孺和海瑞那样的气节，也不会卑鄙到像严嵩以及众多排名不分先后的死太监一样，让领导满意是要的，但是要做一点有良心的事，以我的性格，切勿以让所有人都满意为目标，在前行的路上，还是要坚持那个理想。

老员工

　　我在给小员工做辅导的时候，跟她谈到了几个本地主管，然后小员工就期期艾艾地跟我讲三个本地高管对她都不太礼貌，说话很严厉。我问都是些什么事不礼貌，她说都是那些本地高管要招人，但又不想按规则来，不满足要求就对她很凶说话很难听，但她觉得这是公司的流程就没有屈服。接着还跟我讲到昨天一个本地主管对她大发雷霆，具体是这个主管找她要一个公司可以面试的所有资格人名单，这个是机密信息，自然不会给，然后告诉对方公司要求不能给这样的信息，如果是需要面试的话，他们部门的主管是可以告知的，然后对方就暴跳如雷，说他是在公司工作多年的老员工，而且是部门的一个 director，为什么不能给他这类的信息，小员工吓住了，但也有年轻人的执拗，说这是公司的规则，对所有人都是一样的，坚决不给。然后对方继续说难听的话。

　　由于我的小员工也是学心理学出身，我启发她为什么这个主管对她不礼貌，她说是因为没有满足对方的需求，但她是按照公司要求做的，没有错。我说这个事是没有错，但为什么这个主管没有来找我投诉或是找我通融，小姑娘很聪明，说对方知道自己的要求是不合理的，跑来找我也会被拒绝，到时 feelings 会更不好。我就再启发，为什么对方可以在邮件里对她很不客气很不礼貌呢？她说她不明白，她是按照规则办事，及时回邮件，连对方说话难听都没有回嘴呢。我再问，对方为什么在邮件中反复说自己是个 director，自己是在公司多年的老员工呢？小姑娘这次总算有点眉目，说是不是对方觉得自己地位高，老员工应该得到更多的服从？

不得已之下，我就开始用英文上了一次人力资源与心理学相结合的跨学科课程，主讲马斯洛的需求层次论在企业里的呈现和应用。小姑娘很快融会贯通，明白这类老员工的需要落入了第四层级的需要——尊重的需要。人人都希望自己有稳定的社会地位，要求个人的能力和成就得到社会的承认。尊重的需要又可分为内部尊重和外部尊重。内部尊重是指一个人希望在各种不同情境中有实力、能胜任、充满信心、能独立自主。总之，内部尊重就是人的自尊。外部尊重是指一个人希望有地位、有威信，受到别人的尊重、信赖和高度评价。问题在于，这个所谓自称的 director 其实也就是一个小主管，并没有在这个庞大的组织中多重要，平时就是在他那个小部门对下属员工有点意义外，对其他部门也没有多大影响，但他真的来公司很多年，而这个小姑娘的确是进公司刚满一年，刚满一年的人对一个在公司多年的人居然不服从，你说他能不生气不暴跳如雷吗？

我也学着那个小主管的口吻调笑我的小姑娘，说人家都进公司很多年了，你一个刚来一年的小员工居然不服从他的命令，他自然难过了。小姑娘很认真地说，为什么难过呢？我说他感觉不受尊重，她又接着问怎么感觉不尊重，我说他提的要求你不服从就是不尊重。小姑娘说可他的要求不合理啊，公司规定不可以这样做的，她怎么能违反呢？我笑了笑，那你这个小员工怎么表现出对他的尊重呢？小姑娘说他要我帮忙我就帮忙了，帮他解决问题。我说解决问题是你的本分，并没有表现出对他的额外尊重。小姑娘说为什么要表现出额外尊重，大家都是平等的，在公司的规则内完成工作和进行工作配合就是了，为什么要额外的尊重。我总结道，如果你跟他都是平等的，那他呆着有什么意思呢？

每一个公司在经过创业初期时总有一批人要成为老员工，如果这个员工在这个企业待的时间超过 10 年的话当然是老油条，一般来说跟着企业创始人干的，等到企业发展壮大成熟时，只要这个老员工不笨，差不多就算没功劳凭苦劳也可以混到主管的位置，这是正常发展途径，但问题是如果企业存活的时间实在过长，而主管位子又没有那么多，而员工自己内因外因都没轮到主管位子的时候，这些一起打江山的员工就是实实在在的老员工了。老员工呆着到底是为了什么呢？你说他肯定熟悉这家公司的流程运作人事，干活自然不慌，经验也是有一点的，要说利益呢，或多或少也是有的，但问题是，迈入老员工行列，他到底要图个啥呢？

也是前些天，作为比较新的员工小邓给我讲了她在国内与老员工相处的故事。部门有个很老的员工，整天存心跟大家过不去，要她教新员工知识技能，她坚决不教，还常跑过来提醒新员工不要擅自做主自以为是。在办公室里年轻人青春活泼，被她严肃警告不要整天嘻嘻哈哈的，大家按照要求严肃办公，又被要求组织气氛要好，要民主畅所欲言。小邓刚毕业，不理解人性，最后得出的奇怪结论是这个人可能是公司由 HR 派来专门搞裁员的，后面果然有很多小同学受不了就辞职了。从我的角度，倒没有想到老员工故意想逼走新员工，但我或多或少明白老员工寻求的是一种特殊的尊重，这是人性，马斯洛总结过，在其他国家我也遇到过，我的巴西小员工跟我讲的也是，从理论和实践的角度都具有高度的跨文化一致性。

从人力资源的角度来看，任何一个企业最终都是靠流程支撑，每个人按照流程规章办事，就不会有太大的问题。但是所谓的知识经验技能是及时更新的，一个新员工在一个企业里最多培训两年就可完全胜任，只要不是什么财务、审计、人力资源这类专业性很强的工种或是高管，新员工跟老员工差异并没有那么大。而且新员工的薪酬成本明显要低于老员工，所以在巴西或是美国这些万恶的资本主义国家，通常到了几年就直接把那批老员工裁掉，重新招一批新人来进行培养，反正规则流程在，谁做都是做，能省钱是王道。据小段告诉我美国裁人更绝，通常是公司看哪个部门老员工多，就直接从主管到员工全部裁掉，重新换一个新主管和招进一批新员工，这样来直接血淋淋地降成本。我不知道这个方法是否已经在中国开始应用，至少在现在的市场上还没有这样的做法，或许是没有引进经验，或许是我们的文化也接受不了。

读史可以知今，在我们历史上一直流传着一个很有意义的成语叫"鸟尽弓藏，兔死狗烹"，大致是每个朝代开国皇帝打天下的时候，总会有一批厉害的兄弟跟着，但是带头大哥黄袍加身后，那些一起的兄弟该怎么处理呢？我很敬佩中国文化的博大精深，居然用了如此形象的一个成语来介绍。鸟尽弓藏，天下打下来了，没什么大事了，弓箭当然要收起来，打猎已经抓到兔子了，帮忙抓兔子的猎狗是分给它兔肉吃还是把狗也杀了吃呢？宋朝的赵匡胤是杯酒释兵权，明朝的朱元璋则是杀尽打天下的核心团队，换尽新人上台。那么对于现代企业来说，该怎么对待这些一起打天下的兄弟呢？资本主义国家公司虔诚地执行了鸟尽弓藏的策略，然而在讲究人情和仁义的中国，反而是个棘手和难以处理的问题。

话说现代企业也不是封建王朝，不用太考虑手下功高震主谋反的问题，考虑的是成本的问题，从理性的角度来讲，企业是要赚钱，是要存活的，当员工的成本高于其产出时是应该清理掉，换用更具有竞争力的替代。作为任何一个员工来讲，他如果在一个地方足够长的话，终究会成为一个老员工，按照薪酬递增性，老员工的工资和福利必定要好于新员工的，最终会迈过其贡献低于成本的那条平衡线，理性的角度要进行换血，但是我们常常是没办法理性，这在中国也是个很奇怪的事。

我的伯父20世纪80年代参加工作，当年在家乡的食品单位工作，主要管理县里各类食品的安全流通。具体来讲，比如一个镇里有几个个体户想自己杀猪卖肉，需要这个单位批准才可以。伯父当初是办事员进去的，等到80年代我懂事时已经是个主任，等到90年代我上大学时，这个单位改制，一部分人合并到其他单位，而伯父作为清理对象下岗回老家了。中国社会人情冷暖，伯父当主任时求他办事的人多，平时过年喝酒都排不完，一旦下岗回了老家，自然是门前车马稀，别说过年各家请他喝酒，平时人家抽烟都不怎么敬他。伯父本是一个共产党员，经常参加各类党校学习什么的，但自从下岗经历了人情冷暖后，自然牢骚满腹。

那个时候父亲已经到深圳打工，我已经到武汉上学，父亲对政治完全没有意识，听伯父说什么就是什么，我也不知道当时是年轻还是愤青，就借着吃饭给父母上了一堂政治课，说伯父不下岗的话，他能在食品单位做什么，无非就是打牌吃饭喝酒开会，而且国家还要发工资，换句话说那个食品单位留着又能做什么？这样的单位员工才是真正在消耗极大的社会资源。

当时父亲觉得很稀奇，倒也是被我说服，他去过伯父的单位，也知道伯父日常在干什么，最后想想的确伯父每天也没看到他在单位做什么。他那个单位后来好像还有一些功能保留，但是听说都被后来耳熟能详的一个工种取代——临时工。也就是说伯父多年坚持的工作，其实只要在社会上花钱找个临时工，每个月按时发工作，按国家缴纳保险就行了。不要什么主任，不需要正式工，更不需要什么老员工。所谓老员工有技能有经验更不是一个问题，或许经验技能本来就不成为一个问题。

再回到我们日常的企业运作，我们最终必然也会走向理性时代，每一个成为老员工的人不是主动离开就得被动离开，除了自己家里外，大概也找不到一个终身呆着的地方。巴西有一个奇特的法律，员工的职位只能升不能降，工资只能升不能降，福利只能升不能降，这个从正面保证了员工的利益，其实是从侧面保证了新员工的利益，因为理性的企业到了一定阶段就会辞退老员工，招聘新员工，巴西唯一的一个好处就是辞退员工很容易，只要你愿意赔点钱，当天辞退当天员工就得走人，员工也不指望太多的感情因素，更不会有人整天牢骚满腹苦大仇深。当然这种法律在中国是很难行得通的。

老员工的尊重需求企业是无法满足的，毕竟位子那么多，老员工的成本到了一定阶段必然要迈过贡献低于支出的平衡线，遵循理性原则的企业到底该如何应对？回头也得讲一下，我们每一个人都在迈向老员工的路上，每一个人最终都会变成老员工！

世界奇如斯

志在千里

有一个笑话。公司在伊拉克工作的同事，一般不会跟家里人说自己在伊拉克工作，要么说在埃及，要么就说在土耳其工作。平时由于比较低调，不跟家里人说自己工作的地方的情况，一直倒也相安无事。谁知一个在伊拉克呆了好几年、一直跟家里人说自己在埃及工作的同事，一直没去关注埃及的情况，结果 2011 年埃及政变时，刚好他有几天没往家里打电话，可把家里人急疯了，四处想法联系，就差没打电话到使馆去。后来同事给家里打电话时，想想没法跟家里人说埃及的事儿，就聪明地说自己早离开埃及出差了，现在常驻巴林。家里人本不知道巴林是个什么国家，地图上也找不到，一直模模糊糊地以为是巴黎。可是没过几天，巴林开始名扬天下了，那个地图上毛笔尖一样的国家居然也发生革命，而且从电视上就能看到坦克和直升机。同事只好再次撒谎，说现在是在世界上最富的国家卡塔尔。

和领导谈到这个事儿时，领导笑个不停，最后说到中国人有个特性：做父母的总想将孩子抱在自己怀里，而不希望孩子出去闯荡，就怕孩子出什么危险，从骨子里不鼓励冒险精神。正因为不鼓励冒险和探索，最终导致整个民族创新精神不足，而只有在前人基础上的一点总结，所以现在做什么事情都得从祖宗谈起。领导还讲起，中国小孩只要一哭闹，马上就能引起妈妈的注意，就像我们食堂里一个家属的男娃，都能打人了，妈妈还每天追着他喂饭。相反，西方的妈妈把孩子喂饱后，就放在一个独立的房间，装个摄像头，只要小孩不从床上翻下来，就让他在那里哭。从小就开始训练小孩独立吃饭的能力，小孩想不吃也可以，就让他饿着，之后随他怎么哭，不到饭点就没有饭吃。我也多次在机场看到西方人一家出行，只要小朋友能走路了，就有一个独立拉的小提箱，自己的行李自己拿。唯有从小如此训练，长大后方能独立自信，四处游荡而不惧怕。说到这，我还真得感谢小时候很早就独立生活的经历，虽然和别的小朋友比起来，总是不在父母身边，容易遭人欺负，但是也学会了独立自主地处理问题，很早就明白了只能依靠自己而不能靠大人来处理问题。

读小学的时候，偶尔也学别的小男生去欺负更弱的小女生。记得有一次，一个小女生居然因此把父母找到学校来了，虽然她父母没有动手打我，也把我吓得够呛。另外一个小男生欺负一个小姑娘时，那个小姑娘哭着回家，然后把她在高年级的哥哥找来，把那个小男生打了一顿；小男生也跑回家把父亲找来，父亲把小姑娘的哥哥打了两下；高年级的哥哥也跑回家把父亲找来，两家人居然为小孩的事打了起来。后面怎么解决的我忘记了，不过这件事给我留下了很深的印象，因为我意识到，我跟他们不一样，我父母都不在身边。那时候除了羡慕那些有哥哥、有父亲在身边孩子之外，也知道要靠自己解决问题，不能狐假虎威地仗势欺人。结果我走上了另外一条路，好好读书，通过读书来获得满足和成就。现在想想，当初要是有个会打架的哥哥罩着我，或者父母在身边，在我欺负别人遇到麻烦时能给我出头，说不定今天我在湖北是个小流氓头子呢。其实回过头来想想，那个喊出"我爸是李刚"的倒霉孩子，不该被判刑的，他爸才应该判刑，要是那小子像我当年一样，在学校里没胆子欺负别人，怎么会说出那般弱智的话？真是一个倒霉又可怜的孩子。

话说回来，像我们这些在伊拉克工作的人，长期生活在战乱的地方，父母担心是正常的。如果我们不想让父母担心，就不能说实话，因为大多数时候，说实话的后果是很严重的。要么父母会立即下令离开伊拉克，要么父母就天天在家提心吊胆，最终后果都是让你在伊拉克不得安生。两相权衡，不如说在埃及或卡塔尔比较好，免去这些无休无止的烦恼。

不坦白并不是内心真的想撒谎，而是因为坦白的后果太严重。父母和孩子相互担心，这也是中国人的一个特色。古时中国人说"父母在，不远游"，意思是父母在世的时候，不该离家太远。那个时代没有飞机，没有轮船，想远游也远游不到哪里去。可是到现在，父母为什么还是根深蒂固地希望子女能在身边，甚至恨不得抓在自己的手中呢？很多时候抓在手里培养出的，只能是那种叫嚣"我爸是李刚"的笨蛋。

记得凤凰卫视有个在非洲国家采访的节目，其中有一对夫妇是北京人，以前是内蒙古的知青，后流落到非洲开农场。别人都奇怪，问丈夫为什么到这么荒凉的地方来开农场，他说他喜欢这种闯荡的生活。他以前看过美国一个电影，里面美国西部牛仔的冒险生活深深地吸引了他，其中一个老牛仔在骑马飞奔时突然死亡，他觉得那个牛仔的死亡，就像战场上的士兵被最后一颗子弹打中一样壮观唯美，他觉得人生就应该这样惊险刺激，如果将来哪一天让他选择一种死亡方式，他也愿意那样。我从电视上看到，这个人满身充满着自信和豁达，让人不由得心生仰慕。然而，不久之后，他晚上去机场接人时，发生车祸去世了，真的如他所愿。这种人的人生虽然令人惋惜，却也是一种壮观的美，生如夏花之灿烂，死如秋叶之静美！

王子的童话

英国的威廉王子结婚了，举世轰动，他娶的是一个平民家里的姑娘——当然虽然是平民，倒也不是在坂田街头卖红薯或在乡下种田的，只是一个普通工薪阶层而已，跟温莎家族并不算门当户对。关键问题不在这，而在于那个姑娘似乎也并没有多漂亮。按照中国人的观点，似乎还有点黑，脸蛋也不够高贵，身材也不够好，结果却嫁给了世界上最有影响力的英国王室，成了大不列颠和北爱尔兰联合王国以及英属联邦的王妃。这实在是个有点现代版灰姑娘的故事。

我看了BBC的新闻，也看了电视上的婚礼转播，有个场面让我印象深刻。一堆人在婚礼前夜，为了抢占一个好位子，居然在举办婚礼的沿途地点露宿，我只想知道，伦敦的那一夜，可冷乎？在传回来的露宿图片中，居然还有一些中国女孩子的面孔，真是不可思议。按照我这个东方功利思维的脑袋，自然而然会问，这样做值得吗？守一夜，王子又不会亲你一下，干吗要去干这种事情？

小妹跟我讲，英国人对王室感情很深，不是一般人可以理解的。我不是英国人，又不在英国住，从未受过温莎家族的恩惠，自然感情深不起来。而从美感的角度，我又看不出威廉王子有多帅，王妃有多白，骑马护送的场面比北京奥运会开幕式又差远了，自然震撼不了我。

可激动的还是有很多人，到最后我也明白了这份激动。

在英国人为王子结婚而激动的同时，中国的

一帮人在为另一件事激动，就是那个号称"中国第一"的清华大学百年校庆。这所用清政府的庚子赔款建起来的学校，因为生在皇城而又长期被美国人支持，后来成了中国最厉害的大学。更是因为理工立校，除了给美国各大学输送大批人才外，又给新中国培养了许多理工出身的领导人，声名自然在外。

于是今年百年校庆的时候，举国激动。最激动的是 50 000 名校友从全国各地赶赴北京，把北京的各大宾馆全部包下，后来有人实在找不到地方住了，居然去住北京地下室了。这北京 4 月的一夜，跟伦敦的一夜又何其相似，这样激动又是为了什么？

这得从中国人心底深处最渴望得到的东西说起，同样也得从英国人心底的渴望说起。中国是没有贵族的，最奇特的国家居然没有贵族，这很奇怪。当然老祖宗有变通之道，"万般皆下品，唯有读书高"，读书读得好就是一切，"书中自有颜如玉，书中自有黄金屋"。要富要贵，万人敬仰，你把书读好就行，古代有翰林院国子监，今天就类同于清华了。你进了清华，自然就具备了翰林的光环。家财万贯都不如身上"清华"这个翰林徽标有味道。

老祖宗创造的这个制度是举世无双的。在英国或阿拉伯世界，王族和贵族是世袭的，尤其像约旦的侯赛因家族，那是从先知那一脉传下来的。在中国，几乎不存在这么久的贵族，中国人要想富贵，必须要通过读书考试。只要佛祖眷顾，就算把你投胎在卖红薯的小老百姓家里，你也有可能考上翰林院或清华，也就是说，富与贵是可以争取的。而对于西方人来说，之前那个斯图亚特王朝或是哈布斯堡王朝，都只能近亲结婚，血统纯正得不得了，平头百姓是绝对没有机会成为贵族的，就算你三代都考上牛津剑桥都没用，要是在中国，三代都考上清华，那还真是了不起的事。

这种富贵身份的传承和变更也深刻影响了东西方的民间传说。比如在中国，尤其是在江南地带，盛传这种传说：书生落难穷困潦倒，快饿死的时候，被一富家小姐搭救，书生发奋图强，进京赶考，一举考中状元，结果被皇上看中，要选为驸马，这时书生感激小姐搭救之情，再三拒绝，皇帝公主很受辱，质问为何，然后书生告知当初小姐搭救之情，皇帝和公主太受感动，特许回乡成亲。书生回乡，故意打扮得破破烂烂，前去小姐家提亲，小姐父母见书生穷困，自是不同意，而小姐却不嫌弃，执意要下嫁书生。后书生以状元装束前来提亲，小姐父母自是满心答应，抬头一看却是书生。最终自然是中国人的大团圆结局，有情人终成眷属。这就是中国式的书生的故事，通过读书，能够获得富贵，获得美眷，获得尊重。

再来看看西方灰姑娘的故事。好在是现代，真正的灰姑娘凯特能够跟威廉王子认识，温莎王室能够不嫌弃这姑娘的出身，让她一举成为王妃，要不然就只能在童话里了。童话里常有一个王子，处于叛逆期，溜出宫去，偶遇灰姑娘。灰姑娘有心眼很坏的后妈，整天打她，让她干粗活，还不给她吃的。可是灰姑娘很善良，经常帮助更弱小的小动物，当然也帮助落难的王子。王子爱上了善良的灰姑娘，最后邀请灰姑娘参加舞会，经过重重磨难，有情人终成眷属。

中国书生的传说，奖励的其实是书生勤奋读书而获得的身份，西方灰姑娘的童话，却是通过嫁给王室来奖励灰姑娘的善良，两个的结局都是富贵，只是中国的主体是男性，而西方的主体却是女性。这是因为在中国，读书是男性在主导，要让女性去读书去考状元做官几乎是不大可能的事，同样在西方，贵族娶一个平民女性是可以的，但要是让一个贵族公主下嫁给一个坂田卖红薯的，几乎是不可能的事，因为西方卖红薯的就算卖成比尔·盖茨那样，还是不可能具有贵族身份。他们的身份恰恰是因为不像中国这样可以奋斗读书来博取而显得纯正高贵。

清华式的激动是中国特有的尊重需要，英国王室大婚的兴奋则更多的是西方贵族梦。东西方都在寻找一种独特的尊重感和归属感，只是这东西太稀缺了。

赏点吃的吧

吃饭时，拿起馒头，顺口就问师傅，这馒头是不是食堂自己做的，引得周围人哄堂大笑！端起两盘菜，看到菜里的油比较多，脑中就浮想起地沟油的生产工艺，开始纠结是否要端走。再往前走，是水煮牛肉，不由得想起牛肉膏，走到米饭区，看到大米饭白得耀眼，就想是否是抛光陈米……

市场上水果琳琅满目，苹果又大又红，是不是放了什么呢？不敢吃。西瓜皮绿得不正常，会不会喷了保鲜剂？不敢买。馒头有染色的，面包有过期的，牛奶是添加的，蜂蜜是烂苹果压的，鸡脚是双氧水泡的，枣子、蘑菇都是用硫磺熏的，各种饮料更是说不清用什么物质勾兑的，还有什么能吃呢？

在伊拉克时，我吃什么都放心，尤其是去本地餐厅，从来不害怕，更不会去问那干瘪瘪的馕是否是回收再弄的，这不符合他们的习惯。而且本地人好像也还没意识到，化学是一门伟大的科学，要在他们吃的各种食物里放些添加剂。很多次我们组织出去烧烤，请本地人跟我们一起吃，每次他们都感谢之后笑着不吃。刚开始我们还以为是客气，后来才知道，他们每次看我们烤的羊肉串，简直像在看一串毒药，洒了那么多乱七八糟的孜然、胡椒、酱油，还有辣椒粉。好容易被我们温柔地强逼吃下去，回去之后无不拉肚子或皮肤过敏。现在才想起来，当地人民那简单的只放盐还烧糊的烤肉，是多么的卫生和健康。

和我的本地员工一起吃西餐，谈到了中国食

品。本地员工说中国食品应该是世界上最卫生、最健康的食品，因为中国人多吃蔬菜，而且热炒，种类繁多，不像他们伊拉克人整天都吃肉。这一次，我实在没有心思维护中华文明的优越，我曾经试图跟他们讲讲染色馒头，后面发现馒头发酵过程我讲不清楚，馒头回收加工我也讲不明白。最后讲到添加化学色素染色，本地员工很朴实，问我这是否是一项很先进的化学科技，他们说他们国家的科技比较落后，可能还没有，完全没听出这是个什么勾当。最后我忽然意识到，不该给他们传授这种知识，天可怜见，让伊拉克人民吃得好点、活得好点吧。

偌大一个中国，还有什么东西可以让人放心地吃下呢？

我跟食堂厨师的关系很好，厨师也很好玩，两个曾经在深圳街头卖过烧烤，一个以前还自己做过松花蛋生意。他们告诉我，反正那些东西他们自己是坚决不吃的。比如一个之前在深圳卖羊肉串的师傅告诉我，羊是北方长的，南方是没有羊的，要在深圳卖羊肉串，成本是个问题。不过这难不倒有些"聪明勤劳"的中国人，先用猪肉加些羊身上的东西泡，就泡出了羊肉味，后来成本还是太高，就在街上抓些流浪猫、流浪狗，杀了串成串，反正烧烤的时候会添加更多化学制剂。还有一个师傅告诉我，他卖松花蛋，本来正常需要一个多月的时间才能出来，他从别人那里学到一种高超的化学工艺，只需一个晚上就能把鸭蛋变成松花蛋，当然这里面化学添加剂是非常重要的。

都说中国人有长期导向性的文化特质，我看现阶段似乎都转向了短期导向，只要现在能活得好、活得舒服，哪会考虑将来。市场经济下，或许就是这种短期功利导向，导致为了利益不择手段。很可悲的是，一旦这种文化特性与市场经济结合起来，好像能让社会失序到无所不用其极。

卖羊肉串的那么多，想赚钱的话，只能通过价格来吸引顾客；顾客想省钱，自然选择价格更低的卖主。结果导致卖羊肉串的只好想方设法降低成本，最后成本降低不了，为了活下去，就去抓流浪猫、流浪狗。政府在这个环节上，是应该禁止卖羊肉串的杀流浪猫、狗，还是应该禁止恶意的价格竞争呢？

再说买羊肉串的顾客，自然希望少花钱又吃得好。可是北方的羊只有那么多，运到南方还要花好长时间，天天有那么多人想吃羊肉串，哪里来那么多羊呢？最终只能刺激卖羊肉串的去抓流浪猫。连国家都在鼓吹深圳速度，你又怎能让百姓学会不要那么快？政府教会了百姓要速度、要效益，百姓却不知道有些东西是必须要等的。

以前有个领导在西安餐厅吃饭，叫了一个炖菜，过了十分钟没上来，就去催问服务员，服务员说等会儿，又过了五分钟，还没见端上来，就又问了一次。服务员说再等会儿，等了五分钟后，这个领导坐不住了，就问到底要多久，西安服务员比较火大，直接翻着眼睛说"不招待了"，骂道："你家做菜不要炖一会儿吗？能立马就吃？"领导虽然气大，但想想也对，就乖乖地在那里等。这个故事我当时听了觉得很好笑，如今想起来却不得不感叹，炖菜不就是要等一会儿吗？多么朴实而又自然的道理，只是我们已经失去了慢和等的能力。想吃鸡肉不愿等，就有了那种速成养鸡场，30 天就可以吃。据说那种鸡从一生下来就养在笼子里，天天吃有激素的饲料，所以成熟得飞快，号称"飞鸡"。这样的鸡肉，不知道还算不算是鸡肉。更有人不愿意等到夏天才吃西瓜，冬天也要吃，于是有了冬天的大棚西瓜。最后到父母也不愿意等到 20 年后才看到一个健康优秀的孩子，居然在胎儿时就开始听莫扎特，不到 1 岁时就开始教孩子学习唐诗三百首，至于 1 岁之后学习弹肖邦的忧伤、莫扎特的忧郁，已经很普遍了。这个社会有点疯癫，这么快，这么匆忙又是为何？

很多人说，卖羊肉串的和买羊肉串的都没错，人都是逐利的，错的是政府没有保证这个付出和回报的平衡，没有监督这个平衡。只是我想，政府可以监督卖羊肉串的，让他们不去抓猫抓狗冒充羊肉串，但政府能去抓不想付钱就吃羊肉串的百姓吗？

规则

我的一个下属还在上大学，一边打工一边读书，年龄比我小十岁，倒也很勤奋、听话，今天早上我到办公室时，看见他正在跟另一个本地员工聊天，似乎还聊得很激动，就赶忙问他发生了什么事。

这个还在上学的实习生告诉我，昨天晚上，一辆大巴车，在里约的主干道，也就是最繁华的地方被劫了。这条路离我的办公室只有十分钟的路程，是他每天回家必走的，幸亏昨天他走得早，要不然他就碰上了。这辆豪华的大巴车在一个地方停下的时候，突然上来四个人，等车开动后，四个人拿出手枪，好像其中一个家伙还有一个手榴弹，要求大家把钱都拿出来。完事后，让司机停车。司机停车时，刚好有警察经过，司机就做了一个手势，笨警察居然意识到了，要上来查问，司机打开车门就溜了。四个歹徒没来得及走，于是就开枪了，这一下事情就撞破了。警察越围越多，最后好像精英警察也跟过来了。四个歹徒有一个跑了，另外三个只好在车上以人质相威胁。警方枪战了一会儿后，派来谈判专家谈判，三个歹徒最终释放人质，然后被抓。

这在我看来是个比较好的结果，歹徒被抓，正义得到伸张。但是我的本地员工给我的反馈却让我大吃一惊，本地员工告诉我，那些警察多事，破坏了这里的规矩，也就是歹徒行业的潜规则——在巴西，只要你把歹徒需要的财物给他们，他们一般是不伤人的，要伤人也是在他们喝醉了或是吸毒的情况下。本来那四个歹徒抢了东西就会走的，现在警察围上去，虽然抓到了他们，但是在对峙过程中，有人被伤到了，好像有一名女性被子弹打穿了肺部，正在医院抢救。总之，他们认为，警察不好，干吗要动枪？让那些歹徒走就完了，或者等他们到一个偏僻地方再抓他们也行。之后，我的本地员工忧心忡忡地总结道，这些警察坏了规矩，将来那些歹徒抢大巴的时候，由于害怕招来警察，说不定会提前杀人、伤人了。

这真是个神奇的国度，屡次颠覆我的价值体系。老百姓并不认同伸张正义，更不认可为正义而作出的牺牲，自然更不会勇斗歹徒、跟犯罪分子作斗争。

警察通过打枪的方式抓住歹徒，看似维护了人类的普遍正义，实质上却破坏了社会的潜规则。潜规则就是"盗亦有道"，歹徒只抢钱财，百姓配合舍财，然后歹徒礼貌地离开，绝不伤人。上周我们一个男同事和一个女同事在海边散步，遇到歹徒，歹徒搜身后，认出是中国人，拿了钱后，还用中国人礼佛的方式双手合十表示感谢。另外，歹徒还有只劫财不劫色等很多行规。一般碰到这种打劫的，警察也不会太多干涉，只要不是特别过分，警察也不太管，顶多双方无意中碰上了，或者有受害者指认出来了，警察才动手。像抢劫这种事，多年来在警察、平民、匪徒中形成了共同接受的规则，整个三角关系是个稳定的平衡关系。现在三角关系被打破了，警察开枪打匪徒，匪徒开枪打人质，人质只好来骂警察。

在社会上，很多规则并不合理，但却可以保持关系的稳定和平衡。一位同事曾跟我讲过，以前意大利西西里岛的黑社会就是建立在规则上的，结果把那地方治理得很好。现在日本的黑帮也是有明确的组织和帮规的，他们的规矩甚至比一些政府组织、企业组织还能更好地促进社会的发展和进步，因为更简洁、更有执行力。我想，这些规则是以什么来检验有效性的呢？

据说法国人老是被恐怖分子劫持，而苏联人很少被劫持。因为法国人的规则是，只要国民被劫，政府肯定会出钱赎人，拿钱消灾。

而苏联人被劫，政府就简单多了，克格勃迅速出动，将劫匪的家人全部抓起来，除非劫匪投降，否则全部杀光。正因此，前苏联社会中劫持飞机、劫持人质的事件几乎没有，这是他们的规则。怎么评价这些规则呢？法国政府出钱赎人，其实是当事人绑架了全体法国人，用纳税人的钱养肥了匪徒。苏联政府则是牺牲了第一批被绑架的人，威慑了其他更多想绑架的人。巴西警察之前不干涉抢劫，导致抢劫越来越多，同时也保证了被劫的人不会受伤，只是破财；现在的警察破坏了这个旧有的规则，可能导致后面的劫匪少些，但副作用是劫匪可能会伤人，被劫的人可能不但要破财，还有可能伤身。

我忽然明白，任何一个规则都是有利有弊的，总有人获利，又总有人受到牺牲。关键问题是，我们只有自己要牺牲的时候，才会想到规则的伤害性。

昨天晚上看到另外一个故事。一个伞兵教官教人在高空跳伞，教官告知每个人检查好装备，在开始跳之后从一数到十，数到第十的时候就拉开降落伞，结果有一个学员摔死了。所有人都不理解是怎么回事，经过深入调查发现，原来这个学员口吃。

规则要不要考虑个体呢？规则怎样才能考虑到个体呢？

巴西无美女

"巴西无美女"这事儿我一定得好好谈谈，那些天南海北的兄弟姐妹得知我在巴西时，问候我的第一句话就是——"巴西美女多吧？呆得还习惯吧？"就连我以前在叙利亚的本地员工和伊拉克的穆斯林兄弟给我发邮件时，都问"巴西女孩漂亮吧，发点巴西女孩相片看看"，我顾左右而言他好几次，谁知这些本地兄弟就是实诚，继续追着要。

今天两个伊拉克兄弟在网上碰到我，跟我打完招呼就开始问，在巴西呆得好吧？美女多吧？我都怒了，说巴西绝对没有美女。结果我刚怒完，那边的同事更怒了，说我不厚道，骗人，只顾自己看美女，不想想兄弟们的苦日子。我只好像祥林嫂一样说，真的，巴西没美女，我不骗你。

我要重复三遍，巴西无美女，不骗人！

为什么巴西没美女？我不知道。为什么所有人都认为巴西美女多？我还是不知道。我知道的是，我的三个下属都是巴西本地女性，每天我要她们干这干那，都没有区分出女性特征。有一天我跑去跟领导闲聊，领导突然笑着骂了一下我的前任，说我的前任干活不积极，也不会招人——招了三个本地 HR，都是女的，这仨女的不能干活不说，还一个比一个胖。要是光胖也就算了，脾气还大，动不动就跟主管们说这不可行那不可行，问她什么可行，她们又说不出来。总之，领导非常不理解为什么要招这几个女员工。女员工要么能干活处理问题，要么长得漂亮也是好的，结果我的前任一头也没顾到。我听后大为震惊，回到办公室好好看了一下，果然我的本地巴西女员工很胖，而且不好看。天地良心，和伊拉克和中东其他国家的本地女员工相比，我居然没有区分出巴西女人好看不好看！

鉴于越来越多的中东兄弟提醒我巴西女性热情火辣漂亮，连在巴西的小郭都提醒我，海边有很多比基尼美女，于是有几次我特地带了相机去海边转转，准备给我在伊拉克和叙利亚的兄弟们拍几张美女照。有一次在海边跑步的时候，听到旁边有桑巴舞的声音，就循声音过去，原来是一群本地人在练习跳桑巴舞，有男有女。终于见到了传说中的巴西"美女"。相比小郭说的"比基尼美女"，这个"美女"简直是美女中的"美女"，原因是她根本没穿内衣。任何人都看得到她没穿内衣，但她仍旁若无人地跟着音乐扭来扭去。这尺度有点太大了，而且她只能算是巴西女性，应该还算不上美女。

里约海滩多，周末累了的话就会去租个椅子在海边坐坐。穿得少的比基尼女性很多，但不知道是我眼神不好，还是我眼神太好，我总能看到女性皮肤上的斑点。还有一种很奇怪的感觉，觉得这些女性要是穿上衣服，或许会更顺眼一些。这些女性应该也算不上巴西美女的。

公司旁边有个巴西大学。前一阵子我们总是去他们食堂吃饭，一起吃饭的男同事偶尔会提醒我，快看，那边有一个巴西美女！而我每次抬头看时，半天都没看出美在哪。

我有点小焦虑，难道我发现不了女性的美吗？虽然在武大上美学课时，上得云里雾里。但在广州上心理学课时，老师说过，人天生具有对美的感知能力，比如看到美丽的东西就会心动，产生正向情绪，严重者甚至会心跳加速、血压升高、去甲肾上腺素分泌增多。到巴西来这么久，我好像从来没有过这些反应呢。

不同的人审美观可能不一样。记得以前在中东、北非时，男生老是在传谁是中东、北非第一美女，还有伊拉克的中东之花等，我特地跑去看，但对那些花啊草啊，都看不出美来。最经典的一个例子是，一个女同事告诉我，她们女性一致认为一个女同事很漂亮，我传言给我们伊拉克的兄弟们，很多人跑去看，回来之后就鄙视我的审美观。我大惑不解，也跑去看，看完了就伤心了，我去问那个传言的女同事，结果反被她质问我们怎么没看到那美女皮肤白身材苗条。

其实换个角度来想，即使巴西有美女，那有什么值得激动的，又不是自家的。任何所谓美女，如果没有感情、没有内涵，开口就跟你谈她家一头老母猪下了十个猪仔，或是隔壁家的大黄狗跑到村东头跟别村的野狗打架把腿打断了，这个女性还有美丽之处吗？女性之美应该在善良温婉，而不是皮肤白或身材像筷子一样苗条，更不是穿比基尼或不穿内裤。相由心生，一个女性心中充满怜悯，有超脱自身的关爱，这样的女子就丑不到哪里去。善良是女性最好的保养品，这个保养不是让男性一看到就流口水，而是从心里敬佩、喜爱和深爱。

很遗憾，我没有系统学过美学课，不知道从什么时候开始推崇肤白、身材瘦削、有胸无脑这种“美”。或许不是巴西没美女，而是巴西的美女跟我心中的不一致。

山中花树，同归于寂！巴西美女或许本存在，只是我没看到，我没感知到，所以巴西没美女！

巴西的困境

本来要开会，结果临时被抓去参加另外一个会议，说是国内有一批政策咨询机构的政府人员来巴西考察，要搞一个企业座谈会，了解一下企业在巴西这边的困难和现状，结果我不得不紧急打领带去参会。

我们有三个同事参加会议，对方一行来了七个人，政府人员的气质跟我们就是不一样，我们个个打领带、穿西装、头发干净、头饰清爽，结果就像卖保险的，对方穿什么的都有，就是没穿西装的。我们三个都是年轻人，脸上都没皱纹，对方不知为何，个个都看上去那么苍老，脸上就像从来没用过护肤品一般，真是奇怪，难道政府机关比我司还累？怎么都长成那样子了。

双方寒暄完，开始由我方汇报，无非就是讲讲我司在巴西的历史、行业地位以及现状和将来的发展趋势。讲完了开始由对方问问题，还真不能小瞧他们，问的问题虽然不是电信行业的专业问题，但看得出对方是想努力搞懂这个行业的，尤其是对未来趋势包括云计算和传输 IP 化这些东西比较关心。

最后免不了讲到巴西的情况。其中有位跟我们讲了一件事，说巴西政府官员包括总统访华，老是批评我们政府对他们的贸易不平等，甚至责怪我们说他们发展不好中国政府也应该承担一部分责任，主要表现在我们把他们的香蕉买回去，然后加工成香蕉片卖给他们，把他们的铜铁石油买回去，然后加工成制成品再卖给他们。制成品比原材料贵，这是我们上初中政治课就明白的道理，每年中国政府对巴西的出口总是比从巴西进口多，巴西政府早就不平衡了，老是批评我们，我们领导人脾气好，该买该卖还是继续。不过现在巴西人似乎也回过神来了，开始反思为什么只能卖给中国香蕉了，也开始虚心来学习中国的发展模式，希望我们能给他们提供一点建议。

从这一点上讲，巴西政府还是比较聪明的。我初中时候一个老师批评我们班一个爱评议别人的同学，说他是个手电筒，只能照得见别人，照不到自己。巴西这个手电筒要是能照得见自己，哪怕是一点，将来影响也是巨大的。

后来问到我们公司在这边遇到的困难，轮到我来讲。我讲了巴西的劳工环境，尤其是对员工的过度保护，比如不能开除员工，每年法定调薪，不管干得好还是干得不好，都要有年终奖，还有不能对员工大声说话，不能批评员工，员工要想离职可以当天不交接工作就走，员工可以不接电话，企业要给员工各类保险福利，包括给员工买必须要涵盖到父母姨妈之类的私立额外医疗保险，还要必须招聘残疾人……如此种种，简直说不完。还没等我讲完，一个女同志就兴奋地讲，这是不是在追求效益的同时，还很好地保护了公平？

抱着治病救人的理念，我很诚恳也很认真地对这个党员同志讲，这不是保护公平，而是纵容弱者、让人更懒的做法，并没有保证公平。因为这对那些努力向上、艰苦奋斗的人而言是一种致命的打击，让他们没办法勤奋进取。干多干少一个样，干好干坏差不多，哪还有心思艰苦奋斗？这种平均对那些不思进取的人来说，反正怎么弄都差不多，干吗那么努力，天天去海滩晒太阳踢足球得了。对企业来讲，企业成了一个员工喝茶聊天定期拿工资的地方，企业主累得半死最后搞得破产——破产还得先把政府的社保和税都交了，把员工安置好了，不然就抓你。既然如此，索性不干不开张了，也去晒太阳找巴西姑娘玩，反正有政府养着。政府没钱就再去找剩下的企业要钱，再次提高税率和劳工社保，然后让更多的企业破产，让更多的人失业，让有能力的企业主不敢开企业。结果只能让海滩的人更多，抢劫更加频繁而已。

这就是一个蝴蝶扇一下翅膀，太平洋发一场飓风的例子，环环相扣。我好奇的是，热情奔放的巴西人难道没看到这个翅膀在哪？一个在这边多年的政府官员告诉了我另外一个故事，说巴西人的经济基础与上层建筑不相适应，至少在三个方面不相适应，那就是闻名世界的税法、环保法、劳工法。巴西的这三大法律以其复杂严苛闻名世界，其严厉程度已经超过欧美等老牌资本主义国家。一个传闻说，当初巴西建国后，世界各地的人往巴西涌来，其中有社会主义国家苏联那边的，也有欧美那边的，巴西人民看到二战打得很凶，于是为了避免矛盾，就把社会主义保护和资本主义保护的思潮都带进来了，但因为没学好经济基础决定上层建筑的理论，结果变成了现在这样的怪胎。

没有深厚历史文化背景的地方，通常会非常突出法律。法律是大家利益妥协的结果，跟协商有很大关系，协商又跟争吵、斗争有很大关系。古代雅典政治伯里克利时代，一人一票，都去剧场喊，哪边喊的声音大，就以哪边的为准。但在一个社会中，毕竟穷人、懒人居多，这是人类的天性，当一个社会中民族凝聚力和文化、经济没达到一定水平，但民主和法制却达到了所谓的"高度发达"时，总统要听工会的，工会要听普通人的，而普通人中还是穷人懒人居多，所以反而是这些穷人懒人决定了谁可以当选总统。这是个很悲惨的事情。工会和总统是应该对选票负责，还是应该对未来负责？百姓和选民都把票投给那个能让他家锅里明天就有一只鸡的人，而不管这鸡从哪里来或是怎么来，工会和总统候选人只能被迫给百姓承诺一头猪、一头牛了。而猪和牛如果没人去养的话，只能越来越少，好在巴西的铁铜石油木材够多，大家就凑合着过吧，说不定等铁和铜都挖完了，还会有别的东西可挖，阿弥陀佛。

在这种所谓的民主制度下，雅典最不聪明的苏格拉底被聪明的雅典城邦居民投票处死了，理由是不敬神明和蛊惑青年。邪恶一点想，是不是这个腐败邪恶的雅典社会容不下聪明圣洁的苏格拉底，而我们伟大的苏格拉底却要遵循这种多数民主的程序正义呢？多数、民主、程序就是对的吗？也许我们早就应该明白多数和民主、正义没有多大关系，只跟当前的利益有关系。

　　莫泊桑的《羊脂球》里，不就是一马车的人为了自身的利益，让那个被嘲笑、被鄙夷的羊脂球小姐去献身牺牲吗？前不久也看到一个经济学的故事。一个村子有大概200亩荒地，因为山高地陡，土壤不肥沃，大家都不怎么种，荒在那里，村子就统一收回，然后统一转包给一个人种果树，然后给每家每亩100块钱进行补偿。刚开始村民很高兴，因为他们自己根本就收不回钱。但是过了5年，果树赚钱了，承包的人赚了很多钱，结果村民们眼红了，要收回自己的地。村长劝村民说既然他们不懂怎么种果树，而且合同承包了10年，反悔也没有利处的。村民们不依不饶，说是宁愿地荒着，也不能便宜一个人，如果承包人不答应他们的要求，他们就要上访或者投票把村长给换掉。

　　巴西人是不是这样我不知道，但是我知道这样的制度最后的结果肯定是村民们的地都荒着，或许这样能更保护环境吧。

大国心态

坐车跟同事一起上班，同事跟我闲聊，说觉得巴西人对中国人不友好，可以从他经历的一件事情来说明。那天他要坐九点四十的飞机，九点钟才到机场，因为离登机时间比较紧，他就拿着票和护照去安检口，请求提前进去，负责安检的是一个巴西女人，手一挥让他去排队，他以为是规矩，就准备去排队。谁知与此同时，另一个同一班飞机的巴西人也拿着机票过来，奇怪的是，安检让那个巴西人进去了。同事还没开始找她理论，后面又有两口子巴西人也过来要求提前进去。那个安检的巴西女人情商比较低，居然问他们两个是否是跟同事一起的，两人说不是，安检就让他们进去了。这下轮到同事开始发飙了，问她为何让同样航班甚至下一航班的人进去，而不让他进，误了飞机怎么办。反反复复理论了近五分钟，那女安检不多说还是让同事去排队，于是同事怒了，拿着护照、机票就往里闯，那安检威胁他如果这样就叫机场警察，同事也强硬起来，说"叫就叫，不让进也是赶不上飞机，叫警察也是赶不上飞机"，结果这时候那女安检让同事进去了。

我说这事也可能有多种原因，比如可能这个同事长得像那个巴西女人的前男友，前男友把她给甩了，所以她特别盯着我这个同事；或者这个同事有什么别的事情，让这个机场的小人物心里很不舒服，就想折磨一下他而已。

同事见我不相信，又举了一个例子。有天他在停车场下车，遇到一个已经离职的本地员工，本地员工见他从车里下来，就惊呼"你们中国人还开车啊"，同事说："是的，我们自己也有买车的。"那个本地员工围着车看了一下，说："你们中国人还开这么好的日本车啊？你们应该开中国的江淮啊！"同事心里不舒服，就反问道："你们巴西不产车，那你们应该开什么车？"那个巴西人耸耸肩说："巴西不生产汽车，所以开什么车无所谓，一般都选好车开。"

同事跟我总结巴西人看不起中国人，我开始心里有气。后来同事又补充道，可能有些中国人来到这边，随地吐痰、大声讲话、乱扔果皮纸屑，或者找了巴西女朋友却不愿负责，败坏了中国人的形象，以至于让其他更多中国人比如我们公司同事受牵连。

我听了，忽然想起以前埃及的老同事安慰我的一段话。那是2007年，埃及公司附近的九街新开了一家中餐馆，挂着大红灯笼，里面也装修成大红色，红得让人一看就觉得暧昧，活脱脱一个不健康场所。最让我生气的是，那餐厅还在墙上贴了几首诗，让我看了气不打一处来，跟旁边的老同事骂骂咧咧，说："这个中餐厅也好意思叫中餐厅，装潢设计俗不可耐，会让老外觉得中国人都是没档次、没文化的。使馆应该推动当地政府把它给关了，不能丢中国人的脸。"老同事很睿智，先问我觉得中国人应该是怎么样的，我说到国外，一看到中国人就应该肃然起敬、处处优待才对。去机场应该优先通关，去哪里别人都该用中文对我们说"你好"，一看到中国人就该想到"礼貌"、"高贵"、"尊重"等正面词汇。老同事听我讲完话，哈哈一笑，说我还是要有点大国心态，中国人也是人，而且中国人多，什么人都有，不能期待这些老外都对中国人客客气气、尊尊敬敬的。

那时我还年轻气盛，会为了沙特阿拉伯的服务员认为我没钱而让我吃便宜的中餐而恼怒不已，也会因为遇到对我不友好的老外而马上上升到民族自豪感的高度，然而这次在同事抱怨完后，忽然我也很想跟他讲讲那个老同事的话，要有一点大国心态，不用上升到中国人被歧视的高度。我们的国家很大，什么人都有，当然有不被人喜欢的坏人。世界上其他国家人也很多，也有一些可能不是什么好人，如果我们的坏人被对方的坏人给记恨了，再转移到我们的好人头上，我们并不能因此就得出我们的好人被对方的好人欺负的高度。我们都是普通人，没办法相互代表。

剑桥是徐志摩读书并遇到林徽因的地方，在中国人心中无异于一座智慧和贵族的殿堂，像其中的国王学院、三一学院更是闻名遐迩，中国人特别爱去。剑桥校园的建筑很美，确实也值得那么多人去。但是去的人多了，问题就来了，在壮观而安静的三一学院的小路上，我居然发现了一个红色的烟盒，上面有两个繁体的汉字：中华。同行的台湾友人说这真给中国人丢脸，我俯身想捡起来，电光火石间想到那个埃及老同事跟我讲的话，脱口而出："要有大国心态！"中国那么大，人那么多，如果我们总是去计较，没办法计较完的，如果我们总是很在意外国人对我们的印象，尤其要刻意去给老外留一个什么高雅尊贵的印象，那只会把我们都逼死了，活出那份真实自然就好。中国也有小偷坏蛋，也有打劫的，更有乱扔果皮纸屑的，如果老外就看到这些那也没办法。要有那份大国民的自信和坦然。

当年在埃及的时候，他们还跟我讲那个被刺杀的老总统萨达特的故事，埃及人民很尊敬他，竞争对手以色列也很敬佩他，西奈半岛就是他从以色列手上谈回来的。后人分析说这个总统很聪明，没学过心理学但是会用心理学，他每次跟人谈判都会提前加一句"慷慨大方的以色列人民"，后人分析，这个总统是个积极暗示的高手，也是个贴标签的高手，反正最后那些以色列人真的对他慷慨大方友好。我印象中，中国人民一直是被贴各种标签的国家，好像中国人民也特别在意这些暗示标签的。

一个真正的大国是个包罗万象的大国，无法被简单贴上标签的，成熟理性的国民也没有必要被暗示所牵引的，要活出那份坦然和自信。好也是，坏也是，都是我们的特性，这才是我们真正地国民性。

　　想想还是说点积极的东西，在伦敦的火车上，遇到三个中东人，一个沙特，两个利比亚，因为能讲一点阿拉伯语就跟他们聊天，从生活聊到宗教，最后沙特人忍不住四顾左右低声跟我讲，他说将来中国人会统治世界。我笑着说中国人不喜欢统治世界也不会统治世界，那不是我们的想法，他接着补充道，不管中国人想不想，但将来统治世界是不可避免的。我笑了笑，说可能吧。其实对于将来中国人占据世界各地我是有信心的，你喜欢也好，不喜欢也好，我们都会来，都会在这里！南极也好，月球也好，到时都会有我们的足迹和领地。你厌恶也好，你敬佩也好，我们旺盛的生命力都会迸发出来，不知不觉中总会影响到你！不用担心别人怎么看不起我们，也不用刻意去做对方希望的你，自然真实才是我们的本性，我们就是这样！

中国式的礼

国内一个艺术团来里约做慰问演出，我们同事想方设法帮我弄到一张票。下午四点半开始，我跟着领导的车去的，四点才出发。那个演出的地方不好找，GPS 关键时候还不停地重启，领导着急，说铁定要迟到，一个小女同事见过世面，说不用着急，四点半演出肯定开始不了。

心急火燎地往剧场赶，一下车，大家都不急了，虽然已经过了五点，但艺术团的同胞们都在门口闲聊握手，相互致以新年热切的问候。我们拿了票，买了水，进了场，偌大的一个舞台，嘈杂的同胞们，还有不按票号乱坐的场景，让我真切感受到了祖国的气息。祖国好啊！

舞台很好，幕布是中国山水画加柳体的毛笔字，让我很期待。结果这期待有点长，从五点期待到五点半，觉得总该开始了吧？结果又失望了，再一看，明白了，应该是领导没到，第一排都空着呢。这又充分体现了国内的特色，就安心地等，边等边抱怨领导们怎么还不来呢。我穿短袖来的，结果剧场有点冷，坐着等着冷坏了。

好，终于等到六点钟，貌似领导们到场了，穿西装打领带而且进来就有人迎的，肯定是领导没错。果然，都奔第一排就坐去了，而且左右都跑来握手。我祈祷感激，亲人啊，总算来了，我可等着冷死啦！按习惯肯定要请领导要讲话的，领导不讲话、不祝贺演出圆满成功、不感谢的话，这个演出就开不了场。果然，一个穿西装的阿哥出来了，以浑厚并且缓慢的连续三个"尊敬的"开场，先是请一个侨领来讲话，这位先生是个广东人，普通话很难懂，前面阿哥介绍这个演出是他承办的，大致就是他花钱从国内请过来的，这样的人是该感谢一下，也应该请他讲讲话。但问题是这个大叔本来普通话就讲得七七八八，而且稿子似乎是找人专门写的。大家都知道，文人写稿都很长，并且文绉绉的，很多汉语成语本来就难懂，再用广式普通话念，就更难懂了。最为难的是，这个讲话实在太长了，最初对这位大叔还是怀着感激，后来就有点怒了。大概讲了十五分钟，穿西装的阿哥又请了一个领导，这位领导普通话不错，用词也是书面的，关键问题是，这位领导不但能讲，而且煽情，喜欢用什么激动啊、心情啊、精彩啊，终于也超过了十分钟，我真的怒了，忍不住想讲粗话。好不容易等这个领导讲完，我也冷得不行了，心里想总该开始唱歌跳舞了吧，结果那个穿西装的阿哥又上来了，再请第三个领导，这个领导是政府的，也从"尊敬的"开始，讲到活动的目的、得到的帮助、感谢云云，这次我不怒了，理解了。

对于这样一个活动，坐在观众席上的我等小老百姓，只想着看节目，好玩就行。但活动是谁组织的，怎么租场地、租音响，怎么安排演员的住宿，怎么跟巴西政府申请签证，总得有人出面去张罗吧，总得请领导帮忙出面，总得协调来、协调去吧，所以也要理解人家。

不过，理解归理解，有个问题还是想不通，为什么领导们要晚来呢？为什么领导们一定要讲很长的话呢？还非得要在前排就座呢？我想了半天觉得，如果领导早来了，就没有人知道他是领导；如果领导上台就讲"大家好，我是王二毛，是花了心思给大家组织晚会的人，大家感谢一下我"，然后演员开始唱歌跳舞，大家就会觉得这个王二毛太土了；再者，如果领导不坐在第一排，不穿西装、打领带，前面也没人簇拥着，没人跟他握手，我们会不会还把他当作一个领导？换一个角度，如果领导也跟我一样穿短裤、短袖就来了，来了不讲话，或讲话很短，然后随便找个角落坐着，跟着我们一起看漂亮姑娘跳舞和成方圆唱歌，观众会怎么想？大概觉得这仅仅是一场普通的晚会，最后能记住的，也就是几个漂亮姑娘身材真好、成方圆宝刀未老。这样的话，组织了这次演唱会的侨领会不会心寒？谁记得他的付出？那些排练了一年的演员们又从哪里感受到这场晚会很受重视很受欢迎？换句话说，如果没有这些坐前排的领导冗长的讲话，我们这些小老百姓会不会就跟进了酒吧一样，哪里会觉得这是个了不起的晚会，又哪会认真去看？

想来想去，想到中国古代祭天。据说中国古代有很多奇怪的讲究，比如天子祭祀是七庙，诸侯是五庙，大夫三庙，规矩森严，乱了就是违反制度，这个制度在古代叫"礼"。我知道这个"礼"是从孔子的故事开始的，孔子是鲁国的大官，很得国君重用，但是邻国送了一批美女给鲁君，让这位大哥沉溺于美色而不理朝政，这跟孔子的理念有冲突，孔子就经常劝说。但最后逼走孔子的，居然是国君祭祀的猪肉没有送给他。因为这块猪肉，孔子就走了，带着学生周游列国，苦不堪言，差点客死他乡。按照今天的观点，不就几块猪肉吗？国君不分，自己去市场上买一头猪回来，想吃猪头就吃猪头，想吃猪蹄就吃猪蹄，可是孔子就为这几块猪肉而远走他乡了。他为的不是猪肉，而是中国文化里最奇特的东西，也是孔子一生在推行的"礼"。

我没办法说清楚"礼"是个什么东西，它有点类同于西方的情商，也有点类同于巴西立国之本"秩序和进步"中的"秩序"，到底这是个什么东西，我觉得是跟人的成长慢慢对应起来的，非得有过经历、教训才能理解。

比如周日，去一个同事宿舍——我们的宿舍都是几个人合住的，每个人一小间，当然房子有大有小，有好有坏——我进去后发觉一个房间特别大，随口问是谁的房间，同事告诉我是另一个同事的房间。我就突然觉得奇怪，按说这不是我的资产，都是公司租的，也没损害我的利益，跟我没有多大关系，但我心里就觉得别扭，原因是这个房间太大了，而且条件很好。我从内心里反省自己为什么感到奇怪，最后得出结论，因为觉得这个房间跟住在这个房间里的人不相称，我们最高级别的领导住的房间也比这个房间差很多，而这个普通的小员工为什么住这个最好最大的房间呢？规矩在那里定着，优先照顾带家属的员工，其余的员工先来后到，当然按级别公司的领导有不同的标准。无论哪一条标准，这个员工也不该占据这个房间，"礼"在这里是个标准问题。

把这个"礼"还原到晚会上，让人先讲话、后讲话是个尊重标准的问题，谁坐在第一排也是标准问题，讲话的长短视感谢和重视的程度不一也是标准问题。这种场合，自然是出席的领导级别越高，显得标准更重视，领导讲话的长度越长，说明领导越重视，领导越重视也就是活动越重要，标准一层接一层，"礼"的内涵和外延也越多。

你说我喜欢这个"礼"吗？坦率地讲，在看演出的那个场合我是不喜欢的，里面空调温度低，我穿着短袖短裤冷得很，我只是来打酱油看演出的，只关注漂亮姑娘跳舞和成方圆唱歌，其他哪个领导我都不感冒。不过我也想过另一个问题，在领导迟迟才到和冗长的讲话后，我是否提高了对这个演出档次的判断呢？我想是这样的。

很长一段时间，我是很恼恨这种"礼"的。记得小时候我的筷子用不好，每次父亲都要教训我：如果我筷子用不好，将来到媳妇家里做女婿的话，会被人笑话的。当时不理解，为什么当女婿一定要用好筷子？我不用筷子用刀叉行不行呢？还有见到比我年长的就得叫"哥"或是叫"姐"甚至"姨"的，觉得干吗要那么亲热，我又不喜欢那些长得粗鄙的人。

前一段时间，我忽然明白了。一个1988年出生的小姑娘，刚毕业就来我们公司工作，我一下就被这个姑娘给噎到了。那天她打电话来找我，先是很大声喊我的名字，我一听觉得很刺耳，然后耐着性子说"你好"，结果这姑娘直接说那个什么事你给我弄一下，我心中开始冒火，还没等我听完呢，她"啪"一声把电话挂了。我愣了，平复了半天后才明白，这个姑娘要求我帮忙处理一件需要我审批的事。与此同时，一个比她大一岁的女同事跑过来喊"小东哥哥"，也是来请我帮忙处理一件事，我终于明白了这个不舒服从何而来。那个不懂事的姑娘完全没有礼貌，不懂"礼"，她不知道身份等级次序，也不知道求人和被人求的位置差异，最后她也忽略了年龄秩序和新老员工的顺序，总之，她完全违背了一堆由"礼"而生发的秩序问题，自然会让别人不舒服，最后肯定也让自己不舒服。

说到称谓，东北人喜欢叫人大哥，香港人喜欢称人职位，美国人、巴西人喜欢直呼大名，我也暗自揣摩了一下，比如别人喊我张小东、小东、小东哥、小东哥哥、东哥、小东叔以及伊拉克人常喊的 Mr. Zhang 等，各个称谓不同，自然附带的礼节不同。比如比我级别高的人喊我"小东"，那是亲切，喊我"张小东"，那是正式但又有一定距离；下属喊我"张小东"，或多或少就带有一定冒犯。这个称谓已经附带了一堆"礼"在其中，或许这就是当年父亲总是不停地灌输我要开口喊"叔"和"哥"的原因吧，筷子用不好，并不大碍事，碍事的是岳父家可能从用筷子看出我这个人不懂礼，不懂礼的人是不受欢迎，并且要受打击的。

为什么不懂礼的人要受打击？我也说不出个所以然来，只是整个社会都在讲约定俗成，而且我们的文化中有这个内核的话，违背这个规矩自然不受欢迎。但我现在在想，这个礼是否是同时也要为别人考虑的一个东西呢？

蛋和鸡的问题

轰轰烈烈的萨尔瓦多警察罢工结束了，充当被剥削者的警察工人获得了胜利，政府同意给他们加薪 6% 左右。与此同时，里约的警察罢工也在政府公布了调薪计划后结束了，被扼杀于萌芽状态。

本来巴西罢工就多，大多是为了加薪而罢，这不奇怪，奇怪的是这次里约的警察罢工，这可不是闹着玩的。这个城市素来以治安差而闻名。同事们都很慌，纷纷问该怎么办，所以我就去了解了一下，才知道问题比较严重。这次警察罢工的事情，最早是萨尔瓦多闹出来的。政府先是持强硬态度，警察不上班是吧？联邦政府派军队上街维持治安，反正巴西无战事，士兵们闲着也是闲着，刚好出来晃晃。士兵们上街了，警察们不乐意了，本来就是要给政府施加压力加工资，都是拿枪的，干吗为难自家兄弟？双方在街上先是对骂，后来居然打起来了，总之好不激烈。当然趁着警察不干活的时候，犯罪分子们也很敬业，杀人放火抢劫，该干的都干了。百姓怒了，政府不得不解决，于是开始谈判，最终解决了。

在萨尔瓦多罢工没结束时，里约警察蠢蠢欲动，媒体也在渲染要罢工了，总之很紧张。据传政府还准备了 14 000 名军队士兵，准备应对警察不干活的情况，结果双方互相谣传威胁了两天，警察罢工没有真正实施，政府的调薪计划已经出来了，里约一切平静。

看着国外的罢工大戏，忍不住发挥我的八卦精神，问本地员工怎么看警察罢工。谁知小员工居然站的是政府的立场，说这些警察是坏人，贪污腐化很严重。我之前听说过里约的警察工资很低，大约一个月500巴币，跟当地的保姆、清洁工水平相当，所以就忍不住问我的员工，说警察的工资太低啊。小员工想了一下说，警察的工资是低，但是他们当初选择加入警察的时候就知道工资很低的，既然选择了，就应该接受，没人逼他们。我想了想这个员工的话，觉得很符合我司一贯的逻辑，也不好辩驳。

后来再去问其他本地人，发觉这个问题还真有意思，本地人都承认警察的工资低，但是本地人也认为警察的服务不好，认为警察要先提高服务变得清廉，政府才应该加工资。而我觉得，从人性的角度来讲，对这些警察来说，每个月的工资都养活不了妻子儿女，让他们不去贪污、不去收黑钱，好像也不符合人性。一个月500巴币，在吃一顿中饭就要20巴币的情况下，这些拿枪的大个儿警察怎么活下去呢？难道要他们去吃地沟油或脏馒头？

那天一个男同事跟我哭诉，每天晚上要三四点才能睡觉，早上八点又要起来赶班车。我问他晚上都在干吗，结果引出更多的苦水。他说晚上要跟国内机关扯皮，要求人尽快帮忙准备东西，白天要忙着填各类文档，让他这个老男人满心疲惫、身心俱残。说到最后不觉上升了一下高度，跟我讲，在南美这个地方，最核心的是没有士气，大家都在熬，每当有同事调回国的时候，大家都会羡慕嫉妒恨，然后祝贺。而在工作状态上，只是把自己的工作做了，能不做的就不做，并没有什么把公司当自家的热情和积极性。按照那个经典的人力资源名言：事少钱多离家近，位高权重责任轻。我剖析了一下，在这个地方，这个同事说的情况恰恰是相反的：事多钱少离家远，位低权轻责任重。我再总结为两个字，就是员工在这里干活，觉得"不值"，所以没士气。

回过头来想想，可能很多人都知道这个现状，但很多人也没办法，公司不是政府，公司的核心政策就是按劳分配、多劳多得，这是绝对没错的。但是这里面还有个先有鸡还是先有蛋的问题。大家都在辛苦挖地，到年底发现地里的粮食不多，第二年分的粮食就不多；粮食不多，再挖地，大家就没心思，因为担心第二年又打不了多少粮食，你这个时候拼命鼓劲，说同志们要努力啊，过年大家都争取吃到白面馒头！大家只好继续拼命挖地，可到年底发现还是只能喝点粥，这个失望劲就别说了。到了第三年，带头的说，大家要加班干，晚上也来挖地，争取通过努力多打粮食。于是大家齐努力，晚上不睡觉都来干活，但是到年底还是只能喝粥，这怎么办呢？

大企业或许与这稍有不同，更像是圈一块地，然后请一批人来挖，播种收成后再拿一点出来给大家。当然在没收成之前，大企业是储存了一批粮食来供饭的，小老百姓不可能自带粮食来挖地。现在的问题是企业要让大家相信，大家努力挖地，播种后收成好，大家就都能吃上白面馒头。可是最后大家发现，按照带头大哥说的，努力干活、多加班，最后还是只能喝粥，就难免怀疑自己的身份了。按照带头大哥说的，把自己该干的都干了，最后收成不好只能喝粥，自己是请来打工的还是自己给自己创造的？如果是请来打工的，收成不好谁来负责？如果是自己为自己创造，那能不能换块地挖挖？

当挖地的带着热情去挖，但仍收成不好，大家士气低落时，企业是应该增加投入，多拿点余粮来给挖地的人让其有力气干活？还是跟他们讲要继续努力，等创造到收成好了大家再一起来喝酒？

里约的政府看样子是愿意做出妥协，破解这个先生鸡还是先生蛋的问题。企业不同于政府，又该如何破解这个蛋和鸡的问题呢？

每一个人都是舞者

去看了天下闻名的里约狂欢节表演，的确是极尽人间奢华和放纵的演出。

狂欢节正式开始之前，主持人声音高亢地进行了简短介绍，不到两分钟，所有人都起立了，我才知道是唱国歌。唱国歌的时候，没有仪仗队，没有升国旗，但好像所有巴西人都在唱，而且旁边的巴西人还唱得很大声。唱完巴西国歌后，接着唱里约的市歌，也唱得热情奔放。唱完歌，鼓声就开始了，强烈的色彩冲击一泄而出。不过这色彩太过艳丽，而且跳舞的人都在不停地旋转，让我有点晕眩。接着是一辆接一辆的彩车大游行，主题乱七八糟的，让我感到奇特的是，跳舞的舞者并不讲究动作的整齐划一，大家都在扭动都在跳跳唱唱。里约的人多，场地也大，我周围的人也疯狂地跳，疯狂地欢乐。

到了凌晨一点，我提前溜了，色彩艳，舞曲喧，跳舞的人多，装饰奇特，确实不负"狂欢"二字。但狂放的欢乐不适合我，看了两场就感觉累，只得提早离去。

相比而言，几天前在北部玛瑙斯看的一场狂欢节演出，让我印象更深刻一些。那是在亚马逊丛林中的一个城市，印第安人居多，小伙子都是黑黄黑黄的，姑娘们都有黑长的头发。因为是一个小城市，没有里约这般绚丽和商业化，因此显得更朴实些。

晚上 8 点钟开始，一个上红下白的方阵出来了，音乐是现场版的，歌曲高亢悠扬，非常适合广场，鼓声一响，节奏就起来了。最让我欣喜的是，100人左右的方阵正中间是个五六岁的小姑娘，边走边跳。她的长发左右摇摆，旋转时有一种矫健的英姿飒爽，跟在她后面的是一个小伙子组成的方阵，这样除了桑巴舞原有的灵动之外，更添了阳刚之气。三个方阵之后，是一个改装的大车，卡车慢慢驶过，车子两边是大音响，中间是吹拉弹唱的乐器、蹦蹦跳跳的乐手，前面车顶上是主唱歌手，歌手旁边是穿着比基尼跳舞的姑娘，后面车顶上也有两个跳舞的小伙子。车队一直往前走，音乐越来越高亢，唱到和声时，全场一起挥舞着手臂呐喊起来。直到这时，才发现自己看台周围不知道什么时候已经挤满了人，这些明显带有印第安人特征的当地人，也在看台上跟着音乐在跳，气氛真是欢乐！

小姑娘带领的方队还在往前走，走到尽头，又冒出一个蓝色的方队来，又是一个长发的小姑娘领衔，真是让人惊喜。这种舞蹈需要女性的柔美、男性的阳刚，也需要小朋友的灵气。音乐还在响，方队还在走，我看台上的人所感染了。看台上多是一家几口前来观看，小朋友们跑上跑下，大人们跟着音乐一起跳。还有看似一家的几个人，直接跑到后面，跟着音乐编排起了一致性的动作，其动作之娴熟和默契，让人惊叹。最让我感动的是在观众台的前沿，一个明显有些残疾的男子，居然也跟着音乐在抖动，满脸的欢乐。又看一会儿，音乐更加悠扬了，表演的场地突然之间站满了人，方队走完，那些人跟着一起走，边走边跳。在长达1千米的走道旁边，每隔200米就有一个高台，这个时候我才知道，那高台也是给跳舞的人准备的，我盯着一个高台上的四个穿红衣服的小伙、姑娘，看他们在音乐声中跳了一个多小时还不下来休息。巴西人民真是热爱跳舞！

这是我第一次看到这样的场景，现场的欢乐气氛太传染人了，大家都在蹦蹦跳跳，每个人在其中都是舞者，没有看客。巴西对世界的贡献，除了足球以外，狂欢节的桑巴舞也真堪称一大贡献。

巴西的狂欢节来源于基督教传统，中世纪时期，基督教奉行禁欲主义，每年要有一定的斋戒期。这段时期，不能吃东西、不能喝酒，但欧洲人民和非洲人民对宗教没有那么虔诚，教廷索性就在斋戒后弄一个狂欢节，让大家喝酒唱歌跳舞，放纵一下。从极度禁欲的极端到极度放纵的极端，总不能长久，不过每年就一次，利用这一时期把一年的不满和忧伤都放下，不论穷富，蹦蹦跳跳忘记一切也是好的。

狂欢节游行是个集体参与性极强的活动，一个方队需要两三千演员，加上工作人员，前后差不多一万人，一个城市有十多个队，就有近十万人参加表演，还有游行的编外舞蹈人员，近二十万人参与其中。全巴西，基本有城市的地方，都会组织狂欢节活动，那该有多少人参与其中呢？这还不包括我周围这些在看台上蹦蹦跳跳的观众。

我的本地员工告诉我，她爸妈都去报名参加跳舞了，我问是什么类型的，她说是在旁边跟班跳舞的，跳舞的人太多，所以她爸妈提前一年报名申请，结果也只能当跟班跳，还得自己交很多钱才能争取到这个机会。我用惯常的中国人思维说，当跟班跳，又不是主角，再说那么多人，别人又注意不到，有什么好高兴的。小员工很不理解，说能跟着一起跳舞多开心啊，别人看不看得到有什么关系。终于我明白了，怪不得整整两次观看，我这个外人都没能理解狂欢的核心：每一个人都是舞者，跳舞是为了自己欢乐，而不是为了要当主角。那些在场上穿着奇装异服化着浓妆的人，没有人知道他是谁跳的人是为了欢乐，看的人看的也是欢乐，他们只是在跳舞和欢乐，所以动作整不整齐，谁在主台上跳、谁在跟班跳都没有多大关系。这也是小员工父母拼了命也要去跟班跳的原因，这也是四周那么多观众在台上蹦蹦跳跳一点都不闷的原因。

我在想，如果我们国家也组织一场这种不设主角的狂欢节，会不会有人喜欢呢？父母是否愿意让自己的孩子只是去参与，而不是当主角呢？不争着当主角的狂欢节，给了我另一个视野：人们不应该总要去当主角，有一种快乐应该是大众性的，而非主角才有的。我们的国家应该多提倡这种不设主角、不突出个人的活动，把所有人都纳入其中，让所有人都快乐起来。

性骚扰

　　跟一个劝退的本地女员工谈话，基本达成了一致，她主动提出离职。谈完利益和个人发展后，开始谈感情，谈心路历程，结果她谈出了让我大吃一惊的内容：她在公司里遭到了性骚扰！离职员工投诉前任主管是很正常的事，但大多投诉的是像我这样不给员工面子、老是逼员工干活、抓员工考勤的人，这在巴西叫"精神迫害"，《劳动法》里专门针对企业设置的一项条款。

　　精神迫害之类的事常有，但性骚扰之类的事不常有。我表现出极大的关切，让她告诉我是怎么回事。具体经过是这样的：这位女员工长得比较漂亮，个子比我还高，五官比较端正，最重要的是笑容比较甜，而且英语讲得特别动听，像播音员一样。之前确实有很多中国人，包括一些主管，跟我说过她很漂亮。公司一个中方主管喜欢她，另外两个小主管知道那个主管喜欢她，吃饭时就故意把她安排在中方主管旁边，虽然之前她特地表明想跟另外一个女孩坐在一起。吃饭时，那个主管故意劝她喝酒，想把她灌醉。

　　说到这里，我很紧张，就问，主管有没有乘机对你动手动脚啊？她说那没有。我很好奇，那怎么是性骚扰呢？她说她能读人，知道别人有什么意图，两个小主管没安好心，知道另一个主管喜欢她，就让她跟主管坐在一起，而那个主管非要劝她酒也是没安好心，想把她灌醉。我说，当时不是有好多人吗？她接着补充道，那主管还有好几次单独请她出去吃饭、喝酒，都被她拒绝了。我反复问，这个主管有没有对你动手动脚什么的？她坦承没有，但这件事让她觉得受到了侮辱和伤害，所有人只看到了她的美貌，没看到她的能力，她因为她的美貌而受到了骚扰。

我忍不住问她，为什么不早点来找我？她说这是一年前发生的事，那时我还没来。再问她有没有找其他中方主管投诉过，她说："你们中国人都觉得这事挺正常的，没有人觉得这是骚扰，是不是在中国，主管对漂亮女员工都是这样？"我直接被噎得说不出话来。在国内，中方员工和主管不就是这样对待漂亮女员工的？只看女员工脸长得好不好看，完全不在乎这女员工是不是能干。

我首先思考了一下性骚扰的定义。两方都同意并且双方互相喜欢，叫谈恋爱；一方喜欢，另一方不同意，叫性骚扰。这巴西人对性骚扰的定义是符合第二条的。不过中国还有一个前提条件是"万恶淫为首，论迹不论心，论心世上无好人"。之前我也一直秉承这样的逻辑，平时对漂亮姑娘意淫一下是可以的，只要行为不违背对方意愿，不强迫对方，顶多只能算思想犯罪或思想不健康，不算性骚扰啊！至于说劝酒想把姑娘灌醉，这好像只要在中国人的酒席上，简直是不成文的规则。这幸亏是中国人英语不好，要不然讲出流利的英语黄段子来，岂不是更大的骚扰！

去查那个中方主管，就是嘴巴有点滑，倒不见得真有拿得出证据符合标准定义的性骚扰行为。而且这个员工也声明了，没什么动作，只是险恶意图比较明显。我没办法给她讲"论心不论迹"的逻辑，只好跟她讲，这个主管可能并不是很清楚文化差异，另外在中国，这类行为如果让女员工觉得不舒服的话，可以当场直接提出来，或者跟人力资源讲，由人力资源找主管谈话，让其注意言语。自然，我这个主管是非常看重她的能力的，把她的工作能力和突出表现好好表扬一番。天地良心，我的确没认为她多漂亮，她实在不是我喜欢的小鸟依人、温柔体贴型的。

这事让我想起几年前在中东处理的几件事，算起来都算作是性骚扰。第一件是我刚去中东、北非不久，有一天，一个人力资源同事来跟我求助，说一个员工投诉另一个员工性骚扰。说完，那人力资源同事特地强调，两个人都是男的！所以他特地来求助我这个心理学出身的人力资源兄弟，看看从心理学的角度有没有解决方案。我问他那两个男员工是怎么回事，他告诉我他分别跟两个男员工谈了，一个男员工说另一个男员工老是骚扰他，动不动就被对方摸一下肩膀、拍一下背，有时还被握着手不放，最主要的是眼神很暧昧，让这个男员工很害怕。另一个当事人则说，自己没有做什么啊，就是很欣赏对方，对对方很好而已，总是希望见到对方，想跟对方一起吃饭一起聊天……当时，由于经验不足，只好把那两个男同事调到两个国家了。

两年后，在同一地方，一个女同事跟我讲，她们一群人去吃饭喝酒，喝完酒去唱卡拉OK，然后打牌、斗地主，结果在打牌的时候，坐她旁边的一个男同事，突然间伸手搂住了她的腰。她吃惊之下，赶紧走开，另换了一个地方坐。晚上回去后，越想越气，第二天就找人力资源领导投诉来了。我们找到那个男同事，他说喝多了，完全是无意的。女同事补充道："如果是喝醉了，怎么还能唱卡拉OK？并且打牌斗地主还能赢？"领导是有经验之人，让去查查其他女同事有没有被侵犯，结果我们去查的时候，居然冒出一大批女同事投诉这男的，比如在游泳池对女同事动手动脚之类的事。最终这个兄弟被处理掉了。

那时我跟女同事交流，对此事特别不理解，如果只是生理冲动，为什么要欺负自家公司的女同事呢？女同事是女人，比较理解男人，说这种人倒也不一定是生理冲动，或许是病态，就喜欢挑逗女同事，尤其是漂亮女同事，因为有一定难度，如果得手了就有一种项目成功的成就感。想到这，我忽然明白了巴西女员工为什么把这种意图也算性骚扰，因为在巴西这种地方，本地人见面都要抱抱、亲亲脸、拍拍背，但他们心是干净的。而中国人虽然没有抱抱、亲亲，但心里那种龌龊被她们读出来了，反而更让人觉得恶心。

之前在深圳工作的时候，其他部门的一个女同事告诉我，在一次部门活动时，她站在主管后面，那个主管借活动背着手，把手伸到站在他后面的女同事的怀里。我问这个女同事怎么处理的，女同事是个聪明的姑娘，告诉我，她把手打开，然后往后退了些，就当什么事也没发生。这样的事情在我身上也发生过，那是在伊拉克，一次跟部门同事去那里最有名的瀑布玩。走在半山腰的时候，路比较窄也比较陡，我走得慢了些，突然感觉自己的右手被人很轻地握住了。我回头一看，一个五大三粗的伊拉克人看着我，在我耳边很温柔地说着什么，当时我心里说不出的别扭和不舒服，赶紧挣脱掉，跑到前面同事集中的地方。那是我最直接的一次遭遇这种事，今天再回过头来想想，当时的心理紧张，让我没来得及施展其他更有效、更激烈的方式。

今天跟另一位女同事交流这事，女同事告诉我一个方法，让我豁然开朗，对于这种遭遇，没什么可讲的，反手一巴掌！打掉所有的成就感和猥琐！

穷人的住所

在巴西，准备离开的人都会去贫民窟看看。一提到贫民窟，脑海里免不了浮起不安全的场景，有枪战、毒品和黑帮，当然最大的隐忧是那里住着最多的穷人。跟穷人有关的，似乎都是不安全的，更何况这是世界上除孟买之外第二大贫民窟。

最近因为有领导和同事要调离巴西，连续两周陪着去逛天下闻名的贫民窟。第一次去的时候，还差点准备了遗书，把银行卡之类的都留在家里了。去了后才知道，穷人的住所只是穷而已，并没有什么特别的。

有经验的同事提前帮忙订好了旅行社。先到一个酒店门口等着，旅行社不允许我们自己开车去，派来一辆中巴，车上都是我们这样来猎奇的外国人，居然还有一个能讲英语的导游。不过别的地方的导游都是漂亮的小姑娘，这里的导游却是黑壮的大叔。大叔上车就问大家来自哪里，当得知我们来自中国时，就不停地开口称赞中国的现代化成就，还感谢中国帮助巴西创造了很多就业岗位。然后导游大叔开始讲贫民窟的历史，最终归结到一点：现在的贫民窟很安全，卢拉总统做了很多措施，帮助了穷人。现在这里有了很多公共设施，比如学校、医院等，总之一切都在向好的方面发展。

车子停在三个地方，第一个地方是半山腰，下车的时候可以看到一些小贩在卖一种油彩画，画的大多是贫民窟的房子，绘画风格跟我在马里和塞内加尔看到的很像，线条细长而又略带夸张、颜色极其艳丽，东西并不贵，卖东西的人也黑黑憨憨的，不是强买强卖型的。我更好奇的是现实中真正的房子，一层一层沿山而建，电线在房子下面纠结着，着实有点吓人。听人告诉我，这里的房子最初只盖了一层，后来穷人越来越多了，地不够了，就在原来的房子上面盖了第二层，再后来又盖了第三层。电线之所以这样密密麻麻的，是因为电本来是要钱的，而穷人们互相为了省钱，常常自己私拉电线，说白了，就是偷电，所以导致电线杆上的电线很夸张。我忍不住问导游，水是怎样解决的？导游告诉我，之前没有公共自来水，感谢穷人的总统卢拉，在贫民窟的高山上修了水塔，现在有了自来水，而且他特别注明，自来水是不要钱的。

第二个停车点是在一户人家前面。大概四层楼房，我们只能到顶楼的阳台看看。从屋外看，觉得是栋豪宅，深圳坂田的马蹄山楼房也不过如此，进去后方发觉屋内水泥裸露着，没有过多的装修，简陋到极致。而到了阳台，又是马蹄山豪宅的架势。从这个阳台放眼望去，整座山谷里都是层层叠叠的小房子。这座楼房，后面是高山，前面是无敌的海景，要在国内应该是被称为"面朝大海、春暖花开"的别墅区了，结果在巴西都被穷人占了。

我沿着阳台往下望去，惊奇地发现，巴西的穷人也是有文化的，各家的屋顶，除了 Sky TV 的接收装置外，居然没有晒出孩子尿布或花花绿绿的男人内裤、女人胸罩，更看不到有杂物堆在屋顶上，相当干净和整洁。再回过头看我穿过的这个屋子，我明白了，即使内里再穷再破，也不能给别人带来视觉上的污染。或许虽然巴西穷人没能力让自己住上更好的房子，但他们绝不让别人因自己的没涵养而不舒服。这跟中国人的审美取向和道德取向有点相反，国内是宁可自家的窝装得像 KTV 包房，屋顶或门前弄得像垃圾场。

逛完这个无敌海景点后，进入了当地的菜市场，照样是人声鼎沸、车水马龙，卖东西的很多，好多卖猪肉的，忍不住上前去打听价格，摊主虽然不知道我们是否真买，还是很憨厚地笑着跟我解释。

我看着他们的脸，没有从中读出穷人的狡诈或愤恨，更没有不满。原以为住这里的人都很穷，或许会有很多怨气、戾气，却什么都没读出来。我问导游这里的人都是干什么的，导游说这里的人大多在城市里做清洁工、保姆、出租车司机，工资之前大概是60美元一个月，现在感谢总统卢拉，最低工资涨到了300美元，导游是卢拉总统的坚定支持者。

走到一个银行，导游对我讲，这里之前没有银行，银行开业后，第一周就被抢了。这里的黑帮闻之愤怒了，表示一定要把抢银行的人抓起来杀掉，出动人马去查，很快就查出来了，居然是两个警察抢的。黑帮逼着两个警察把钱送回去，然后把两个警察交给了政府……之后再没有人敢来抢银行了，于是这里就有了四个银行，后来又有了学校和医院，接着有了自来水。

导游继续对我讲，这里有一百多万人，很多人一生都没出过贫民窟，不是不能出去，而是不想出去，就算赚了很多钱也不想搬出去。我有些不理解，他说，在这里住，不会有人来抢劫、偷盗，也一般没人来找麻烦。搬到别的地方，可能会有警察来抢东西，会有别的坏人来找麻烦。我继续问，黑帮和毒贩不会来找麻烦吗？导游很认真地告诉我，黑帮和毒贩只是贩毒，不会找普通人麻烦的，黑帮比警察更讲信誉。黑帮会给百姓提供服务，维持正义，制止抢劫偷盗，还维持物价稳定。谁要是敢乱来，被黑帮抓到就枪毙了。最重要的是，黑帮和毒贩不让百姓交税。黑帮每年通过贩毒赚了很多钱，其中交给政客很大一部分，要求政客批准在贫民窟设立自来水厂、建医院和学校，但政府始终不答应为这里提供公共服务，导致最后黑帮和政府打起来了。现在警察进来了，这里的治安反而变差了，经常有抢劫或偷盗什么的，自来水也没办法保证，每家还是要建自己的水塔储存自来水……里约的黑帮和政府，谁更能代表人民的利益，似乎有点颠覆我的世界观。

经过一个小店时，突然被人用葡语喊住，问我是不是中国人。

回头一看是个长得很像中国人的小伙子，我用中文说"是"，对方立刻也用中文问我从哪里来，我说是在这边工作的，对方很稀奇。我问对方怎么会在这里开店，他说他是广东人，17岁时就来到了巴西，然后做工，最后在这个贫民窟山脚下开了一家店。我看了看，是典型的广东士多店，卖一点油炸饺子和啤酒饮料。对方可能很久没见到中国人了，很想跟我们说话，非要请我们喝水。之后他告诉我，他17岁出国，在外面做工，刚开始很辛苦，每天要干17个小时，后来跑到外面跟鬼佬学说当地话，一步步积累，开了这家位于贫民窟的小店。今年他22岁，已经拿到巴西的身份证，还会再开几家店，生活正在一步步变好。

那些住在贫民窟里的巴西人何尝不是如此，他们从巴西境内其他地方赶到里约，从清洁工、保姆做起，慢慢有了立身之地，再想想，当初我父亲从内地跑到深圳，何尝不是这样？刚开始谁都不认识，谁也依靠不了，四处找工作。只是我父亲每年都会回到湖北蕲春老家，没有在深圳找一个这样容纳穷人的贫民窟，在那里安身立命。

最后一个旅游景点，是蜘蛛网一样贫民窟内部，也是电影中常出现的黑帮镜头。看了后我只能说一声，有些穷人的生活的确很艰难，让所有人都过上好生活，或许还有更长的路要走。不过令我惊奇的是，贫民窟的旁边就是有围墙和高门的富人别墅区，两者之间根本没有任何距离。同样一条街，富人要从那里走，穷人也从那里走，这在我看来是如此的不可思议。领导一直说住在别墅里的一定是黑帮老大，当地导游大惑不已，为何非要黑帮老大才能住，事实上就是普通的富人房间，这有什么问题？

我不明白，在巴西为什么富人和贫民住得这么近，在国内绝对不可能这样住的。

拥堵

从办公室到宿舍，差不多20千米，平时也就半小时的车程，昨天居然从6点半坐到9点半！打电话问本地员工出了什么大事，本地员工不明就里，说"没事啊，又没有球赛"。今天起来天灰蒙蒙的，忽然明白了，这是巴西的清明节，昨晚大部分城里人开车回乡下，要去给祖先扫墓。祖宗比较重要，这是可以理解的。

里约也是个大城市，从各个地方跑来打工的人比较多，巴西人又喜欢自己买车，几乎没有火车，飞机太贵，所以类似春运的交通大堵就不奇怪了。别说这个是有理由的大堵，平时在里约，没有理由的时候，上下班通常都要花上3个小时。我的本地员工很多经济条件并不富裕，有的住在更偏远的地方，据说有时来办公室一趟就要花两个小时左右。

这个堵是个什么堵法呢？以昨晚为例，我坐上小区班车后，那车就一步一步地往前挪，我沿途一路找，想找找哪里发生车祸什么的，结果一路上也没看到车翻人亡的现象。天空还在下着小雨，又想是不是哪里有积水汽车过不去？结果看到有些本地小伙子在路上走来走去，完全没影响。问题到底出在哪儿呢？记得两个月前，一个同事在路上被抢，我带本地员工去事发警察局报案，一路上焦躁不安，那时候是下午3点钟，照样被堵了一个多小时。没有车祸挡路，没有恶劣天气，就是堵，随时随地的堵，堵在路途设计上。

我去过各个国家的大城市，最神奇的莫过于巴西里约。这个城市几乎看不到人行天桥和地下通道，更别说复杂的高架桥，可是百姓要过马路怎么办呢？这个城市充分体现了对人的尊重，绝大部分地方红绿灯横行，红绿灯设计得也很有意思，每天早上从马路对面走到办公室，横穿四个两车道，居然要等两次红灯。我问本地人，为啥不设人行天桥啊？为啥不设地下通道呢？本地人想了想说，那样不好看，在好山好水的城市，乱搭乱建，会破坏自然景观。

里约的堵还有另一个原因，这里的地铁站很少，几乎可以忽略不计。为什么不建地铁？当然还是可以归结为，为了城市的美景。所有出行的百姓，除了私家车，就得去坐公交。里约公交系统的强大让我很震撼，我办公室附近有几个乘车点，其排队的长度不能用米来计算，而是要用百米！每次我坐车路过时，就喜欢透过玻璃看那些排队的人中，有几个胖的，有几个瘦的，还有几个漂亮的，有几个黑的，看得津津有味。最值得我玩味的是那些排队的人的表情，虽然在等挤到爆的公交，却少有人脸上挂满嚣张和焦躁。好几次我看他们上车，也是鱼贯而行，秩序井然。这些坐车的大多是经济状况一般的人，没有余钱去买私家车，可是穷归穷，却并不见得为了一个位子要死命挤上车或者在车上打架。

不但普通人坐公交车谦让，私家车上路也是秩序井然，一直没遇到过私家车在路上发生车祸，挡住路导致阻塞的事发生。并非里约没有车祸，只是车祸处理的速度快到你想象不到。同事一次开车在路上撞到另一个人的车，同事准备好要跟人家理论的，结果对方下来看了看，只是车子蹭了一下，笑了笑，说"没关系"，给保险公司打了个电话就走了。没有下来骂娘、打架的，也没有不管不顾挡住后面人不让走的。

有关车祸的处理，当年在埃及开罗的时候最为深刻。开罗车多车快，不过城市里堵车的现象很少，而且整个城市街上，几乎看不到一辆车是全新的，都有刮碰的痕迹。我们一个主管的一辆车停在外面，第二天起来，发现反光镜放在车前盖上，反光镜下面压了两

122

埃镑。更有一晚上，我坐着公司的奔驰去送一位顾问，回来的路上，在尼罗河边一个红绿灯下，一辆车冲过来把我们的车撞了，然后我们的车又撞了前面的车，结果我们的奔驰车前盖掉了。本地司机跑下去看了看，把前盖捡起来，气坏了，就跑到后面，把那个司机骂了两句，然后开车继续跑。我忍不住问要不要记下后面司机的车牌什么的，司机很奇怪，问为什么，我说要对方承担责任啊，司机想了想说这是安拉的安排。

这"安拉的安排"是什么意思呢？那一年我们在埃及做一个大项目，为了鼓舞士气，按照中国人的思维，一个同事写了一些宣传口号，大意是"这个世上从来都没有救世主，一切都要靠自己，只要我们齐心努力，就一定能够克服任何困难"什么的，结果本地一个同事发出了一封措辞激烈的邮件，说为什么中国人这般亵渎和藐视安拉，每个人可以努力，但最终结果还是要靠安拉的恩典，怎么可以说只要自己努力就可以创造一切呢？只有安拉可以创造一切。怕我们中国人不明白，他还举了一个经典的例子：你可以是个好司机，技术很好，在开罗最好的街道上开最好的车，可是你难道可以保证别的司机不撞你？你保证不了，只有安拉知道。

这就是埃及人的思维，正是这种有神灵的思维，让埃及人充满了豁达。什么破车都上街，开车疯快，也有车祸，只是那个城市很少堵塞，一般小碰小撞的，顶多下来骂两句就各回各家了，好像哪个车没被刮过就不光荣一般。至于发生大一点的车祸，比如死人了，也只是领回家，请宗教阿訇来处理一下就完，没有扯不清的官司和赔偿什么的。当年我在伊拉克的员工开车被撞死了，也只是警察处理了一下就回来了，两天就下葬，决计没有太多复杂和纠缠不清的关系。有安拉安排的地方，民众知道顺应天命，不计较太多的意外和身外之物。

说到拥堵，还有一个大城市不得不说，是沙特的利雅得。我从来没见过一个城市像这个穆斯林国家一样，整个城市的车辆很多，都是好车和豪车，车流的速度让我绝对没胆子横穿马路。不过在这个城市，你能明显地感觉到城市道路设计的合理，它的车辆转弯是不用等红路灯的，红绿灯之前设计了很多长长的倒 U，实在要车辆横穿交叉，一定设计地下通道，而行人直接走天桥。最让我感觉了不起的是，很多停车的地方前后设计了方格，而且最前面有挡板，设计之巧妙让人觉得有车辆拥堵和乱停乱放，根本是不可能的事。后来问了本地人才知道，这个城市的道路完全是美国人设计的，充分应用了现代工程原理和心理学原理。

里约之堵在于它对景观的保护和对人的尊重，百姓虽然抱怨，却并不愿意牺牲景观，而且整个城市秩序井然，生活本来就要求慢，快速并不是百姓的首选。开罗人的不堵在于有信仰和对事、对人的豁达，沙特利雅得的通畅在于科学的设计和规划。

深圳的堵在于什么？国内各大城市的拥堵又堵在哪里？猫有猫道，狗有狗道，大概所有的猫狗都想急匆匆地上道去抓老鼠了，没办法不堵。

火辣的桑巴舞

绝美的里约

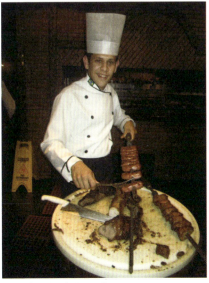

会讲中文的烤肉师傅

我招的小姑娘们

印第安血统的小Kelly

美艳的巴西姑娘

里约街头餐厅，随处可见非洲的风情

里约的黑白姑娘

最后的相聚

偶遇委内瑞拉姑娘

库斯科小城

基督山下的面包山

面包山下

基督山上，额外的待遇

伊瓜苏瀑布

马丘比丘

智利太平洋边的小城

智利圣母的庇护

约克的断壁残垣

印加小朋友

印加空中梯田

印加民族服饰

那些人，那些事

奇人大姐

碰到一个奇人，因为她的经历实在太奇特了，所以我忍不住感慨了一番。认识她是四年多之前，那时候并没有感觉她有什么稀奇的。最近因为与她一起处理一件棘手的事情，几次闲聊，了解到更多她的事情。

每一个人都是一本书，有些是黄书，有些是暴力书，有些是诗歌，有些则是每天柴米油盐的流水账。这个同事是一本故事会。

还得从她大学毕业时讲起。她大学不怎么好，大学毕业就想到国外弄个学位。那时候国内这种留学中介比较多，她很容易就找到了一个留学中介。不平淡的人，开局也不平凡，这名同事找到的是一个到南非留学的中介。交钱办完签证，居然就飞到南非了。

在南非，先进了语言学校，学了半个学期，隐约听师兄师姐们说这个中介是骗人的，因为之前的承诺一到南非学完语言就直接进大学并不能兑现，很多人想进大学，但总被告知要等。等到最后，移民局过来通知要尽快办理签证延期，不然就得回中国了。同一批被忽悠过来的人去找中介负责人理论，结果中介负责人居然跑了。再一查才知道，这个学校就是一个专门教老外学英语的机构，注册机构在新加坡。一大批被骗的人只好骂骂咧咧地回国了，可我们这位大姐不是一般人，她想了想，去查了下当地法律，四处询问，怎样才可以留下来。后来居然真的问到了，只要在当地找到工作就可以留下来。南非有中国人的城市也很多，不知道她用了什么关系和手段，居然找到一个华文报纸的工作，真的留下来了。

这位大姐不但在南非留了下来，而且还在南非找到一个中国人做男朋友，真是事业、爱情双丰收！后来她在南非呆腻了，没赚到什么钱，就回国了。但大姐不是一个能在国内呆得惯的人，听说有朋友在印尼做生意，于是就跟着朋友去印尼考察一下。朋友极力劝她在印尼工作，但是当她看到雅加达那天气以及本地人的眼神时，就毫不犹豫地离开了印尼。她离开印尼后，经历了人生第一次重大挫折，她相爱多年的男友发生车祸，去世了。

经历了巨大伤痛后，她还是想离开国内，这次在深圳找了一个语言班学习，再次准备到国外留学。这次在语言班学习的语言比较特别，是阿拉伯语，面向中东和北非。没过多久她就到了中东，并且真进了当地的大学学阿拉伯语。不安分的人总是会不安分的，这位大姐在学校学阿拉伯语比较无聊，居然在四处闲逛的时候发现了商机。学校对面有个小商品市场，卖杂七杂八的小商品，她灵机一动租了一个摊位，每年两次回国的时候，从深圳带回大批小饰品在当地卖，着实赚了一笔小钱。后来，她看到当地有许多跟她一样的中国留学生，于是便招了两个小留学生帮她看店，同时带着饰品到更繁华的夜市去摆地摊。

就这样大姐一边学习阿拉伯语，一边去开店摆地摊。后来因为我们公司在当地开拓生意，主管英文不好，就找本地的阿拉伯语留学生帮忙。先是给她钱找她帮忙，后来索性把她招进来作为员工了，各类保障福利好了很多。大姐学也上不了了，店也不开了，从一个普通的员工慢慢变成了一个主管。

一本书除了故事外，还能给人一些启迪或经验。这位大姐这些年丰富的经历，恰恰是处理公司棘手事情的良好经验。如果说我的经历是从学校到公司，再到外派的主流路径，那她的路径跟我是相反的。当我去用正规法律途径解决问题的时候，她可以用谩骂撒泼的斗狠方式解决问题；当我要想让一个人办一件事时，会从大道理开始讲，讲得对方深受感动，而她则拿出装着现金的信封，直接塞进人家的荷包；我批评人不敢带一个脏字，还要不时看对方的脸色行事，她可以直接说出"不想干就没钱，就走人"的话来。

曾经在咖啡厅听她哭着讲第一个中国男朋友的去世，也曾听她在意大利餐厅讲她的半个意大利男朋友教她怎么做意大利餐，还听她笑着讲现在的小男朋友怎么离开她。我只能说，我很佩服这样一个奇特的人，她的经历比我的要跌宕起伏，她的人生也比我的摇曳多姿。正是因为她之前那些丰富奇特的经历，造就了她现在刚强独立的特性，以及世事洞明的学问，还有平和练达的情感。

读万卷书，行万里路。阅人无数，或许这就是经历。只是有的人经历丰富，有的人经历平淡，有的人是一本淡而无味的流水账，有的人是永远都猜不到的鸿篇巨制。

一个领导曾经鼓励我们员工年轻时要多花钱、多经历，而不是死命存钱。年轻的时候，要多经历一些，让自己的生活多姿多彩，如果年轻的时候，只是在平淡地存钱，那大多数人很有可能活不到老的时候来花钱。一个人年老的时候，最痛苦的不是没有钱花，而是没有经历可以回忆，惶惶然一生被平淡地浪费。如果我一直在国内认真读书，读到博士，然后找个人结婚，生个娃，然后培养我的娃去读黄冈中学、武汉大学，再读个博士，再结婚生娃。这样跟黄河故道里放羊的娃有什么区别呢？

经历平淡的人，永远没办法理解经历丰富的意义。没有经历过大悲大喜的人，大概明白不了什么是悲伤、什么是快乐，没有跟黑社会对骂甚至打过架的人，对付刁蛮的乡下百姓，大概也是手足无措的。

经历要丰富、多彩一点，人生才算得上是精彩。与其平淡，不如不过……

巴西老太太

　　巴西老太太是要到公司来面试做秘书的。我正处于工作交接期，要低调做人，对这老太太本不想轻易发表意见，不过领导施压，只好又接了过来。

　　扫了一下简历，巴西人写的英文并不好懂，别的没看明白，老太太年龄已经55岁倒是一下就明白了。考虑到我们公司的工作压力，我实在不忍心让这样的老太太来受折磨，就准备婉拒了。谁知负责面试的本地人却极力争取，反复跟我说这个老太太有多好，招个秘书有多不容易，我只好让她过来见见。于是我在巴西的第一次面试，就从这个55岁的老太太开始了。

　　下午两点多，本地员工通知我，老太太在等我。我走过去，从背影居然没辨认出哪个是老太太，等进了会议室，开始跟她交谈起来，才发觉，这个老太太很有意思。先从她的工作经历聊起，她年轻时是一个勤奋好学的学生，通过努力考上了大学。谁知大三的时候，家中妹妹居然怀孕了，她只好退学工作，赚钱帮忙照顾妹妹，导致大学没有上完。之后她一直在工作，然后结婚、生孩子，等她女儿结婚生了孩子后，她就辞了公司的工作，回家照顾女儿和外孙女，同时在家接点活儿。巴西的女孩好像15岁时要搞成人礼，于是这位老太太就帮人组织和策划成人礼活动来赚点钱。一直到去年，女儿去空军医院工作，儿子到外地当飞行员，外孙女7岁了，不需要人照顾了，于是她准备出来工作了。

　　老太太说她现在没有任何牵挂，所以很想工

作。我很奇怪，她怎么会那么积极工作呢？为什么不陪陪老伴？结果老太太跟我讲，她丈夫去世了。我很诧异，她哭着说去年去世了。一看老太太眼泪掉了下来，我赶紧说对不起。她继续说她去过美国学习英语，还当过志愿者。我问她将来还有什么打算，她说她要找份工作，还要学习法语，她的父母是法国人，妹妹也生活在法国，希望将来能去法国旅行。不过最主要的，是希望能在公司工作，加班到晚上八九点都没关系。

送走老太太，再与招人的主管谈谈。我笑着跟她讲，老太太是不是太老了？部门主管是个本地人，跟我说，老不是个问题，这个55岁的 lady 确信可以胜任秘书的工作，像订机票、订宾馆、接电话之类的工作肯定是没问题的。最主要的是，老太太不会像年轻漂亮的小姑娘一样，要么抱着找老公的心态找工作，要么干不了三天就跳槽了，或者嫁人了。每个月都要换年轻小姑娘，主管实在受不了了。年轻漂亮的小姑娘是不会安心守着这点薪水的，而公司又不愿给这些年轻漂亮的小姑娘多涨工资，即使给她们高工资，有上进心的哪里愿意天天帮人订酒店、订机票？我深以为然，不过还是跟这个本地主管明确讲道，老太太好像有点情绪化，一说到她老公，就哭了出来。本地主管则告诉我，这个老太太的老公是去年去世的，不是正常去世，而是发生了事故。她老公是里约一个三角翼教练，结果有一天训练时，起了大风，她老公从天上摔了下来，等她去找时，却发现老公的躯体已经散落一地，这里是胳膊，那边是大腿……

晚上吃饭时，随口跟同行的中国主管说起，有个55岁的老太太来面试秘书。中方主管脱口而出，"太老了，这样的人不能要"。我说"好像还挺能干活的，又稳定又不会胡思乱想，很愿意工作"。年轻主管则说"秘书就要招年轻漂亮的"。

以前在埃及的时候，有个学佛的同事跟我讲，人情大于天。我一直都没有怎么理解，在这几年的人力资源工作中，规则和理性几

133

乎渗到了骨子里。而刚到巴西，几乎所有的主管都在跟我抱怨劳动法的严格和变态，需要寻找规避之道，而且我也确实正在联系欧洲和美国，借鉴先进的管理经验。可是在这件事上，我发觉我似乎在讲人情呢……

哪里人

巴西的日本人太多了。街上有很多东方面孔，日本人总会被误认为是中国人。为什么那么多日本人离开日本来到巴西呢？据说是因为第二次世界大战之后，日本国内生存比较艰难，于是大批日本人移民到了巴西等南美国家，在这边种地、做生意，包括做好吃的日本寿司。日本人带着东方民族的勤奋和比中国人更厉害的艰苦奋斗，在南美大陆闯出了一片天地。最有名的当属那个秘鲁前总统藤森，一个地地道道的日本移民的后代，居然可以做秘鲁的总统，这在中国大概很难，在从来不给外国人国籍的中东更是匪夷所思。

国民生活艰难，导致大批日本人跑到了巴西。与此同样的是，第二次世界大战后到20世纪80年代，大批台湾地区的人也移民到了巴西，在这边开枝散叶，结婚生子。一些台湾地区来的人开始在这里买地、开农场，一些开始做超市等生意，也逐渐形成了规模。据说在圣保罗有一个街区，由于亚洲人多而且勤劳，普遍比较富裕，结果导致抢匪横行。街上的亚洲人经常报警，但警察局不怎么管，后来一怒之下，几大中国人家族联合使馆，直接给议员写信，告知若是再不采取措施保护中国人，就不再支持他当议员。这个政客知道分量，立刻给警察局打电话，告知若再不出手，他的议员当不成，该警察局局长也别想好过，结果才还一方安宁。

由于巴西人比较懒散，我公司在这，自然愿意多招聘艰苦奋斗的东方人，其中就以这种同文同种的台湾地区的移民后代居多。公司在这边多年，台湾地区的移民后代越来越多。然而实际中，也常常觉得有问题。这些台湾地区移民的后代，虽然也能说台湾腔的普通话，但是这些人的葡萄牙语比汉语说得流利，有些连繁体字都不会写了，更别说简体字了。虽说是中国人面孔，但是很多人的名字已经改成"伊丽莎白"或"亚历山大"再加一个中国姓了。还有一些台湾地区移民，面孔是中国人，但是笑容和体型已经开始向巴西化发展了。巴西是个移民国家，什么人种和体型都有，他们不觉有什么不妥，但我们这些人有时候却会因他们而困惑：该把他们当哪里人呢？中国人还是巴西人？内人还是外人？

昨晚在一家号称本地最好最贵的中国餐厅吃饭，招待我们的是老板娘，一个上了年龄的老太太。虽然普通话不标准，但她很有兴趣跟我们聊天。我们问她是哪里人，她说是广东清平人，然后告诉我们，她来这里很久了。再问她姓什么，她说她先生姓吴。问她生意怎么样，她则开始抱怨，说这些老外不会吃，总觉得中国东西贵。一盘烧卖，他们一个人几口就吃完了，或者一家人过来，就点一份炒面。要是小孩多的话，这些巴西人都不知道点什么，生意主要是我们中国人来捧场。本地人胃口大，喜欢吃分量大的面条或是块头大的肉，不会吃我们中国人的菜，他们吃不出北京烤鸭的味道，也喝不出饺子汤的温情，更无法理解用筷子在同一个盘子里夹菜的喧闹与热络。我其实很想问她，她认为她是哪里人？因为我已经把她当成中国人了。

部门里有一个台湾女孩子，父母是上世纪来巴西的，在巴西生了他们兄妹三个，这三兄妹从来没有回过台湾，但是可以说台湾腔普通话，也可以用筷子。我们几个同事问她有没有听过国内的流行歌曲，她说她喜欢周杰伦，尤其喜欢周杰伦的《发如雪》，同事推荐她听周杰伦的《青花瓷》，我忍不住给她讲周杰伦的《兰亭序》，尤其是《兰亭序》背后的历史故事，还有那舍却不了的笔墨纸砚。后来有同事推荐她看国内流行的《裸婚时代》，我忍不住推荐她看《亮剑》，然后不管不顾地讲了一段抗日战争的历史。最后有同事问她有没有回大陆看看，她说很想去看看。我最后又没忍住，问她觉得她到底是哪里人，这姑娘笑着答不出来。

毫无疑问，她是巴西人，土生土长的巴西人，具有巴西国籍，享受巴西有些极端的劳动法保护。但另一方面她跟我们又有同样的面孔、同样的语言，甚至还吃同样的中国菜，当然，她也能理解我们中国人这种长幼有序的权力距离，还知道存钱和学习。可是她没去过中国，在国内也没有亲人和朋友，只是我们习惯把她当作和我们一样的人。从我心里，对她充满了怜悯，这是一个失了根的中国人。

吃饭时有女同事说，是哪国人不重要啊，为什么男性觉得这么重要呢？只要在什么地方生活得好就行了，是什么人又有什么关系？我也一愣，其实比如像我，要是在伊拉克或者其他国家生活，有了媳妇有了孩子，把我妈接来，直至岳父岳母都接过来，好像也没什么关系。伊拉克没有注水猪肉，巴西也没有染色馒头，可是这就够了吗？我觉得不够，我再也吃不到家乡小河的小鱼小虾，再也吃不到隔壁婶婶家做的蒸土豆片。多年之后，我也看不懂《亮剑》，我的孩子也会不知道《兰亭序》背后的精美和深远，还有我那些埋在家乡的祖先，那流传到我手的族谱，我将怎么传给我的孩子们？我该怎么跟他们讲"仁、义、礼、智、信"？又该让他们怎么知道表叔表哥和堂弟堂妹？怎么跟他们传导孔子的仁、老子的道？多年之后当他们变得像浮萍一样，在这个世界上飘荡的时候，会不会苦恼只有当下的快活，而不知道自己从哪里来，更不知道自己的祖先和故乡在哪里？

苏武在匈奴牧羊19年，匈奴王给了他妻子和富贵，但他还是向往故土。李陵叛逃匈奴的时候，汉武帝把他全家都杀了，而匈奴王重新给了他一个家，以及加倍的荣华富贵。可是当李陵见到苏武时，却掩面痛哭，不仅是哭自己的家人被杀，而是哭今生再也无法踏回故土了。哪怕将来老死的尸骨，也无法安放在家乡的山峦河川了。因为那里才是真正的故乡，荣华富贵、功名利禄又有什么重要？故乡的山水、乡音，还有那小时候走过的足迹和陪伴的玩伴才是重要的。哪怕就是老死，也不能葬身他乡，一定要睡在故乡熟悉的土地上。

忽然很明白历朝历代惩罚犯罪官员的措施，不是坐牢，而是流放。唐朝流放到广东，宋朝流放到海南岛，清朝流放到新疆和黑龙江。很多官员宁愿杀头也不愿意去这些地方，并不是怕死，而是怕那种强烈的思乡之苦，更怕客死他乡的孤单。故乡才是家，家不仅有父母兄妹儿女，更有那种祖宗的传承、文化的定位和心灵的归属。没有了文化的传承和认同，是巴西国籍还是美国国籍，都说明不了什么。没有故乡的氛围，住在哪里都是作客他乡。历代文人，为什么一直都要荣归故里或老死故乡？因为家乡是根，从哪里来，最终要回到哪里去，别的地方再好，那还是他乡。

在圣保罗或里约的街头，晚上几乎看不到什么人，大家都回家陪家里人了。我总好奇，他们在家里能干什么？吃饭看电视还是干别的？同事说这边大多都是移民，亲戚也不多，各人种随便结合的比较多，还有很多人是不结婚的，女的生孩子常常都是自己一个人，男的动不动就跑掉了，所以很多人都不知道父亲是谁。我在想，那些不同人种随便结合的人之间，或许真的有爱情，那些父母生下孩子后，也可能亲情很浓。但这样的爱情和亲情，没有文化的载体，他们的爱情关系会不会太简单了？他们的亲情是否也只能停留在吃饱喝足穿暖的关爱上？没有历史，没有故乡，更不可能有复杂的亲朋好友和家族责任，他们的生活是否只能享受当下？

没有根的人始终是惶惑不安的，没有文化传承的民族是可怜的。

性急的人

从超市回来，打了一个巴西小黑哥的车。那小黑哥一路狂奔，连转弯都不减速，开得我有些心惊，快到我们宿舍路口时，我们喊停，他没反应过来，一个油门就过去了。里约的车道单行线比较多，同事比较性急，开始跟他辩论，结果这兄弟开车更猛了，一边开还一边跟我同事找借口，说刚才有警察，不能在路口转弯。同事更是火大，说之前所有的车都是停在那里的，那小黑哥见同事有责怪他的意思，就更加激动，车速都赶上埃及开罗的司机了。

见状不好，为防止这兄弟撞车，我赶忙制止同事继续辩论，然后拍拍小黑哥的肩膀，笑着跟他讲没关系。讲了几句，他车速开始慢了一点，但转弯时还是有潇洒的飘逸，于是赶忙在一个转弯后让他停了下来，又换了一辆老头开的车继续走。

在车上，我跟同事讲了下情绪控制的问题，同事也明白过来，跟司机辩论是没有任何意义的。之后同事感叹了一句，说要是巴西人在公司里干活像开车一样就好了，他们除了开车，什么都是慢性子，不急不躁的。我忽然想起我去过的那些国家。在埃及，连开罗人自己也理解不了，为什么除了开车时，其他时候都是慢性子。在伊拉克和土耳其、叙利亚这些国家，修一个电灯，可以修上一星期，苏莱办公室前面的那个大楼，我去的时候是那个样子，等三年后我走的时候，还是那个样子，连我都忍不住替他们着急，为什么他们这么慢性子？

他们是慢性子，相对的，我们中国人就是急性子。在中东、北非，我学会了一个手势，将右手五个手指合在一起，方向朝上，像鸡啄米一样。他们看到中国人就用这个手势摇两下，我曾多次在酒店餐厅被本地人用这个手势对付过，后来问本地人才知道，那是等一等的意思。而在开罗公司附近的所有餐厅，本地人都会说一句中国话："等一等。"

等一等。可是我们哪里等得及呢？印象最深的是那次在约旦处理事情，最后一阶段是美国 AIG 联系约旦一家特殊转运公司，由于特殊转运涉及检疫、外交通关、使馆证明，医院死亡证明，而从事情启动到最终转运只有四天的时间，对方负责人是一个上过大学的约旦女性，英文说得很流利。最后这个女人被我一个接一个的问题逼得快发疯了，告知以后再也不跟中国人做生意了。我也被她不接电话和讲废话给逼得快发疯了，完成那件事后，我再也不想跟约旦人打交道了。

小时候看过一个笑话。一个人到餐厅吃饭，刚来就喊伙计上菜，伙计火大，直接端了一碗面，往桌子上一倒，说结账了。这人气呼呼地回家了，回到家就喊"气死了，气死了"，谁知他媳妇听到了，拿起包裹就走。他问媳妇干什么去，媳妇说"既然你都要死了，我要赶快找人去改嫁"。

我承认，我也是个急性子。来巴西两个月，在办公室走路都是一路小跑。我几乎从来不等人，所以也没有让别人等我的习惯，当天的事情几乎当天完成，绝不拖延，记性又好，漏掉的事更是没有。我的前任是一个连蚂蚁也不敢踩的人，办事常慢人两个节拍，连别人骂他都要迟钝五秒才能反应过来。在他这种好人、慢人的带领下，他手下的几个巴西员工全部养尊处优，结果他走了，我来了。两个月后，三个本地员工走得一个不剩，只留下一个年轻的男员工，我又紧急招了一个，再从外协调了一个，在我这种说话都比常人快的高压下，我想肯定会有更多鸡飞狗跳。毫无疑问，我公司是喜欢这种高效和迅速反应的，领导也支持我弄得鸡飞狗跳，而不是整天看到这些本地人在办公室里喝茶聊天。

又想到那个司机，毫无疑问，他是个开车急性子的人，我却要求他开慢一点，因为我担心他开快了会撞到山上去，得不偿失。可是他为什么要开那么快呢？去抢下一批客人？多赚点钱？然后可以海滩多晒晒太阳？再找个漂亮的巴西姑娘？我为什么在工作中这么急性子呢？其实我并不想多赚钱、多去晒太阳或是找个漂亮姑娘，只是忍受不了慢和拖延。以前看过一篇文章，说中国人的急性子是因为人口多、资源紧张，不快一步就有可能争抢不到资源活不下去。巴西的资源是丰富的，北欧国家的资源是丰富的，中东国家石油资源也是丰富的，只有中国可怜，资源最紧张。而人力资源在我公司又是最可怜的，也是最紧张的，在这个环境下，我也不得不紧张。

做任何事情时，一旦进入工作状态，我就变得急躁和专注。小妹总是跟我讲，不用那么着急，今天做不完又能怎样，天能塌下来吗？世界能不转吗？我想了许久，觉得事情今天处理不完，天好像是塌不下来的，公司也不是我的，离开了我照样运转，可是什么东西促使我这么性急呢？

巴西男人

在巴西，为领导招聘秘书时总有故事发生。

我刚来巴西时，面试的第一个秘书是个55岁的老太太，跟她聊到家庭时，她突然哭了起来，原来是因为提到了她老公。她老公是个三角翼教练，结果有一次从山上往下飞，等她去找的时候发现已经这边是胳膊、那边是大腿。

后来我把这个55岁的老太太招进来了。今天下午去找她给我报销票据，老太太精神矍铄，态度良好，办事麻利，我不禁为自己的眼力而高兴。与此同时，我不得不又开始第二轮秘书面试，为一个领导招一名良善听话之辈，替换掉之前另外一个眼高于顶的秘书。

招聘得相信缘分。每天收到几十份秘书申请，昨天看上了一个。约她到办公室面谈，结果一见面发现这姑娘的表情像极了我钟爱的苏菲·玛索，尤其是眼睛像极了。遗憾的是我跟她提起苏菲·玛索的时候，她居然说不知道。不过她告诉我，她有法国和东方人的血统。

回顾了她的工作简历、工作内容测试、文件框测试、日常案例研讨，感觉她算得上是个头脑聪明、思维逻辑健全、自我定位和认知合适的人。聊到最后免不了要了解她的原生家庭，我问她为什么要从上一家德国大公司辞职，结果又引出了她的一段伤心往事。看来我得反省一下自己了，为何老是勾出别人那么复杂的情感记忆来。

这姑娘告诉我，一年前她本来在那家德国公司工作得好好的，忽然有一天接到了医院的一个电话，问她是不是某某，能否去一趟医院。她很奇怪问为什么，医生告诉她有一个男人被车撞了，送到医院需要动手术，医生询问男人的家人，男人把她的名字和电话给了医生。她问医生那个男人是谁，医生说是某某某，原来是她父亲。她父亲在她和妹妹很小的时候就离开了她们，基本没照顾过她们母女三人。这时候他被车撞了，医院要动手术，她是长女，所以找到了她。

这姑娘不知道该怎么办，去询问她的德国上司。德国上司认为，虽然她父亲没有尽到一名做父亲的责任，但毕竟是她父亲，所以建议她辞职去专心照顾父亲。而且善良的德国上司说她可以先放心去医院照顾父亲，等父亲没了后，可以再回到德国公司工作。于是，这个姑娘就真的辞了职，去医院照顾她那位典型的巴西父亲。但是典型的巴西父亲还是干着典型的巴西男人的事，等这个多年未见的父亲手术动完身体恢复之后，他又逃跑不见了。更要命的是，那个善良的德国上司也调回国了，她想再回之前的公司，但人走茶凉，新老板不认识她，也没人再让她回去工作了。

我忍不住问她对这件事有什么想法，姑娘咬着嘴唇说这就是现实，虽然不好，但也只有接受。我忍不住继续问她怎么看待她的父亲，她顿了一下说，父亲算不上是个好父亲，然后就再也没有多说。我问起她将来如何打算，她说想找个工作，还要继续学习。当她说起将来的打算时，脸上又散发出蓬勃的生机。

我对巴西男人的认知就是这样收集的。同事包括本地员工经常跟我讲，巴西男人不喜欢结婚，因为结婚要负法律责任，离婚也要付赡养费、分财产，所以很多男人只愿意做男朋友，不想结婚。有些男人经常在妻子生下小孩后玩失踪，导致很多像这个姑娘的故事发生。

这个月 11 日，我部门的实习生小伙子突然把房门关上，说要跟我谈谈。我一听才知道他要在一个月后合同到期时离职，因为到时是暑假，他找到了一个去美国底特律当保安的工作，准备去那里闯一闯。年轻人有这种闯荡劲我是很欣赏的，鼓励他去，而且安慰他不要担心给我们部门的工作带来麻烦。他听了我的话，如释重负地喜笑颜开。

等他欢天喜地地走了之后，我突然想起来，他之前给我看过他女朋友的照片，还讲过他有多么喜欢他女朋友，每周都要找机会跟女朋友见面——当然，这个 21 岁的小实习生也告诉我，现在这个女朋友是他第五个女朋友，他第一个女朋友是 13 岁时谈的。我想了想，忍不住又把他叫过来，我问他："你去美国了，家里朋友们怎么办啊？"他说他会经常给爸爸妈妈打电话，朋友们也会经常联系的，爸爸妈妈都支持他去美国闯荡。我继续点破，问道："你女朋友知道这事吗？"他说女朋友知道。我接着问道："那你女朋友不能去美国吧，那怎么办呢？"他说他女朋友确实不能去美国，这是个麻烦事，他也不知道该怎么办。

我忍不住拿这事问部门另外两位女员工，谈起小伙子的女朋友时，两位女员工都哈哈大笑，都说没办法。

男朋友、女朋友的意义，在巴西与在中国是不一样的。在巴西，我收到的女性简历上，婚姻状态填着未婚的，后面通常有一个补充"无孩"。没补充"无孩"的单身女性通常都是未婚有孩的，这已经成为一个潜规则了。巴西男人的做派真是奇怪，跟一位女性生下孩子就逃跑得无影无踪了，既不给对方名分，也不管他们母子怎么过，等到自己被车撞了才想起孩子来。在国内，男女朋友分手都要闹得死去活来的，更何况让女人有了孩子还跑掉的男人，如果被抓到十之八九是要剁了喂狗的。我也想不通，既然已经生下了孩子，怎么会有人舍得不要呢？而且还偷偷跑掉，不就像做错了事的小男孩一样吗？

与巴西男人这种小男孩贪玩长不大的习性相比，不知道巴西女性是一种什么样的性格？

面试是件很有意思的事，每次面试都能听到很神奇的故事。这个周五，下属给我安排了五个面试，其中三个女的，两个男的，这些故事听得我只能感叹：世界之大，人类之复杂。

第一位是一名白人女性，个子不高，化了一点淡妆。对于这些来面试的人，有感于公司的压力，我一般都以高速的语调开场，两分钟内变着法子快速问各类问题，这招通常比较管用，脑子转得不快的，英语不好的，抗压能力太差的，经常这两分钟就过不去。比如周三一个漂亮的女实习生来面试，还没讲十句话就被我这一招逼的满脸通红了，结结巴巴地跟我旁边的本地员工说想放弃。

这位面试的白人大姐，大概见过场面，英语纯正得很，我语速超快的时候，她一直请我Pardon，然后用肢体语言向我靠近，表达出努力想听清楚的态势，结果居然引得我降低了语速，看起来她也算是有影响力的。接着谈到她的个人经历，有 20 多年的工作经验，只是最近刚回到里约。免不了谈起她住哪儿，家庭情况怎么样，她说跟父母住在一起。我只好故意装作不懂，问她，怎么跟父母住在一起，为什么不跟丈夫和孩子住在一起？她说她还没结婚，我继续表现得很惊讶，说怎么可能没结婚，都工作 20 多年了。这位大姐也不是傻子，笑着说自己已经 46 岁了，的确没结婚，而且也没孩子。她说以前有男人追求他，但她觉得不是正确的人，所以很礼貌地表示感谢并拒绝了。我本想问，怎么 46 岁还没找到正确的人呢？结果这大姐跟我讲了这样一段大道理。

她说，她年轻的时候很漂亮，很多人都追求她。但她总觉得他们不是对的人，非常苦恼。她全家都在里约，她却一个人在圣保罗生活了12年，工作、收入什么的都很好。她曾经去向神父祷告，诉说苦恼，问神父是否要找个人嫁了算了。结果那坑人的神父问她信不信主，她说不信，然后神父让她信主，并且告诉她万能的主会给她安排一个正确的 soul mate。这神父说，每个人都应该有个 soul mate，也就是那个正确的人，如果跟不对的人结合，是得不到幸福的，也不会得到主的眷顾。神父讲完，她问神父怎样才能找到那个 soul mate，结果这神父却不告诉她怎么操作，说要去等待，要去爱主，要听从内心的声音，主会安排那个人到来的。

我跟神父打交道不多，不过这神父确实有影响力，这个大姐还真信了。那么多年不断有男人追求她，但她总觉得不是那个 soul mate，于是到了46岁还在等。我忍不住问她将来怎么办呢，这位大姐说现在上了年龄了，跟年轻时的想法有些不一样，真正需求的东西更少了，但还是希望找到那个 soul mate，而且越发觉得那个 soul mate 很重要，如果找到那个 soul mate 就马上跟他相伴终生。

Soul mate 按照中文翻译应该是"灵魂伴侣"，我记得以前徐志摩曾说过一段话："我将于茫茫人海中访我唯一灵魂之伴侣，得之我幸；不得，我命。如是而已。"上了年龄，世俗需求降低的人，更注重 soul mate，也许这个真的非常重要。

第二个来公司面试的是一名28岁的年轻姑娘。我照样高语速地提问，不过神奇的是，这姑娘居然听得懂我这黄冈腔极浓的英语，而且还能对答如流，后来才知道她之前在一家日本公司干过3年，我的英语口音再重，也比不过日本人的英语口音。我很好奇她为什么要离职，因为一般日本企业的待遇还是不错的，而且日本人也比较守规矩，她说因为她结婚了。我还是很好奇，结婚就结婚啊，干吗要离职？这姑娘马上两眼放光，兴高采烈地讲，因为她结婚要办很多手续，而巴西的政府办一个很简单的文档就要4个小时，她那些海量文档不得不辞职来办。我还是理解不了，她继续说，她老公不是巴西人，而是美国人。我发扬八卦精神问到底，问他们怎么认识的，她说她去美国工作过很短的几个月，她老公在美国见到她，被她迷倒，然后就追求她，一直追到巴西，最后她决定和他结婚。

这个故事我听着挺高兴，像演电影一样。之后我不得不担心，将来她会不会很快离职，或者是否要移民美国，我问她将来是怎么打算的，她说现在文档刚办好，以后她老公会从美国申请到巴西来定居。我忍不住问她，那她的美国老公现在在哪里。她说在美国，巴西政府对美国公民不友好，他们需要办很多证件才能进巴西。不但如此，她为了能让他早点到巴西，自己去教堂结婚的，举行婚礼的时候老公都不在身边。我感到更神奇了，赶紧问这是怎么操作的。她继续笑着对我讲，她是跟她爸爸到教堂举行婚礼的。她让美国的老公签了一个文件授权给她爸爸，在教堂的仪式上，她爸爸代替老公宣读了结婚誓词并签了字，这样就算是举行婚礼并且签署有效文件了，出了教堂他们就是夫妻了。我当时很想知道，现在通讯这么发达，为什么不搞个视频什么的，比如我公司常用的智真会议系统，她说那坑爹的教堂不许弄什么视频会议，所以直接由她爸代替老公结婚了。

巴西人民真是丰富多彩，这样也行？哪个中国姑娘要能接受这种婚礼，那才叫神奇呢！我觉得哪个中国新郎要是敢这样来糊弄新娘，大概是不想活了。

第三个来面试的是一名实习生女孩。第一眼看觉得她有点胖，作为一名人力资源，不是说一定要招帅哥、美女，但总得招个让人看着温柔可亲，愿意跟你说话、愿意听你说话的人吧。交谈开始，我倒觉得这姑娘心态很好，英语也很好，虽然没什么经验，但态度很积极。最后我问她有没有遇到过什么困难，这姑娘开始笑着说没遇到过什么困难，最后说最困难的事是去年做了一个手术，后来在我的追问下，她说出是胃部切除的手术。我听了大吃一惊，她赶忙说不是全部切除，只是切除了一部分，因为她之前实在太胖了，太能吃了，导致体重严重超标，只好去医院。医生诊断后说要动手术，不然她会越来越胖。然后她就真的去做了胃部收缩切除的手术，从那之后她吃得越来越少，体重也越来越轻。最让她高兴的是，她现在身体没什么毛病了，但体重还在减下去，她说直到变得苗条为止。

我问她为什么想到要去做手术呢，可以通过其他的运动来减低体重的，她说她想对自己严格一些，想要减肥就要做到，所以她自己去选择做了这个手术，而且是在家人的强烈反对声中做的，动手术之后，很长一段时间非常痛苦，不能吃不能睡，但是她都坚持下来，而且告诫自己一定要坚持，既然决定了就要把事情做好。现在她想找一份工作，好好实习，学习一些知识，掌握一些经验，将来要取得更高的成就。对着这个还没毕业的胖姑娘，我实在是有些敬意，有着单纯的目标和上进心，怎么样都要鼓励和关爱。

这个世界实在是太大了，人类也实在是太神奇了，每个人的故事都很精彩。

男人需要点什么

昨天那个需要找个 soul mate 的大姐来参加复试，坦率讲，上了年纪的人都有点啰唆，所以她有点絮絮叨叨的，也可能是很久没跟老外讲话，尤其没跟我们这样的东方老外讲话，显得有点兴奋。听着她絮絮叨叨，我不禁想到另外一个问题，她这样 46 岁的大姐都想找个 soul mate，觉得那才是人生的最大意义，那像我这样 32 岁的老男人找个什么样的呢？

以前在深圳的时候，有个女同事说 28 岁的男人就是老男人，那时我还年轻，二十五六岁，总觉得不在意，谁知一晃就变成 32 岁的老男人了。上次碰到一个刚毕业的 23 岁小姑娘喊我"小东大叔"，真是岁月不饶人！不由得要想想我这个年龄的老男人要什么了。

最早看金庸的武侠小说还是小学三年级时，在我们那个穷乡僻壤的地方能看到这样精彩的大部头，真是上天眷顾。不过我看的那本武侠小说是很有争议的《飞狐外传》，大致意思是一批人争夺李闯王留下的宝藏，宝藏原来由闯王的四个卫士共同保管，这四个卫士的后人有大侠、有坏蛋，总之金钱面前人人表现不同。后来为了那富可敌国的宝藏，产生了一系列争斗，争斗的间隙也有人抢夺一下权力、地位以及女人。

这个故事的主题是明确的，情节是复杂的，情感是纠结的。最纠结的莫过于那个打遍天下无敌手的金面佛苗人凤，他的故事可以说是一出彻头彻尾的悲剧，年轻的时候被父亲逼着天天练剑，没有一点童年的娱乐，等到长大可以去闯荡江湖时，前面还有个辽东大侠胡一刀横在前面。最气人的是，这个胡一刀还有一个特别美、特别贤惠的妻子，是一对典型的神仙眷侣。轮到苗人凤呢，长得不好看，性格也木讷，直到胡一刀夫妇去世，他都没办法赢过对方。好了，他继续回家练剑，练到后来差不多成天下第一了，可这个天下第一也没给他带来年终奖翻番、副总裁什么的。后来他在一次行走过程中救了一名官家小姐——那个纠结得气死人的南兰小姐，这位南兰小姐跟胡一刀大侠的妻子比起来似乎太过娇弱，还有点胆小，更有点自私，比如苗人凤被人用火围在屋子里即将烧死时，她居然一个人先跑了，完全不像胡一刀夫人那样，老公死了自己也自杀。最要命的是南兰小姐是有点小资情调的女人，对苗人凤天天加班练那天下无双的剑法，觉得很无聊，倒很喜欢化化妆、描描眉，于是就跟那个油头粉面的田归农公子私奔了。

不过这个会调情、会画眉毛的田归农也不是什么好人，刚开始还愿意给南兰画眉毛，可画了一阵子就不再画了，也去天天打坐练剑，要命的是南兰虽然不懂武功，但她也知道，无论田归农这个小白脸怎么天天加班不睡觉地练剑，也打不过那个打遍天下无敌手的前老公苗人凤的。她实在理解不了，为什么男人都要去练那没用的剑法，描描眉毛、说说情话多好啊。

我那时候，先是不懂南兰小姐为什么不喜欢天下无敌的苗人凤大侠——苗人凤多好啊，天下无敌呢，南兰姑娘真是瞎了眼，居然跟着坏人田归农私奔！后来有点不理解，为什么田归农那个小白脸把人家媳妇骗到手了，又不好好珍惜，也去天天加班练剑——守着如花似玉的媳妇不好吗？又不是家里穷，干吗这么拼命？

我一个女同事两口子都是我们公司的，跟我讲她老公天天加班，很焦虑，最吓人的是，她老公睡觉时拳头一直紧握着，手指甲都掐到肉里去了，而且睡觉的时候，身子蜷起来缩成一团，扳都扳不直。

同事两口子都是普通职员，并没有到副总裁或部长的高位，工作认真负责是不容置疑的，但我很想说，这样已经敬业得过头了。

如果因为工作而导致吃饭拉肚子、晚上睡觉失眠，这就不是工作的问题，而是个人的问题了。个人无疑是上进的，上进到天天像苗人凤、田归农那样加班去练剑，但练不成天下第一，还把自己给搭进去了。

我曾试图跟这个同事讲讲这个道理，但这个道理对方何尝不明白呢？但他仍然会继续天天加班练剑的，当然，按我们公司官方的说法，练剑是为了有一天可以亮剑；按照我司非官方的说法，练剑是为了给太太买 LV 或者爱马仕，为了太太更好地生活。可是太太们真的需要那么多爱马仕和 LV 吗？

回到同事跟我讲她老公睡觉的怪癖，我忽然明白了，每一个孩子从母亲的肚子里降生到这个世界上，都是恐惧和不安的，最安全的地方还是在母亲的肚子里。只是当我们一旦来到这个世界上，就再也回不去了。这份恐惧伴随着我们一生，所以我们总要找点东西来消除自己的恐惧与不安，天天加班练剑不是为了把别人都杀掉，而是为了让自己更安全。为了这份安全感，多赚点钱也好，实在不济弄个副总裁干干也好，实在不济多弄点项目、多搞点表扬信、评个四级五级认证也是好的。

地位和身份，说白了就是权力和金钱。之所以对人诱惑大，无非是潜意识里能缓解恐惧感，好像能增加一点安全感，但事实上这并非良药，还可能是会上瘾的毒药。获得了权力能满足一会儿，下次不安了，就得需要更大的权力。有钱看似很方便，可到最后天下无敌手了，就开始怕别人会打败自己了。这个恐惧怎么能消除得了呢？母亲的肚子再也回不去了。古往今来的那些将相帝王，哪一个不是在恐惧中煎熬度日？

帝王将相在征服帝国中获得安全，总裁、职业经理人在业绩中消除恐惧，普通的小职员在多做项目多拿工资中获得一点信心。当然，让自己媳妇比谁的 LV 包多，去了什么地方旅行，也是证明自己强大的间接手段。坦率地讲，我不抽烟、不喝酒、不开名车，这都不算什么，也没多在意，但要哪天我媳妇跑回来跟我讲，隔壁小马家媳妇有两个LV，对面小王家媳妇有三个爱马仕，那我这个小张真要怀疑自己没本事了，这不能偷、不能抢的，只好天天去加班练剑了。

普通男人是没办法攻城掠地来证明自己强大的，只好有心无心地做好自家小城堡的事，一砖一瓦，建一个城堡，建得结实，保护自己的妻子、孩子不受伤害。出去不是为了进攻，而是为了多拿点加班费回来，把城堡建得更牢固些。男人建城堡，要的是妻儿的安心，妻儿的安心和对城堡的信任依赖就是他的意义和安全所依。南兰小姐不明白那两个男人的恐惧，或许，只要她对他们依赖，或是从心底理解这两个男人的恐惧，就能有一段美满的婚姻了。一个聪明的女人，知道如何去表现对城堡坚固的信任和依赖，去表现对男人建城堡的赞美。

我不知道该怎样描述男人建城堡的这种心理需求，以及通过建城堡这种方式来消除自己的不安，或许可以借用电影《失恋三十三天》里的一段台词来表述。

电影里面男主角陆然跟女主角黄小仙的闺蜜好上了，要命的是那个闺蜜长得还没她好，即使这样，男主角还是跟她跑了，女主角不服气，一直在骂这对狗男女不是好人，也一直不明白男人为什么。最后在上车的时候，男主角总算爆发了一次，讲出了这样一段话：

> 我们在一起这么长时间，每一次吵架你都要把话给说绝了。一个脏字不带，杀伤力却足以让我撞墙，一了百了。吵完以后你舒服了，你想过我的感受吗？我每次都像狗一样地腆着脸去找一个台阶下，你每一次都是趾高气扬地站在那儿一动不动，你每一次都是高高在上，我要站在底下仰视你。我仰视够了，我受不了了，我仰视得脖子都快断了，你想过吗？全天下就只有你一个人有自尊心吗？我想过，要么我就一辈子仰视你，要么我就带着我自己的自尊心，开始我自己新的生活。你是改变

不了的，你那颗庞大的自尊心，谁也抵抗不了。我不一样，我想要往前走，你明白吗？

　　我总在想，如果连城堡里的妻子都不能给予男人理解和尊重的话，那他还会对这个世界抱有信心吗？他到哪里去找寻最后一点安全感？

　　男人的需要其实很简单，可是很多时候得不到……

穷人

　　睡得迷迷糊糊中，似乎有人在按门铃，又不太确定，就没怎么搭理。过了一会儿，似乎有人在开门，爬起来一看，原来是宿舍的清洁人员上门了。她看到我似乎有点吃惊，朝我笑了一下就走进厨房，然后我回到房间继续睡。

　　再次被电话吵醒，已经是9点多了。我起来洗脸，走到厨房，那个做清洁的女孩子已经走了，至于什么时候走的，我完全不知道。我弄了点汤圆吃，继续回房间处理没完没了的邮件。因为下午要去巴西利亚出差，就准备直接去机场，不到办公室了。等到中午快12点的时候，又响起门铃声，然后有人用钥匙开门，打开一看，又是早上来做清洁的女孩子。她没料到我还在宿舍，就朝我笑笑走进了厨房。最近晚上回宿舍做饭后不洗碗，心里有些过意不去，想到宿舍还有些小礼物，我就拿了两个进厨房。我把礼物给她，她笑着用葡萄牙语跟我表示感谢。

　　我还在房间里收拾，那姑娘在厨房和客厅打扫卫生、收拾碗筷。等我收拾完行李，突然闻到厨房里有饭菜的香味，忍不住跑到厨房去看，原来微波炉里在转着东西，而那个姑娘倚在厨房靠窗的洗手间旁，望着窗外——那神情跟我发呆时一样。我去跟那姑娘打招呼，她回头朝我笑，我才看清原来她是个二十岁左右的小姑娘，皮肤有些黑，个子不高，表情特别平和、安静。她见我盯着她在微波炉里热的东西，就有些窘迫，跟我打手势表示，那是她的午餐，她会打扫干净的。我笑着摆手说没关系，其实想看看是什么东西。

她拿出后打开给我看，一个纸质的饭盒，里面装着一点土豆，还有一点豆子和番茄，上面还有一点奶酪，量很足。我看了看，跟她打手势说，她的午餐看起来很好吃，那姑娘很感动地表示要分给我一些吃。刚好这时司机的电话打进来了，我赶忙说我要下去坐车，非常感谢她。

之前有同事告诉我，这些本地保姆的工资是每个月 400 到 500 巴币，有些地方甚至更低。大多数保姆都来自乡下，住在附近的贫民窟，每天从一家到另一家，做这些清洁厨房、洗衣服、烫衣服的工作。我们是中国人，没有那么多讲究，据说本地人的房子都有两个门，一个是专门给主人进的，另一个侧门是专门给保姆进的。她们不能在主人家吃饭，甚至不能跟主人打照面，相反，经常会碰到主人的刁难。那个打扫我宿舍的小姑娘，进门前一定会按门铃，然后才用钥匙开门，开完门后还要反锁门，再进保姆卫生间，去换专业工作服。平时我也是没办法跟她打照面的，今天因为在宿舍，才难得一见。然而我没想到的是，这个像田螺姑娘一样的清洁工，居然也会朝着外面的天空发呆，而且对我的一点善意又表现出最真诚的感激和善良。记得每天回到宿舍，碗筷是整齐的，床铺是干净的。最体现她心思的是，我床上的枕头比较多，还有摆着两个布娃娃——一头小猪，一只小羊。每次她都会把枕头弄出形状，然后把小猪和小羊摆放成可爱的样子。她那顿简单的午餐，像我肯定是难以接受的，然而她还善良地要分给我一半品尝，这就是巴西最底层的人民。我宁愿相信，这样的穷人才具备巴西人真正需要的勤劳和朴实。

说完这个保姆，不得不再说说我一个日本下属的母亲。这个日本下属的父亲是日本人，母亲是巴西人，她自己个子高、皮肤白，兼具东方人的秀美和巴西人的独立自信，英语讲得也很好，所以深得大家喜欢。一次请吃饭时，聊起另一个办公室的事情，她对之很熟悉，我觉得奇怪，然后她告诉我，她的母亲在那个办公室当清洁工。

这个姑娘的父亲是个日本人，在巴西遇到她母亲，然后就结婚了。等她8个月大的时候，父亲跟母亲离婚了。由于父亲有房子，所以她从小跟着父亲住。母亲另找了一个普通人，一直吃了上顿没下顿的。但母亲一直在清洁公司工作，倒也没什么。等到这姑娘16岁的时候，日本父亲突然得病去世了，祸不单行的是，日本父亲的兄弟叔伯来收屋了，要把这个姑娘赶走，把她父亲的房子收回去。在这个小姑娘手足无措的时候，她那个离开多年的母亲突然跳出来，跟那一帮日本男人斗智斗勇，保护自己的女儿。日本人不是那么好惹的，但这个没读过多少书的巴西下层母亲，居然抵抗住了，然后留下来照顾这个只有16岁的女儿，以及她两个同父异母的弟妹。与此同时，这个巴西女人继续在清洁公司打工，照顾自己另外生的三个小孩，以及一直没有工作的老公。那个清洁公司的薪酬是每个月300多巴币，而我在这边稍微请两三个人吃一顿饭，可能就要200多巴币。

　　这个日本下属在这样一个穷妈妈的照顾下，一边打工一边上学，长得那么漂亮，居然没有变坏，在巴西实属难得。我记得她先是在我司的外包公司做签证工作，后来到我公司做行政，再后来我觉得她的上进心和坚韧性很不错，就把她抽到人力资源部，在我的手下干活。

　　直到最近，我才发觉，她虽然很漂亮，穿得也很得体，但其实所有的衣服都是旧的。上周她的手机被抢了，看到我扔在办公室的一台测试机，就跟我借用。刚开始我以为只是临时借用，后来我才知道她实在没钱去买。她的工资只有1000多巴币，在这个城市要维持体面尊严的生活，实在不易。

　　因为只有她有房子，她母亲彻底赤贫，母亲的现任老公又没有工作，他们根本没钱再租房子。被逼无奈，她只好自己在外面租了一个小房子，让母亲一家搬到父亲留下的房子里住。因为她的工资低，所以只能租最便宜的房子住。房子虽然便宜，但房东动不动就涨房租，或转租给出价更高的人，她就不得不经常搬家。最近她本来租好了一个房子，准备去跟男朋友结婚的，可是没住一周，房东又来赶人。万般无奈之下，她跟男朋友住进了男朋友的母亲家，但那个家也是个小家，而这么多年来，他们的东西非常多，搬家也很麻烦。这些天，她只好回到母亲住的那个房子，想在房子外面再盖一间，供她和男友住。

我的日本下属没有跟我讲要我怎么帮忙她，坦率地说，我也不知道该怎么帮。从她零散的故事中，我知道了这个普通巴西人的坚强自爱和对家人的体贴善良。毫无疑问，我的日本下属和她的母亲，还有那个宿舍里的清洁工，都是这个国家的穷人。然而为何这样的穷人没有表露出自私贪婪，反而表现出自尊、坚强和勇敢呢？

穷人，或许只有穷人才能表现出这种坚韧、刚强和善良。

闯荡的中国人

周末，同事拉我去一个当地中国人家里玩，这位中国人的母亲过生日，我们顺便去凑凑热闹。同事知道我的心思，特别注明有好多在巴西生活的中国人可能会去，可以去了解一下风土人情。于是在感冒还没有完全康复的情况下，我和同事揣了一瓶酒就去了。

这个中国同胞住的地方不是很好找，前前后后开车花了一个多小时才找到。到了之后明显感觉到这个区域黑人多一些，房子也破败一些，而且四周也脏兮兮的。不过到了同胞家，大家见了面却非常亲切，也许只有这种略微有点破败的地方才更有生活气息。

这一家都是广东人，说着听起来有点吃力的广东话。从儿子这一代开始来巴西，后来把兄弟带过来，最后把父母也接过来了，继续开枝散叶，在巴西生下一代。我们祝贺这家广东母亲生日快乐，老人说着不标准的普通话表示感谢。马上有人招待我们坐下，片刻就有人端上了海鲜汤圆，同事告诉我这是广东那边过年过节时才吃的。我是第一次吃到咸汤圆，过一会儿又吃到了中式巴西烤肉、烤鸡翅。

这一家的大儿子告诉我，他们全家都搬到了巴西，包括两个兄弟和一个妹妹，他自己的媳妇在这边生了两个小孩。说着家里的二兄弟跑过来聊天，身上有龙一样的文身。我问他来多久了，他说来巴西9年，其中5年在圣保罗，4年在里约，现在在里约也有了自己的店。我忍不住问，他们在这边做生意，会不会有黑社会来收保护费，对方说这边还好。我另一个同事开玩笑说："这地方我们广东人不收别人保护费，别人就要谢天谢地啦。"我接着好奇地问他们当初是怎么来巴西的，对方见我感兴趣，就高兴地跟我讲当初的奋斗史。

巴西这里的中国人中，广东人居多。我原来以为他们也是靠蛇头卖过来的，后来才发觉这一代广东人已经非常有意识来获得合法身份了。刚开始他们是用旅游签证来到巴西的，多从开小店开始，卖啤酒、糖果，或者卖巴西人可以接受的油炸小食品，本钱多了就开大一点的店，比如糕点店或餐馆，这是这一代人的普遍发展道路。若仅如此，也没有什么稀奇的，但这批人了解到巴西有一个特殊政策：每隔几年，巴西总统会签署一个特赦令（编者按：一些西方国家，每隔一些年就要颁布大赦令，使其境内滞留的非法移民居留合法化，巴西历史上已对非法移民进行过五次大赦），类似于我国古代历朝皇帝登基或喜得太子的时候，皇恩浩荡赦免一些较轻的罪犯。而这些广东同胞当初来巴西，就是算准了这个大赦时间，提前弄旅游签来的，之前当"黑人"当了好几年，等到大赦再出来申请，巴西社会和政府也接受。身份合法后，再把家里亲人接来，生了下一代后，更是完全合法，巴西社会的中国人族群就更大了一些。

像我这种遵纪守法的好孩子很难吃这种苦、冒这种险的，忍不住问他们，在没有合法身份的情况下，要是被抓了会怎么办？其中一个广东人哈哈大笑，说其实没那么严重，普通警察对百姓没有那么关注和排外的，他们自己都不怎么喜欢工作，不会愤恨中国人来抢他们工作的。正相反，中国人来到这里，反而会给他们带来工作。平时警察也不怎么抓中国人，偶尔抓住了给一点钱也都能过去。

其中一个人更是告诉了我一个好玩的经历，他之前是以非法身份"黑"在巴西，一直没有被抓。后来总统大赦，他很快拿到了当地的身份证，成了巴西公民。之后有天晚上，他没带身份证出来玩，半路上被两个警察抓住了，警察硬说他是非法移民，要把他带回警察局遣返中国。他说他有合法身份，警察不管，非要把他带回警察局。警车开动了，可是过了一会儿，他发现警车其实在兜圈子。其中一个警察就直接说了，现在这么晚了，警察也很辛苦的，像他这样的黑户要遣返回中国肯定会很惨的。最终意见是让这位广东兄弟拿点钱出来，广东兄弟说多少钱，对方也不含糊，开口要 10 000 巴币，广东兄弟直接说"没有"。对方很有商业精神，说既然是中国兄弟，我们两个国家关系很好，大家都是穷人，穷人不为难穷人，就收 6000 巴币吧。广东兄弟说还是没有那么多钱，对方装作很不高兴，说 3000 巴币再也不能少了。广东兄弟继续说没有。两个巴西警察气得说不出话，狠狠兜了几个圈子，简直不能理解中国人有这么穷的！那个不开车的警察说这么晚了总该请他们吃点东西吧，那广东兄弟想了想说，身上总共 100 巴币，给他们一人 50 巴币，要是他们不要的话，就把他带到警察局好了。两个巴西警察面面相觑，只好接受这个方案，一人拿了 50 巴币。话说这两个警察要把我们的广东兄弟随便找个地方放下车，广东兄弟不干，说："放到路边怎么行？都打不到车！"然后这两个很有人情味的警察还真开车把这个广东兄弟送到了车站。

听完这个故事，我真为巴西人民感动，这多么可爱、可亲的警察啊！如此人道并且有商业精神！我的巴西小员工还跟我说警察不好，改天得好好跟他讲一下作为中国人对他们警察队伍的感知。

坦率讲，我去过那么多国家，都是依托公司这个平台，虽然也遇到过被警察抓、被索贿、被关机场的事情，但是心中却并不害怕，有公司这个依靠在，不怕抓了没人领，不怕到地方没饭吃。而这批自己闯荡巴西甚至其他国度的中国人，不懂当地语言，也没有多少文化，他们是哪里来的勇气在这个陌生的世界里闯荡的？

神奇的故事

巴西是个神奇的地方,巴西有很多神奇的故事!

这要从一个相亲的故事谈起。同事跟我讲,现在的男人现实得很,然后又补充了一句"也奇怪得很"。我很好奇怎么个奇怪法。同事说她之前参加过相亲,相亲经历总结成一句话,就是现在的男人都不靠谱。

具体怎么个不靠谱法?如果说一个相亲的男生注重女生的外貌,这倒也正常。关键是,那个相亲的研发的兄弟看到我这位女同事,没说几句话就上来动手动脚,这也实在太不像话了。我免不了问,是不是这位兄弟长年没见到女性,所以看到姑娘就忍不住手脚不老实?女同事补充道,他不仅动手动脚,而且还很偏执。原来女同事提醒他不要动手动脚之后,他们又进行了一番思想交流,这个研发兄弟直接谈到了孩子的教育问题,他有个很笃定的理念,认为小孩一定要打才能教育好。女同事问为什么,这位大兄弟说,他和他姐就是小时候被父亲打出来的,经历了他们父亲发挥各种主观能动性、用各种方法包括竹条、皮鞭之后,他就上了大学,找到了本公司的研发工作。所以他觉得他的成功应该感谢他父亲的抽打,因此将来他自己的小孩一定要打,不打不成器……

果然是奇葩!说到研发兄弟,最近有个研发姑娘也跟我讲了她遇到的神奇故事。她在深圳工作,眼见别人有男朋友了,她也发动同学帮她介绍,结果她部门的同事帮她介绍了一个中学老师，周末她去和那个中学老师去见面。话说这中学老师，个子比她矮也就算了，从一看见她，通了姓名、单位、接头暗号之后，就开始问她每个月多少工资，女同事报了一个数字后，对方继续问这个数字在华为排在什么水平，女同事老实说刚进公司两年，工资水平一般，但还有上升的空间。好了，本以为工资问题到此结束，谁知这个中学老师又开始算一个月多少钱，一年多少钱，每个月吃住用行多少钱，怎么样能省钱，最主要的核心是让女同事多攒钱，然后攒钱买房。我忍不住问，那对方有没有说他每个月赚多少钱呢？女同事苦笑说自己根本插不进嘴。

我原以为这已经很神奇了，谁知研发女同事跟我讲了一件更神奇的事。她有个高中男同学，本来并不喜欢她，但男同学的父亲说女同事的学历高、单位好、工资高，就拼命撮合两个人，就差没故意把两人安排在一间房里。男同学在父亲的诱迫下，跟这个高知高薪女同事相处。所谓"相处"就是在父亲的逼迫下，给这个女同事打打电话，女同事每周给这个男同学打电话的时候，男孩子会接起来聊一会儿。可是没过多久，这个男同学的前女友回来了，然后就不理我们这个女同事了，打电话就再也找不到人了。

话说还有一个女同事，是人见人爱的类型，我司一个男同事追求她，天天去跟她说些暗示喜欢的话，同事不怎么搭理，倒也没出什么问题。然而有一天，女同事让他帮忙带一点蜂胶，一共91巴币，女同事从钱包里拿了100巴币给他，男同事说找不开，女同事只好再凑，好容易凑了90巴币给男同事，男同事接过之后说还少了1巴币。女同事说要不改天再给他1巴币，男同事纠结地说，要不去附近同事的宿舍问一下，看能不能换1巴币的零钱。接着女同事就跟着这个纠结的男同事去找附近住的宿舍了，要命的是，第一个宿舍还没有人在，然后继续找第二个宿舍……

若说谈到钱会让这些男人气短，表现出神奇之处。那其他神奇之处就让我惊叹这个世界之无奇不有了。

有一天我正在办公室呆着，突然管宿舍的行政同事发了一封带相片的邮件，相片有点模糊，是保姆用手机拍的，床是凌乱的，被子掉在地上，抽屉也放在地上，厨房的碗筷也一堆堆地放在地上。巴西保姆比较实诚，觉得肯定是遭窃了，所以赶紧跟我们报案。行政同事没去过，不知道怎么回事，也吓得不轻，赶紧发邮件给住在该宿舍的同事，因为担心是被偷了，还抄给我这个人力资源主管。我一看也觉得像被偷了，就让这个同事赶快回宿舍看看，如果有什么事的话赶紧处理。结果该同事看到相片后，说不大要紧，现在工作忙，晚上回去再看。见员工坚持我也不好说什么，就等着晚上这个员工给我打电话哭诉要去警察局了，结果等了一夜也没事，第二天也没事。我觉得很奇怪，去问行政同事怎么回事。行政同事气鼓鼓地跟我讲没事，为什么没事呢？的确没事，因为事都是员工自己造出来的。床上的被子是他自己弄到地上的，抽屉里的东西也是他倒在地上的，总之那些让人觉得被偷的现场，都是他自己制造出来的。最主要的是，我们，包括巴西保姆都觉得那是被偷造成的混乱，而他自己则完全不觉得给大家造成困扰有什么不对，典型一副"世上本无事，庸人自扰之"的神态。

还有一次，也是一个行政同事被气哭了，跑来找我投诉。我问是怎么回事，行政告诉我，清洁工投诉我们一个中方员工，说一个中方员工用清洁工的衣服擦皮鞋，导致清洁工没有干净衣服，只好借衣服来上班打扫卫生。知道后我去跟这个中方员工交涉，那个中方员工还振振有词："清洁工穿什么干净衣服？"提醒他可以买块擦鞋的布和鞋油来擦鞋，他直接说太贵。

说来说去还是钱闹的。其他神奇之事还有一堆男人和一个女同事打出租车，非要女同事付出租车费的，还让女同事请吃饭的，诸如此类，没有最神奇，只有更神奇。

我承认中国社会男人压力大，但也不至于这样吧。我又想起林语堂写的江南，说中国人去隔壁张三家借根葱，张三也会先关上门洗把脸，换身可以见客的衣服再出来借给我这根葱，而且不会找我要这根葱的五毛钱的。这种基本的体面和大度在这个社会怎么就完全缺失了呢？难道真的是我司员工工资收入太低？前不久看到一个故事，说一个中国人到了非洲最穷的卢旺达，黑人兄弟开着破旧的车在路上跑，但是看到前面有人，却会礼让停车让人先过。优雅与涵养真的跟经济水平有关吗？

这样的神奇真的是让人有些不明白！

我的巴西下属——安吉拉

我要谈谈我的两个本地下属，一个叫安吉拉，另一个叫瑞娜塔。本篇先谈安吉拉。

安吉拉是去年 9 月份进公司的，负责招聘工作，刚进来就让我很惊喜，明显跟前任留下来的三个本地员工不一样。刚进来就把办公室给整理了一番，尤其是各类文档，弄得清洁有序。后来有一天我瞟了一眼她的工作邮箱，实在让我很震撼，才两天的功夫，就把那个邮箱按照简历资源用途，设置了二十个分类，清楚明白。一看我就放心了，这人没招错。

接下来我让她熟悉公司的核心价值观，不过，让我惊奇的是，安吉拉从来不反驳，你说什么她就听什么，听完她就回去坐在电脑跟前，整理她的邮箱。每天在电脑前聚精会神，绝不像其他人一样，动不动就去喝咖啡闲聊。只是有两次，她跑来问我，能不能早上早点来晚上早点走？我问她为什么，她说她想下午早点回去陪儿子玩，我想了想驳回了，告诉她人力资源是要按照考勤上班的，不可以早来早走搞特殊，她后来就没坚持要求，还是早来办公室，没有早走。

自从安吉拉进来后，那些招聘的具体工作，像安排面试、填表、新员工入职审批之类的，我就开始交给她，她搞不定的时候我才出面。很快我就发觉，她工作是很勤奋，但是常常延迟，几次延迟弄得我很焦躁，细问之下才知道，她所有的工作都是基于 E-mail 的，但如果有人没回她的 E-mail，她就继续发 E-mail，要是再没回，她就等着，这是典型的巴西人风格。有一次我很焦

165

躁地跟她讲，别人 E-mail 没回，就打电话过去，如果打电话没接就当面找去，当面搞不定，找这人的领导或者让我去跟这个人谈。她很奇怪，说别人没回 E-mail 肯定是有事，等别人处理完别的事自然会回的。我说我们等不及别人处理完别的事情，每个人都有很多事，每个人都要应对很多需求，时间和资源都是有限的，你不催别人办你的事，别人自然把你的事放在最后。

后来她总算明白了公司的作风，但她始终走不出思维定势，不喜欢打电话或当面去催，倒是那些业务部门主管来催着她办招聘入职时，他们那种急躁让她体会到了。最后她折中处理，凡是有人不回 E-mail 的，她都来跟我讲哪个人不回 E-mail，然后由我打电话过去，催那些不回她 E-mail 的人赶紧审批和反馈。

去年年底，我想跟当地的大学和猎头公司进行联系，以便提高影响力，后续增加招聘渠道，让她去联系。我跟她讲了这样做的重要性和意义，过了一个月，我没看到什么动静，就忍不住去催，这个时候她反馈说，她实在太忙了。我就教她，那些大学的工程系和学生办事处在网站上肯定有联系方式，让她先写好一封邮件，然后按邮箱地址发过去。她想了半天答应了，可是又等了两个星期，发觉她好像还是没什么动静，去问她，她说实在太忙了，如果这个时候同时联系学校洽谈，肯定会办不好，还容易出错，等这一阵子忙完后，年初再与各个学校联系。我想了想，她每天的确很多其他事情，就忍住了没有继续催逼。

等到年初，她总算在我的要求下，联系了几家大学和猎头来公司洽谈。但很快，我就觉得味道不对。每次对方来宣传学校或猎头公司的时候，我都把她带去会面，但她什么都不知道。后来我忍不住教她在会谈前要了解一下这些学校的情况，比如哪些领域学生比较好、通常学生去哪些单位工作、学生什么时候毕业、有没有薪酬水平、有没有以往毕业生的联系方式等一些对公司招聘有利的资料，她又很诧异，这些东西怎么能找学校要呢？我也忍不住问，如果这个学校不能给我们提供这些东西，那我们干吗要请学校来谈？她说我们双方可以各自介绍一下学校和公司，比如我们要招什么人，将广告发给学校，学校再发给学生们看，自然有人投简历。

还有跟猎头公司联系。猎头公司自然都把自己的公司吹得有些过，说各个领域招聘能力有多强，有一次我实在没时间，就让她去谈。等她谈完了，我问她都了解了哪些信息，她说对方公司很好很强大，我细问多好多强大，结果答不出来。再细问，对方有多大办公室？在哪几个城市有点？服务哪些客户？成功多少案例？案例都是在哪个领域？老板是做什么出身？他们的服务速度和服务特点是怎么样的？结果还是答不上来，教了几次后，我放弃了，这不是她会考虑到的。

今年上半年没多少招聘，安吉拉偶尔也会请假。刚开始还以为她是去别的公司面试，后来有一次她下午请假，就多问了一句，她请假做什么，结果她眼睛发光地跟我讲，她要去城里拿五千米女子长跑的队服。她是本地一个跑步俱乐部的成员，每周五在海边的公路上参加比赛。我问这个比赛有什么好处吗，她愣了半天问，什么好处？我说比如人家给你钱，给你发吃的、发礼品什么的，她老实说没有。她去参加俱乐部，要自己交钱买衣服，每周五去参加比赛还要交报名费。我提醒道，如果喜欢跑步，找个跑步机跑就可以了，或者自己去海边公路跑也行的，不需要交钱多划算。她又愣了半天说，大家一起跑比较好。

我见她四十多岁，而且做了二十多年的招聘工作，还换了几家比较大的公司，就按照中国人的思维准备培养她，也故意交给她一些别的工作，有时忙不过来还配给她一个实习生。然而我很快发现，她对其他事情没兴趣，只要不属于招聘领域的事情，她一概不插手，没什么热情，后来发觉她除了招聘外，其他事情根本插不上手，连最简单的员工开除都不会。我就组织内部学习，希望大家都了解怎么做员工开除或其他一些工作，结果组织培训的下属告诉我安吉拉不参加培训。我那时在圣保罗，因为太忙，就先让她的下属实习生去学习一下人事服务之类的专业技能，很快收到反馈，说安吉拉不让实习生学习其他内容，让她专注于员工招聘。等我回到里约，一天又要开除一个极端的本地员工，这边办公室里没有其他下属，只有安吉拉在，我让她去，她直接说她不会，要我教她怎么做，我当时勃然大怒："你一个做了二十多年 HR 的人，连个最简单的员工开除都不会，不会怎么不学，难道你一生就想做个简单的招聘专员？"她见我发脾气，不敢说话。

又一次，我让另一个下属组织内部学习，又提出每个 HR 要向综合方向方面学习提高，然后回头看了一眼安吉拉，当面说安吉拉以后也要学习招聘外的其他工作技能。过了两天我生病在宿舍，安吉拉通过内部邮箱跟我讲，她要辞职，我问她为什么，她说她在这里不舒服。我直接跟她讲，如果是因为我说话说得太重让她不舒服，我可以跟她道歉。另外我是很认可她的，去年的绩效和奖金都给她定得很好，甚至提前透漏给她了。她表示很感谢，说对我没有意见，主要是不舒服。不舒服的原因是，她已经四十多岁了，没有想过在职业上有什么发展和提高，更希望关注生活质量，她理解她的追求跟我的要求以及我们公司的要求是无法匹配的，所以想离开。

我自然问，她是否已经找到下家，她说没有，我反问，如果没找到下家怎么保证生活质量呢，就差没有明说这个单亲妈妈没有收入怎么照顾儿子上学，她说不要紧。见她坚持要离职，我就批了。

过了两个月，我问我的本地实习生，安吉拉去哪个公司工作了？实习生告诉我还没开始工作，我很着急地问那她怎么生活呢，因为我深知本地人是不会存钱的，每个月都是在为账单和信用卡在打工。实习生说照常生活啊，还是送孩子上学，周五去跑步。

我的巴西下属——瑞娜塔

因为对巴西人的习惯不是很希望，去年我招人的时候，特意招那种有国外留学背景的，总觉得出过国见过世面的人思维会开阔一些，文化的固着性要少一些。而这些出过国的人，尤其以有美国背景的最为我所喜，毕竟那地方虽然是讲人权讲得厉害，保护弱者也厉害，但骨子里还是讲究奋斗才有回报的。所以到现在为止，我的一个男下属在波兰工作生活过两年，另一个老一点的在美国坦桑尼亚外派过，六个实习生无一不具有美国、加拿大或是英国的留学背景，而这个瑞娜塔则具有强大的美国背景，我跟她第一次面谈的时候就定下了。

一般我不特别看重来面试的人好不好看，但很在乎这个人是否顺眼，很不幸，那天瑞娜塔来面试的时候，前面我已经面试了三个，长得都还不错，她在前台等的时候，我去洗手间刚好碰到主管，主管说怎么那么胖的人还来面试，于是我从洗手间出来的时候就多看了她两眼。的确很胖，但是很奇怪的是，她长得胖，但我觉得还挺亲切的。

瑞娜塔进来面试时，一开口我就被她的英语给吸引住了。其实也不是英语，而是她超高的理解力，我问她什么，她都能理解，这一点在巴西人中很少见。我看到她的经历，在美国呆了十年，就问她在美国干什么，她说在一家生产热狗火腿肠的小工厂做财务兼销售。我问到这家工厂有多大规模，有哪些客户，她一一老实回答，只是说最后因为美国经济不好，那个工厂倒闭了，她就只好从纽约回来了。

我见她在美国生活十年，按照我的经验肯定是有美国绿卡的，她说她有，她的孩子都是美国国籍。接着问她老公在哪里，她说她老公跟她一起回了巴西，也是巴西人。然后她补充道，她老公当年跟她一起去美国纽约的，那个美国热狗工厂就是老公跟她一起开的。我当时忍不住笑起来问，老公是否每个月都给她开工资，她说当然开了，我说那个工厂是她老公的不也就是她的嘛，她很认真地讲，虽然那个工厂是她老公的，但她也是拿一份工资，要不然就没办法独立，她希望有自己的收入。

接着我就拿她前任留下的各种头痛事情来考考她，比如把中国人护照丢失，比如遭到员工投诉时不接电话，比如临时员工被机场扣押怀疑要来非法工作，结果这个大姐让我很惊喜，完全不像她前任那样遇事推卸责任，按我司的说法是非常积极主动结果导向。她的年龄、阅历和情商都是很好的，但考虑到这个职位要跟各使馆和政府机关打交道，还是要考虑一下形象，我心中有点犹豫不决。之后一个月，来了一批又一批面试的，没有一个有那么高的人际理解力的，最后还是把瑞娜塔招了进来。

招进来第一天公司就出了事故，因为她要去圣保罗培训，让公司行政平台订票，结果订票的本地小姑娘居然把她的名字打错一个字母，等她拿到票，机票科的小姑娘们已经下班了，下班后自然不接电话。而机票是第二天凌晨的，当时她在办公室里很着急，给我打电话。对于本地人这种下班后不接电话的特质，我也毫无办法，临时给她想了一个方案，明天白天推迟去圣保罗的飞机，等上班后再找机票科帮忙更改，因为每天从里约到圣保罗的飞机很多，推迟两个小时问题不大。于是瑞娜塔就回去了，不过当晚，我突然收到她的短信，告知我她明天先直接去机场试试，看能不能跟机场人员说说混过去，不行再回来。当时我眼前一亮，这个员工非常具有灵活处理问题的能力，看样子我没招错。

第二天早上，我又收到短信，她告诉我她已经在机场里了，机场人员被她说服了，名字错了一个字母也放她进去了。这着实让我很惊喜，能自己独立灵活解决问题的员工，没办法不喜欢。

她从圣保罗回来不久，我就要去墨西哥出差。于是她进公司的第一个签证居然是给我办的，因为时间比较紧，所以我心里还是有点担心，也提前暗中让她的前任签证专员帮我留心点。但是后面的进展完全超过了我的想象。我去看看她是怎么申请签证的，而她则给我讲解了每一步，根本不用我去看。后来见我实在没时间，就主动把护照拿去，把那些申请表都帮我填了。拿到签证的那一天，我都没办法相信，这个胖胖的新员工居然如此高效和贴心，这可是她的第一个签证办理！完全超出了我对巴西人的期望。

由于这件事，这位员工迅速通过了我以往非常漫长的信任建立期。自此，相关事情都放心大胆地交给她去办，不再担心了。但是不担心并不表示不操心，这个瑞娜塔以她特有的方式让我操心——动不动跑来跟我说一下她的工作，哪件事到哪一步了，哪件事又解决了。有时候我实在是太忙，没耐心听，但是她见我没耐心听，就趁吃饭和临下班的时候再给我讲一下，对我的急躁和不耐烦完全忽视。不过也很奇怪，我居然从来没生一点厌憎。

有一次我跟她去领另一个国家的签证，等待期间，她见我因为使馆人员在那里磨磨蹭蹭而不耐烦，就跑过来跟我说话。她说："Mr. Zhang 你肯定没结婚吧？"我说："是啊，你怎么看出来的？"她说："你对我没耐心啊，跟女孩子说话也没耐心呢。"我笑着说："哪里看出来没耐心呢？"她接着说："你平时不怎么跟女孩子一起玩啊！办公室那么多女实习生，你都不怎么跟她们说话呢，那些小姑娘都跟我讲 Mr. Zhang 怎么不耐心听她们说话呢，说话也说得很快，干活很快，甚至吃饭都很快。"我想了想说："这还快啊？"她说："这对巴西人来讲是高速了，尤其是吃饭就像是经过训练的机器人一样。"接着她又说道，她也不喜欢巴西人的速度，在美国，麦当劳的工资很低，员工不高兴，但是大家干活速度很快，一个人可以干很多事；而在巴西，大家都是到哪里闲聊去了，一个人会浪费很多时间。美国跟巴西的差别是，美国人虽然也不开心地干活，但是干活速度和效率仍然在那里，大家会为了钱去干活，不干就走；巴西人不开心地干活，却没有速度和效率，更可怕的是大家不会为了钱去干活，动不动就不干了。我很好奇，就问："那巴西人没钱怎么活呢？大家不干活都去哪里了？"她说很多巴西人就在街上或是海滩上晃，没工作就没工作，一点都不焦虑，但是她如果不工作就很焦虑。

我说："你也是巴西人，为什么没工作会焦虑呢？"她说她有两个孩子，还有老公，老公从美国回来以后，因为年龄有四十多岁，而且之前开过工厂，所以在巴西一直找不到工作。现在全家都靠她一个人养，两个孩子上小学，正在长身体的时候，所以每个月有大量账单要付。她的工资我是知道的，扣掉巴西政府的各种苛捐杂税后，所剩不到2000巴币，在这个城市养四个人，我真不知道她是怎么养的。她说她需要这个工作，不能失业，接着她又总结到，或许这就是她跟其他巴西人的区别，大多数巴西人没有婚姻，都是一个人过，一个人怎么都能混得下去，但她要养孩子，要养老公，所以她要拼命工作。虽然很辛苦，但每天晚上回去看到孩子和老公，就觉得很有力量。

接着，瑞娜塔问我："你干活那么努力，而且离家那么远，难道是有很重的家庭负担？"我想了想笑笑说："我们中国男人也有很重的家庭负担，要是不努力工作赚钱，就找不到媳妇的，要是将来失业养不起家的话，媳妇也会跑的，再说如果自己都养不好，怎么敢养小孩呢？"瑞娜塔说："中国女性都是这样想的吗？连巴西女人都不是这样想的，为什么中国女性会这样想？"我只好说："中国女性太少，男的太多，男的如果不优秀、不努力，是找不到媳妇的。就算找到媳妇，说不定媳妇也会跑的。"

我本来是半真半假地讲这事，谁知过了几天，我的小实习生看我的眼神都不对了。后来有一天，一个小实习生实在忍不住了，跑来跟我讲："Mr. Zhang，我们现在理解你了，知道你为什么这么拼命工作了，再也不会认为你是怪人了。想想你们中国男性真可怜，竞争压力那么大。其实你们中国男人可以在巴西生活，巴西很多女性不会因为你工作不好或失业了就抛弃你不要你的。"我大吃一惊，问怎么会这样想，实习生告诉我，有一天瑞娜塔讲我讲得差不多快哭出来了，说我在中国找不到媳妇，因为中国女性少，男性多，所以就拼命工作，甚至到晚上三四点还在回邮件。中国女性都很优越，选择余地多，所以中国男人都会勤劳赚钱，回家还要上缴工资卡，在家还要干家务。我哭笑不得，问瑞娜塔还说啥了，小实习生说瑞娜塔是巴西女性坚贞的代表，即使老公失业了，她也会跟老公在一起不离不弃的，努力用那微薄的薪水养家糊口的。从此之后，本地员工中就开始流传这样一个传说，Mr. Zhang 和众多中国男性之所以都很拼命工作，是因为中国女性都很优越，要不辛勤工作，回中国就找不到媳妇了。

这个谣言在本地流传很广，我也搞不清那些本地员工看我们的眼神包含多少可怜，但是为所有中国女性承担骂名和误解还是有些过意不去。后来瑞娜塔还认真地劝我找个本地好媳妇，说巴西姑娘不会嫌弃我，会支持老公的。我只好笑着说我只能跟中国姑娘结婚，我妈不同意我跟老外结婚的，再说吃饭是个很大的问题，语言是个很大的问题，将来教育小孩也是个很大的问题啦。由于每次我都给她一些新的借口，最后她终于给我总结陈词：Mr. Zhang 对婚姻没有理解透，真正相爱的两个人，是一起面对困难、克服困难，不是要等两个人把所有条件都准备好、所有困难都克服后才相爱结婚的。生活永远都有困难，就像她自己，从来没觉得她老公失业了有什么问题，她用微薄的薪水养着老公和小孩也觉得很幸福的。我就忍不住很坦率地问，像现在这样，她养着老公和全家，老公整天什么都不做，她心里不会觉得很辛苦？会因为不平衡而想离开吗？她很认真很严肃地回答我"Never"。这一刻，我真的有点相信，原来有些女性也是可以跟男人同甘共苦的，并不是只有男人来照顾女人的，也许以前我根深蒂固的观念是错的。

在公司工作一段时间后，开始收到很多人对瑞娜塔的好评，我时间忙也没细问。但后来看起来不对，因为每天都有中方员工跑到她位子上，而且她来者不拒，有时候我加班到晚上一两点，发现她还在线上，有些惊奇，就问她在干什么，她说她在帮员工办签证，带员工家属看病，更有甚者在帮员工办信用卡。我提醒她，这些属于员工私事的可以不用管，要员工自己想办法解决。与此同时，她经常跑过来眼睛放光地跟我讲，"Mr. Zhang, 中国人太神奇了"，我问怎么个神奇法，她说中国人好灵活，比如办签证要机票，会找她办假机票，她之前从来不知道会这样做，现在知道了；还有人过来找她办事，办完了事会给她送小礼品比如茶叶、小杯子之类的，这跟巴西人很不一样；还有些中国人对她特别礼貌、特别亲热，跟巴西人又不同，她很喜欢中国人。我笑着不知道说什么，这些事情，对于灵活的中国人来讲，太平常不过了。过了一阵子，有一天突然她跑来跟我讲，要我出面跟中国人说说，说是有中方员工家属在国内，但为了办签证，把护照寄过来，然后中方男员工请另一个女员工冒充家属，拿着家属的护照去警察局办注册、搞签证，虽然巴西警察比较笨，中国人长得也比较像，但是一旦被抓住，是要判刑坐牢的，这种灵活她不敢做。但那些中方员工见她不敢做，就自行去做了。她觉得这个虽然不是她的责任，但也不应该发生，就来找我。我就按照她说的，去提醒了那个中方员工。

前一阵子我在秘鲁出差，突然有一天她在 Espace 上情绪有些激动，我一边在处理别的事情，一边听她絮絮叨叨，就没怎么回应。最后她终于冒出一句"我不是 Superman"，我才觉得问题有些严重。等了解之后才发觉，她一个人已经承担了一个部门的工作。因为她比较能干，而且态度好，最主要的是办事迅速，所以中国人就一传十十传百，先是各类签证都来找她办，这其中旅游签和家属签是不应该给员工办的，但她都接了，我之前对此睁一只眼闭一只眼。她实在太能干了，没有她搞不定的事，于是就有聪明的中国人让她帮忙带去看病，带着去补牙，连老婆生孩子，也让她帮忙联系更好的医院和保险，还有员工从国内过来私带了太多货物被海关扣留的，也让她帮忙去交涉，总之充分发扬了中国人往死里使唤人的特性，完全不替她着想。她每天上班要坐两个小时的车，下班也要坐两个小时的车，有时候做不完就得晚上加班到深夜，而中国人又是没时间概念的，只要需要，别说晚上十点，就算是半夜两三点也会继续打电话。

我先是提醒她，那些旅游签还有看病、翻译的事情是可以不办的，这明确是员工私事，不属于签证科。她却给我讲了另一番道理，她告诉我，她明白那些不是她的事情，但是这些中方员工如果事情没办好，就会利用工作时间去搞那些东西。更主要的是，他们不熟悉流程，跟使馆也不知道怎么打交道，最后经常出错，反而浪费公司更多的时间。我不由得肃然起敬，这是个有大局观的员工。还有一天，她跑来跟我讲，行政派不出车来，她要去给一个领导拿签证，我脱口而出："实在没有车就打个的去，回来报销就是了。"结果她说她坐公交车去，我很奇怪，问为什么，她说路上很远，而且要塞车的话会花上两个小时，打的会太浪费。

鉴于越来越多的中国人把她往死里用的趋势，我忍不住给所有中国人发了一封公开邮件，提醒大家要对她爱护和体谅，一些私事尽量要自己解决，而且请人帮忙要知道感激。于是一个大领导给我回邮件，说对这些中国人找她帮忙办私事的，要么全部拒绝，要么授权这个员工跟他们收费，办一次收多少钱。

在我公开邮件的第二天，一个常常来找瑞娜塔办事的员工说要找我谈谈，说她常常找瑞娜塔办私事，很感激瑞娜塔，但不希望办私事会影响到主管对瑞娜塔的评价，因为另一个主管给瑞娜塔打电话了，批评她给别人办私事，弄得瑞娜塔很紧张，认为公司想开除她。昨晚瑞娜塔亲自打电话给这个中方员工，让她不要再去位子上找她，如果需要她帮忙的话，她可以在下班后帮忙。

我想了想，回复这个中方员工，我们是爱护她和体谅她，不想她太累，怎么会不要她呢？这样的巴西员工，这样在老公落魄时仍不离不弃的人，我们又怎么会放弃她？

藤森总统

我最早知道秘鲁，既不是因为秘鲁的印加帝国，也不是因为马丘比丘，而是因为秘鲁的一位总统。那位总统叫藤森，而且是位日本人。让一个外邦人士做我们国家的总统，这是不可想象的，可是这个藤森居然当了秘鲁国的总统，而且一当就是 10 年。不但当了 10 年，而且这 10 年的总统生涯还跌宕多姿，让人叹为观止。

首先，这个总统是纯正日本血统，父母都是当年在日本混不下去才跑到秘鲁的难民，绝对不是日本人与秘鲁人的混血。这一家出身不好，藤森出世的时候，恰逢第二次世界大战，日本人在太平洋上与美国人打起来了，在拉美的日本人自然不受待见。据说他们家那时经常半夜被人踢门抢东西，好在他家只是修轮胎的，也没什么可抢的，但担惊受怕是免不了的。此外，日本人一般说不好西班牙语，口音往往被嘲笑，总之藤森拥有一个苦难的童年。

了不起的人物童年大多都是苦难的，不过这也正常，上帝总要公平一点，而且这也恰恰衬出了这个人的传奇色彩。1989 年，藤森 51 岁参加总统选举，居然一选就成功了。虽然那时候他已经有了双重国籍，但那张东方脸却是绝对混淆不了的，可秘鲁百姓居然还是选了他。

秘鲁百姓是在一种什么情况下选了他呢？当时秘鲁有中央政府，地方上有叛乱武装，这些叛乱武装有解放区和根据地，经常实行恐怖袭击，进利马城枪杀政府官员，这导致一些地方政府议员不敢参加选举。最轰动的是 1996 年 12 月 17 日，秘鲁日本大使馆正在举行晚会，突然闯入 14 名恐怖分子，现场劫持了 800 多名人质，要求秘鲁中央政府释放他们被关押在监狱的同志，这一事件轰动天下，直追当年伊朗美国使馆人质劫持事件。

然而，这 14 名恐怖分子的对手是日本人藤森。他先是坚持谈判和积极部署营救，4 个月内居然使恐怖分子释放了 700 多名人质。到了第二年 4 月，只剩下 72 名人质。1997 年 4 月 22 日，政府出动了 140 人的突击队，攻入使馆，除了两名士兵外，其余人质全部安全，14 名恐怖分子除 1 名被打死外，其余均投降并被现场处决。

人质处理事件让藤森这个日本总统如日中天，获得了全世界的敬佩，以致后来日本人也没有放弃他，在他落难时仍收留他。除了人质事件之外，藤森采用军队和警察以及情报系统合作的方式，授予军人处决恐怖分子的权力，把多年以来多位总统都解决不了的游击队全都消灭了，为秘鲁的和平统一扫清了道路。同时他采取出售国有企业的方式吸引投资，发展经济，让秘鲁每年的经济发展超过了 40%。然而这些仍然不能让人满意，不满意的人说他专制，采用恐怖手段对待恐怖分子，授予军队处决恐怖分子侵犯了人权；还有很多军人在执行清剿活动时杀害了支持叛乱分子的平民；出卖国有企业伤害了平民的利益；另外还传他本人有过贪污、贿选之类。

2000 年，我已经上了大学，中央电视台的新闻联播有几天晚上播放这个总统的新闻，说藤森手下的情报局长去给一个议员送钱，请议员支持藤森当总统，而这个场景居然被人偷拍并且被泄露出来了，搞得所有人都看到了。后来藤森总统表示道歉，说不知情，会处理情报局长，并表示绝不参加下届总统选举。后来藤森参加一次国际会议的时候，路过日本，就在日本留了下来，通过传真表示辞职。而后 2005 年藤森突然私人访问智利，当时智利和秘鲁的关系非常不好，他大概以为访问智利不会有事，结果智利和秘鲁以他为棋子，争斗了好久，最终还是把他引渡回秘鲁，以屠杀、贪污等罪名被关押起来，至今还在秘鲁的监狱里呆着。

到秘鲁的第一天，司机是个英语讲得很流利的本地人，我看他肤色很奇怪，就问他是不是印加人，他哈哈大笑说不知道，秘鲁人都是混的。由此我想起了这个国家的移民，更说起这位移民的日本总统，问他怎么看。他说这个总统很了不起，把这个国家统一了，消灭了很多恐怖分子，使社会安全了，经济也发展了。我忍不住说这个总统现在因为贪污和贿选还关在监狱里呢，这个司机很认真地说："有人说这个总统在消灭恐怖分子的时候，伤及了无辜，但这是正常的，是无法避免的，至于说他贪污和贿选，这是政治斗争，政治向来如此。"

从库斯科回利马的那天，本地导游送我去机场，他英语说得也很好。我问起印加人文字的问题，他着重跟我讲，这是印加文明最大的隐患，但他更强调的是西班牙人来到印加帝国后对当地的破坏，比如西班牙人一来先把印加人的绘画和建筑都毁了，开始建西班牙人的教堂。最坏的是，西班牙人不准本地人说印加语，逼着所有人说西班牙语。我忍不住问本地人恨不恨西班牙人，那个导游想了想说不知道，他也是西班牙人与印加人混的，到底该恨西班牙人太残忍还是恨印加人太封闭，说不清楚。我又问，那西班牙人在这里的殖民统治有没有意义？他说可能还是有的。我又提起这个藤森总统，问他怎么看，他说这个总统非常坏，杀了很多无辜的人。我很想反问他一句，西班牙人不是杀了更多无辜的印加人吗？

普通人总是对能做事想做事的大人物有极高的道德期许，或许这真是太过苛刻了。

在秘鲁的圣弗朗西斯科教堂门前，我请两个本地人给我照相，因为我拿了一堆零碎东西，随手将这些东西放在旁边，那对夫妻中的丈夫拿起我的相机给我照相，他太太居然赶紧跑到我放东西的地方蹲着，双眼警惕地看着周围。我看了有些好笑，等照完拿东西的时候，我过去跟太太道谢，太太很紧张地跟我讲："在这地方要小心！"我笑笑，接着她先生拿着相机过来给我时，也很紧张地给我讲："在这地方要非常小心，很不安全，很容易被偷被抢。"

离开利马的前一天，我的本地 HR 和律师们请我吃本地餐，席间我把这件事情当笑话讲，律师和我的本地主管颜色很凝重地跟我讲："你是非常幸运的，那个地方有很多抢劫和偷盗的。"我笑着继续说："当时四周有很多警察啊！"律师接口道："这个国家的强盗和小偷更多，警察是忙不过来的。"我说："这些小偷和强盗不怕被抓吗？"律师告诉我："不怕，这个国家只有恐怖分子是判死刑的，其他所有的罪恶顶多判坐牢的。"我感到很奇怪，本地员工继续跟我讲，他们这个国家百姓也希望有死刑，用来对付那些坏人，但是国际社会不准他们允许死刑的存在，说是要讲人权。

说到人权和死刑，我不禁又想起这个侵犯人权、现场处决恐怖分子的日本人总统，他的功过该由谁来评说？人民到底该从哪个角度来评判这位来自异邦的总统？

圣弗朗西斯科教堂的不远处是圣马丁广场，广场的对面就是总统府，藤森总统就在那里面住过 10 年，透过他的窗户还可以看到广场上圣马丁将军的塑像，在他偶尔看到圣马丁将军塑像的时候，不知道他会想些什么？

萨尔瓦多的伤

那个叫佩德罗的小城

利马

印加·印加

巴西独立日

独在异乡为异客

接，送

只是怀念

我的味道记忆

谈死亡

理解不了

接，送

圣保罗下着雨，我从宿舍坐车去机场，走到门口时，半天等不到车，旁边的保安打着伞，我淋着雨，看我走向他，他马上把伞放在我头上。我用英文跟他讲要他帮忙叫一辆的士，他用葡萄牙文回复我，很显然他看到了我的行李箱，也听懂了一个词"Taxi"。他用对讲机跟别人说时，我又站到了雨里，他见我在淋雨，立刻把伞伸了过来。

下雨的季节容易让人忧郁，我又有了一种在路上的感觉。还是行走在各个城市、办公室、宿舍，抵达的时候没有人期待地接，离开的时候没有人不舍地送，所以没有那种落地安定的感觉。下雨的圣保罗显得有些冷清，路边的树木高墙一闪而过，没有什么行人，也没有喧嚣。

还记得小时候，每次父亲出外回家的时候，我都很期待，准确地说，是期待他带回来的各种零食。很长一段时间里，我都以为那时我在乎的是父亲带回来的零食，后来发觉好像不是。那时候电话还没有普及，更没有手机，顶多是他提前写信告诉我们准备什么时候动身回家。那时候交通还没现在这么快捷，火车晚点是常有的事，有时会晚点一天、两天，甚至一星期。为了迎接父亲回家，每天放学我就到路口客车停靠的地方，眼巴巴地望着车来的方向，可以望到很晚，第一天没等到的话，第二天继续去。小孩子的心思是单纯的，除了等待就是等待，不会焦虑、着急、不满、不耐烦……除了接，更难忘的是送，父亲每年正月到深圳工作，大多是正月初八或初九出发，我一般是初十开学，往往大年三十过完，就觉得年已经过完了。

想起以前在中东、北非时，一直旅行得很疯狂，在埃及呆不了两个月就去阿尔及尔、摩洛哥、塞内加尔、迪拜……我一直很怀念阿尔及尔的那个同事，她在国外留学多年，第一次去的时候，因为我不熟悉地方，她亲自去机场接我，带我穿过像军事区一样的机场，然后将我送到凄风冷雨的地中海边宿舍。我走的时候，她说不去送我。她说，"你来，我风雨无阻地去接你；你走，我不会去送你。我不喜欢离别的感觉"。而另一个在摩洛哥的同事，我去摩洛哥的时候，由于转机，他没有去接我，但当我离开摩洛哥的时候，这名同事和我都喝得醉醺醺，当晚坐了三个小时的车将我从拉巴特送到卡萨布兰卡的机场，到了机场，我的酒醒了，头却开始痛。

我这30多年，经历了太多的接送。我也像阿尔及尔的那个同事一样，喜欢接人，却害怕送人。去机场焦急地等人来没有问题，但每一次送人走，都免不了伤感和不舍。2008年在埃及送一个很真诚的朋友，知道今生几乎不大可能再见面，从机场回来的路上，忍不住看着路两边的沙漠黯然落泪。

以前看过一则寓意颇丰的故事，说人生就是一辆向前开的列车，这辆列车的终点是死亡，我们坐在上面，不停有人上车、下车，我们身边的位子上有坐下的，也有离开的，唯一的区别是，有人陪我们坐的时间长一点，有人坐的短一点。我们期待那些有默契的人坐在我们身边的时间能久一点，不希望他们离开，然而他们终究还是要离开。来就是为了往，相遇就是为了分别。我们喜欢人来，因为我们希望身边有温暖；我们害怕人走，因为我们知道走后必然是孤寂。我们害怕相聚，是因为害怕习惯了温暖之后而不得不承受离开的寒冷。

接，是接受到温暖；送，是必将独自承受寒冷。要是能让我作一个选择，我愿意：不接，不送！

只是怀念

住的地方离商业区比较远，周末如果不是特地和同事约好，就没什么地方可去，所以大多数时候都是一个人在宿舍呆着。一个人呆着也有消磨时间的办法，比如周五晚上故意睡得晚一些，这样周六就可以起得晚一点，中午时才起来做饭，下午去游泳，游完了再沿着小区的环形小路散步。上上周散步的时候，突然遇到一个手上握着两个健身球的老大爷，精神矍铄。他把我拦下来，先用葡语问我是日本人还是中国人，我葡语只能听懂这个，就回答他是中国人，接下来的葡语就应付不了了。他就用英文问我到巴西多久了，做什么工作的，我一五一十地回答他。后来他突然摆明重点，说要我一天说20个葡文单词，我笑着点头答应了。然后他开始现场教我葡文，比如绿色、黄色怎么说，我鹦鹉学舌地跟着他重复。

上周末我到小超市买菜的时候，又碰到这位老大爷。结果他一看到我，就像抓到学生一样，再次跟我重复，一天学习20个葡文单词非常重要，接着又指着他的衣服，现场教我绿色、黄色怎么说，我满头大汗，天可怜见，到现在我也没记清那两个单词的发音。

之前我办公室的楼下，还有一个卖椰子的大爷。自从去年6月份来到这里，我就很喜欢在他那里买椰子汁喝，早上买一瓶带到办公室，中午在食堂吃完饭回来，在楼下坐一会儿，同时让他给我砍一个椰子喝。后来就形成规律了，每当这个老大爷看到我的时候，就把我需要的椰子准备好了。去年6月到9月，是我最头痛的时候，工作压力大，上无支持，下无支撑，整个人整天绷着脸，只有中午在卖椰子的大爷那里喝椰子的时候，才感觉到一点真实和自然。他总是很安静地把椰子切开，然后拿出吸管给我，有时候也会用大拇指做一个好不好的姿势，问候我一下。一般在老大爷那里买椰子的时候都只喝汁，后来一次我在海边看到有人喝汁还吃肉，就突发奇想，跟老大爷比划，能否把椰子整个切开让我尝尝椰肉。老大爷明白后，就给我切开那个椰子，结果居然没有肉，我只好走开。等我散步一圈回来后，老大爷忽然拉住我，原来他给我另外开了两个椰子，专门等我回来吃椰肉。

这两位异国他乡的陌生老大爷，让我在见惯利益交换之后，从心里感觉温情满满的。

之前最为感动的是在伊拉克。2008年4月1日晚上，我刚从土耳其抵达伊拉克的苏莱曼尼亚，因为飞机和行李分离，当晚我只好去当地的一个超市买些洗漱的东西。刚进门，突然一个老大爷朝我走来，握住我的手，我很惊奇。他左手握着我的手，右手抬起来指着我西装手臂上一块明显的灰尘，然后用手轻轻地帮我拍去了身上的灰尘，笑着走了。

在伊拉克感动的事情还很多。比如我楼下有一个卖小饼的店，店主人有两个六七岁的小朋友。每次看到我经过他们饼店的时候，大老远就喊Mr. Zhang，然后抓着我的手拉到他们家，非要从滚烫的饼中挑两个最好的塞给我，我好几次给他们钱，他们都不要。

最近叙利亚也不太平。在叙利亚的时候，我很喜欢叙利亚人。2008年底，我去叙利亚出差，周末和同事坐大巴车去一个叫Turtos的岛旅行，回来时由于计划不当，当天下午到中途城市去坐车时，已经没有大巴车了。那个中途城市是个小地方，酒店都要提前预订，像我们这样的外国人，一般小店也不敢接收，无奈之下，我们三人商议包一辆出租车回大马士革。我们找到的是一个30多岁不会说英语的司机，他听懂大马士革了，也理解了多少钱，我们就上路了。一路上车子开得飞快，开了一个多小时，那个司机突然下车去检查轮胎，等他上来后，我们隐约听他解释道，可能轮胎有问题，但他会帮我们想办法。车继续往前开，我们才知道他把我们送到了另外一个小城市，而在这之前，他已经打了一圈电话，询问他的朋友哪里有到大马士革的大巴车，并且让朋友一定要把车拦下。他怕我们担心，还让一个朋友找了另外一个会讲英语的人在那个汽车站等着。等我们到达那个车站时，他朋友居然真的拦住了一辆大巴，然后给我们解释了所有缘由。我们很感动，问他多少钱，他很害羞，居然说不要钱！我跟另外两个同事商量了一下，决定给他一半的车钱。当我把钱递给他的时候，他很不好意思，嘴里不停地用阿拉伯语讲着"感谢"之类的话，然后去帮我们搬行李，并且跟大巴车司机交代了许多。当时已经是晚上，我比划着跟他讲，我们要去买点热的食物，他明白后就带着我去了一个车站的糕点店，我买了四份食物，自然给这位司机也买了一份。当我把那份食物递给他的时候，他脸上那种真诚的感激之情实在让我动容。虽然他一句英语都不懂，我也不知道他的名字，而且这一生有可能再也不会再见，但他热心负责的态度让我的心一直暖暖的。

这是我旅行中遇到的一些人。也许我永远没办法记住他们的名字，而且好多人随着我脚步的延伸也不会再见，但这些最普通不过的人，却给了我最深沉的温暖，让我这个行走的人在路上，心不会一直都是凉的。他们的温暖让我更有勇气往前走。

今天的圣保罗有点冷风，天空也是萧索的，下午还有一点小雨。但想起这些人，便是晴天，衷心祝福这些温暖的人现世安好、来世幸福！

我的味道记忆

　　过了 30 岁，我才知道我最大的爱好居然是吃，而且因为喜欢吃而有了另一个爱好——做菜。之前并没觉得自己这么爱吃，直到自己为了做点好吃的，可以从中午到晚上一直在厨房洗洗切切，才明白了问题所在，原来这就叫兴趣。

　　按照心理学的经典方法分析，这是可以追溯到童年的。比如我小时候一直挑食，而在我们家乡，流传着"吃猪脑补脑，吃猪心补心，吃猪肺补肺"的说法。那个时候物资本来就不多，家里好不容易弄点好东西来给我吃，可我就是不吃。在吃饭时父母强行给弄到碗里，我就找机会下桌，跑到房间或外面偷偷扔掉，一旦被发现，就被逼当面吃下去。如是，开始了我的罢吃斗争史。

　　最狠的是，上小学时家里做猪肺，我坚决不吃。而家里为了逼我吃，连续两天做猪肺，逼我就范，我忍着连续两天不吃饭，最终家里没办法，就不逼我了。上高中时，父亲从深圳回来看我，特地带回来清蒸红枣猪心，对我好言相劝，说高考太辛苦，吃点补品补血。我当时顺从地吃下去了，结果吃了没多久就上吐下泻。自那之后，家里彻底放弃了劝我吃这些东西。我总想，像我这样对吃这么计较的人，在古代说不定会因为吃而引发战争。历史上因为吃引发战争的例子的确不少见，比如春秋时的郑灵公，不就因为臣子子公偷偷用手指头蘸王八汤喝，想杀他而最终反被他杀的吗？吃，不是一件随便的事。

　　这些年走过很多地方，有很多值得回忆的好吃食物。2006 年出国之前去宁夏银川，师妹接风，第一顿吃的是中宁土鸡，一大海碗鸡汤，里面是炖烂的中宁土鸡，还有一些豆腐皮之类的点缀品，那鲜味让我留恋至今。宁夏属于西北，饭菜的量也体现了西北人的豪爽，盛菜的碗那么大，怎么吃都吃不完，浪费了好多，很让人心疼。在银川，还有种食物让人印象深刻，无论是贺兰山还是黄河边，那些有名的旅游景点食品都很单一，全部是一种看似透明的面食——凉皮。白色的凉皮搁在碗里，加点黄瓜丝，撒上些辣椒油和香菜，当地人都吃得很香。我看着稀奇，但一直没有吃出味道来，可能跟西北的饮食习惯有关。

从银川回来，就开始了中东、北非的沙漠生活，最早是埃及。埃及让我记住的食物不多，不过我住所后面的小面包店倒令我印象深刻。那种小面包，一个埃及镑可以换 8 个，我每次最多只能吃 3 个，而且是一星期的饭量，那时总在感叹埃及人民生活真好，1.4 元人民币就可以吃 8 个面包，后来才知道那里的食物都是政府补贴的。因为补贴很多，所以蔬菜、水果价格很便宜。也曾让本地员工带着去一个很有名的餐厅吃过饭，有一种蒸鸽子，是在羊肚子里放一只鸡，鸡肚子里放一只鸽子，鸽子里再放一个蛋，先蒸半熟，再拿到大火上烤——应该是埃及的大菜，不过我并不习惯这种太油腻的食物。

之后去了阿尔及利亚，这个国家虽然同属伊斯兰国家，但因是法国的殖民地，所以有点欧洲的味道。阿尔及利亚当地人不是很在乎吃，街上餐厅很少。大多数餐厅进去之后，桌子中间都放着很多小块的长棍面包，随便人吃。菜要么是鸡肉，要么是一些豆子汤或米饭。同事带我去一个叫"骆驼餐厅"的地方吃饭，点了一盘骆驼肉，也是大菜，但我们实在吃不了多少，最后结账的时候，那个帅小伙同事很难过地说，我们只吃了一点点啊！

之后到摩洛哥，那里的同事很热心，第一天就带我去吃叫一种"大净"的摩洛哥餐。那种本地餐，需要一种类似中国盖碗的特殊陶器，把肉和当地一种特殊的糜子一起蒸，味道着实不错。摩洛哥餐也以肉加米饭、豆子汤为主，跟阿尔及利亚相差不大，北非的食物偏肉食和面包。同事自己也曾做过一次正宗的摩洛哥餐，喜欢里面多放奶酪，这应该也是北非的特点。

北非之后，就到了横跨亚非的土耳其。聪明的土耳其下属带着我每天变着花样吃，不过遗憾的是，在那里吃出了过敏。正宗的土耳其餐，羊肉与奶酪的搭配，味道非常好，可惜热量太高，身体受不了。中东闻名的土耳其咖啡自然也没错过。那里的咖啡很有意思，很小的一杯咖啡，旁边放一杯水，还有一小块点心。喝的时候先喝一小口咖啡，再喝一大口白水，再吃一块点心。土耳其还有一样东西让我印象深刻，他们每个办公室里都有一个很大的葫芦般的两截水壶，上下各有一个出水口。我住了一个月才搞明白，上面一截装的是开水，下面一截装的是红茶。喝的时候用当地一种特殊的玻璃杯，先接小半杯茶水，然后再倒满开水，最后放入很多砂糖，混在一起就成了中东红茶。可能那个地方太冷，我住了一个月，跟着喝了一个月的红茶，还把这习惯带到了伊拉克。

伊拉克北部比土耳其要热些，我在伊拉克也喝红茶，库尔德人吃糖比土耳其人更狠，一小杯茶，砂糖会过半，我喝了一个星期就感觉身体不对，总是出汗，而且手很油腻，也睡不着觉，于是只能喝白开水了。去伊拉克之前，一个同事跟我介绍，在北部的餐厅里不用点餐，反正就三样：烤巴巴、鸡肉和豆子汤——这三样是我现在离开伊拉克之后特别怀念的。烤巴巴是把羊肉剁成泥之后捏成一块块的，用铁钳串着放在炭火上烧，过一会儿油就"滋滋"地往外冒，吃起来特别香——不过这道菜有个很大的问题，就是好吃不好看。

在伊拉克，还有一道不能不提的菜，就是伊拉克烤鱼。那个时候我痴迷到什么程度？几乎每周都要去吃一顿。那鱼也不是很贵，一条也就20美元左右，我百吃不厌。最后吃到什么程度？我一说请吃饭，同事们都要补充一句，能不能不去吃烤鱼啊！伊拉克的烤鱼很有特色，很大的鲤鱼，先在池子里养着，等客人来的时候抓起来，先用棍子敲死，然后去鳞、去内脏。鱼洗好之后，放在火的旁边烤，而不是放在上面烤，烤一个小时候左右就可以上桌了。最关键的，随着鱼上桌的，还有一种当地的面饼，热热的面饼和鱼一起吃下去，温暖身心！鱼本身有些油腻，混上那种吸油的面饼，简直恰到好处；再洒上一点柠檬汁，就是极品美味了；最后再来一杯当地的红茶，整个冬天就不冷了。这烤鱼是我对伊拉克食物最温馨的回忆。除了烤鱼外，伊拉克还有一种用鹰嘴豆磨成的酱，本地名叫"赫摩斯"，刚开始吃不习惯，后来只要在本地餐厅吃饭，一定会吃上一盘。据说中东人对赫摩斯特别看重，以色列人和黎巴嫩人都在争这个鹰嘴豆的原产地，差点为这个东西打起来，由此可见因为吃而引发战争是完全有可能的。

中东另外一个神奇的国家是叙利亚。这个国家属于农业国家，所以自然资源很丰富。在那里我第一次看到把锅翻过来在锅外沿烤饼的做法。最神奇的是，我的本地 HR 是个基督徒，待人极好，因为跟我投缘，每个晚上都带我到外面餐厅吃饭，居然吃了两个星期不重样，因为样样都好吃。别的食物我怎么没记住，却学会了吃一种东西——橄榄。那青青涩涩的东西，本地人习惯放在盐水里腌一下，餐前吃几颗对胃和心血管都很好，吃橄榄的习惯我一直带到了南美。

来巴西之前，看了一部电影叫《里约大冒险》，里面就有巴西烤肉的镜头。到了圣保罗之后，部门同事很客气，第二天就带着我去了那个有名的烤肉店。先是自己去挑沙拉，然后就有人举着一大块肉，拿着刀来到你面前来，问你要不要。第一次吃，口感极好，也区分不出是什么肉，只是送上来就吃。不过对于中国人来说，单纯地大块吃肉总是怪怪的。后来我专门去查了一下，原来巴西这种独特的烤肉方法，来源于南部草原牛仔。牛仔在草原上放牛时，地广人稀没有食堂，饿的时候就杀一只小牛，就地架上树枝烤着吃，后来发现牛的各个部位味道还不一样，可以细分到几十个部位，也就有了几十个等级，最好的当属于牛脖子上的那一块肉。总之，巴西烤肉是遵循草原饮食习惯而来的，跟我们农耕社会的饮食结构不大一样。

不过在巴西，也有多种饮食文化，总有一两种跟中国人的比较接近。去年11月份，我在圣保罗附近搞培训，住的酒店里除了烤肉外，还提供了一种食物，我给它起了一个名字叫"鸡汤泡饭"。这种食物，是用比较硬的巴西米和鸡肉丝、胡萝卜丝一起煮的，最妙的是，胡萝卜丝还能看得到，很对我们中国人的胃口。后来我在里约办公室附近的一个餐厅里也找到了这道菜，于是当我压力大、胃口不好的时候，必定会去吃这道菜，很大的一碗汤泡饭，我居然能完全吃完。

在巴西，不得不说另外两种食品。一种是很有名的甘蔗酒，另一种是巴西前总统很爱吃的奴隶饭。我不知道甘蔗酒是不是甘蔗榨的，但那种酒是现成的，只要把酒倒在杯子里，然后加入鲜柠檬和冰块，再用一种捣药样的小杆子搅来搅去，就可以喝了。这酒价格便宜，制作简单，入口香甜，后劲十足，两三杯喝下去，过半个小时肯定头晕。奴隶饭的制作方法也很简单，据说当初黑人奴隶被贩到巴西后，没什么吃的，后来发挥才智，把主人不吃的边角料，像牛内脏、猪蹄等混在一起，加上巴西的黑豆、大米一起煮，最后煮成黑色，捞起来吃就是。我不习惯直接吃那种豆子，每次吃都觉得很胀。

巴西还有一种神奇的食物，被同事介绍为"巴西神药"，叫"阿萨伊"，据说有催情的作用。这是一种红黑色的浆状物，每次吃之前，要跟冰放在榨汁机里搅一阵子，然后浇上蜂蜜，喜欢的话，还可以加入各种坚果和水果切片，入口极冰并且有回甘。我一直都觉得太冰，总担心我的敏感肠胃会拉肚子，后来才知道，那东西本身富含极高的热量，非得加冰才能抗衡。最近我一直听同事的劝，吃那东西来增肥。巴西还有一种饮料叫"瓜娜拉"，据说是上天赐给印第安人的，我喝过几次，不是我所喜。

吃过那么多东西，印象最深刻的还是中国菜。好多时候，吃了很多本地东西，回到宿舍一会儿就饿了，非得再炒个饭、煮个面，心理上的饿才能消除。有时候，吃好东西真的不一定要吃鲍鱼、猴脑，简单的食材特殊的做法才有味道。记得小时候，隔壁婶婶家孩子多，而且条件也不好，可我偏偏最喜欢吃婶婶做的饭。她做的也是很简单的湖北蒸菜，像辣椒、豇豆、小鱼、小虾，加上腌菜就是一桌美味，跟着堂弟、堂妹一起吃得津津有味。尤其是冬天的时候，若是有点炉火，煮着萝卜和腌菜、辣椒，真是天底下最美的味道。

　　记忆中的味道还有外婆经常跟我讲的，说我一岁时，父母都在外工作，没空照顾我。外婆就用一个锡壶装一点米饭，再装满水密封起来，放在柴火里煨，等煨到成糊状时，拿出来热热地喂给我吃。外婆说，小时候我最喜欢吃那个，而且说我就是那米糊糊喂大的。被外婆说得次数多了，好像潜意识里还真有那种糊糊的味道。有一次跟外婆开玩笑，让她再做一次给我吃，外婆笑着说，那种简单的东西现在怎么能吃？说完就去给我做腊肉蒸鱼了。我想了想，现在也没有那时的那种柴火锡壶了，外婆年龄也大了，不好再去麻烦她，只好让那味道在想象中回味。

　　这个世界上好吃的东西有好多，但是能留下来的，肯定不是那最奢华的！

谈死亡

　　从出生开始，所有人最后的终点都是死亡，然而我们却总是在想怎么生的问题，很少人愿意去想怎么死的问题。最近身体不是太好，恰恰又听到同事跟我讲了许多有关死亡的事，于是免不了想到这个问题。

　　上周正在办公室跟感冒作斗争的时候，一个同事来找我帮忙办签证，一个证明，随手就签了，签完多说了一句，把父母带过来看看挺好的。谁知同事缓缓地说，父亲年龄大了，而且得了癌症，在确知自己得了癌症后，父亲拒绝了无谓的化疗折磨，要选择有尊严地离去。于是作为子女，想到巴西的环境比较好，就想接从没有出过国的父母来转转。同事是经历了许多生死的人，对生命有着通达的理解，淡淡然地跟我讲起，让我不禁感慨万千。对于生命，我们哪能做到这般通达？可问题是，随着年龄的增长，这种亲人的离去会不得不去考虑，不得不去经历。生老病死爱别离本是不可避免的常态，只是在年龄小的时候，我们总是选择性地去遗忘，或者因为有父母来帮我们去承担这份分离而不去想它。

　　中国人怕谈死亡，而且自小就害怕。小的时候，父母从来不让我见棺材，那时邻里有人死亡，有出殡之类的大礼，父母都不让我这样的小孩靠近，更别说坟场、墓地之类了。我自小到大只杀过蚂蚁昆虫，家里连鸡都不让我碰，因为家人笃信，死亡是不好的、不吉利的，不应该让我知道和承受。可是死亡，又怎么可能逃避呢？最直观的是哪个亲人不见了，以后只能每年过春节的时候，在家乡的坟地里对着土堆来凭吊。那时我的感观是，人一死，就什么都没了，再也不见了。另外，隐隐约约，我总是觉得死的那个人肯定是很痛苦的，要不然为什么那么多人都那么害怕死亡呢？还有，死亡肯定是件很不好的事情，因为人死后，亲人哭，很多人也在哭。我6岁左右的时候，有一年清明，陪着父亲在家乡的祖坟山上给亲人上坟，听到另外一座山上有人在哭，是个中年妇人，大致是哭诉死去的亲人，说他死了留下她该怎么活。父亲只说那人已经死了很久，我站在那里，心里很悲戚，觉得这个女的好可怜，因为我听她哭了好久好久。

各个宗教都有对死亡的认知和态度，穆斯林对死亡的态度最让我惊奇，也让我思索不已。2010 年，我所在的地方，一个中国人不幸从电梯上摔下去，经紧急抢救后通过飞机运到约旦高等医院 ICU 急救，与此同时，通知其在国内的家属让其紧急到约旦探视。然而不幸的是，伤势实在过重，那名中国人很快就变成了植物人状态，医院通过各种方式治疗，也只是延缓了一下，再过几天就是脑死亡。按照约旦的法律，脑死亡就是死亡，约旦医院准备下死亡鉴定，但是按照中国法律，心脏死亡才算死亡，于是那维持心脏跳动的机器又运转了好几天才最终停止。为什么让机器继续运转呢？因为死者的家属仍然相信奇迹会发生，觉得他还有可能复活。

死者的老家也是湖北，约旦的家属，是他的父亲和舅舅。那些天我一方面陪着他的家属，一边在医院 ICU 病房外守着机器，看那血压心跳的度数，同时作为懂英语的人员，跟医院的医生联系交流，还要满足死者在国内的家属通过电话打来的各种奇怪要求。约旦医院的医生也许是见惯了生死，很快就通知我们说已经没有希望，可是病人的家属是无论如何不相信自家孩子已经死亡，那老父亲带着中国的阴阳小本，在没人的地方烧一些奇怪的东西。还有一个国内的家属通过越洋电话让我回他家孩子之前出事的地方，用他家孩子的衣服绕出事的地方三周，然后把衣服带到医院，总之无论如何不相信死亡，一定要救活。再后来，发觉已经脑死亡，就要包机回中国，哪怕一口气，说是也要让国内的亲人再看一眼，说可以写下保证书，如半路上发生意外，不要任何人负责。最终发觉这一切都无法改变孩子死亡的事实时，这两位家属在医院里号啕大哭，痛不欲生，那种痛苦让我这个陪伴人都无法忍受。

那是一家大型高科技医院，在当地是中东各国病人求治的地方，但是生命无常，并不是所有人的疾病都能得到治疗，也经常有人不治而去，却很少见人号啕大哭躺地打滚的。当这天这个父亲因为想到自己儿子在病房大哭时，突然出现了两个戴头巾的阿拉伯女子，她们过来询问发生什么事了，我用英语说这位父亲失去了儿子，她们赶忙过来安慰，说安拉会保佑的，如果这位父亲需要什么帮助，她们愿意帮忙，不要太过于悲伤。这位父亲根本听不进去，天天在病房里哭，后来在医院的过道里哭。终于有一天，一直陪着我的一个本地人忍不住问我：Mr.Zhang, 他为什么这么悲伤呢，他儿子已经死了，为什么不赶紧火化，让他儿子到主那里去？我说他儿子心脏还在跳动，那本地人补充道，脑已经死亡，还用机器维持心脏跳动有什么意义？这样只会让这人的灵魂更痛苦，更无法到主那里去。我只能说，中国人可能想法不一样。

最终这个中国人的心脏还是停止跳动了，中国父亲要为他办最后一程。当医院将其拉到停尸间的时候，我们中国人进去看，我们还是感觉有些恐惧，甚至孩子的舅舅都不愿意去看。他的父亲在烧中国特有的阴间纸钱，并交代我要给约旦医生小费。当天晚上，这位父亲要求我带他去当地的市场，要给他的儿子买一套穿着上路的衣服，整整一套。第二天当我们去停尸间的时候，当地人觉得莫名其妙，因为穆斯林死后是洗干净后用白布包着的，而这位中国父亲让我买了一套西装领带，还有皮鞋，最独特的是按照湖北风俗要穿七条裤子。当地的约旦工人在专门的房间里清洗遗体，尊重我们外国人的习俗，清洗好以后让我们进去给他穿衣服。本来我不是直系亲属，不用进去，但过了一会儿，他舅舅出来，非要我进去，他说就算是他的亲外甥，他也害怕，于是我就跟着进去，帮忙给这个孩子穿最后一套衣服。

这是我直面死亡的一次。从这孩子重伤，到变成植物人，再变成脑死亡，最终心脏死亡，人的生命从有到无，我全程见证。或许他的亲人感受更加深刻，他父亲一次次地复述这个儿子的能干和以前的调皮，对于死亡，这个父亲是无比抗拒和痛苦。而对于那个有自己子女的舅舅来说，这个外甥的死亡是恐惧的。对于本地穆斯林员工来讲，死亡是一种新的开始，不应该那么悲伤，应该顺从主的安排，让这个灵魂得到安息。

我没有研究过穆斯林对待死亡的态度，只是从约旦回到伊拉克一周，接到消息，我们一个本地员工开车带着太太去一个叫卡尔巴拉什叶派的穆斯林圣城朝圣时，回来的路上与另一辆车相撞，员工当场死亡。那个员工之前来过我所在的小城，还跟我一起喝过咖啡，我想起他的音容时，不免难过，而他的家人却没有我想的那么悲伤。之后我去慰问他同在我公司的姐夫时，他姐夫只是说这是安拉的安排。

在处理这些事情的时候，也曾遇到一个国内著名医院的医生，免不了跟他探讨起国内人对待这种重伤或不治之症的态度。医生见惯了生死，说国内每年花在这些必定死亡的人身上的钱是个天文数字，通常都是家属要求医生用最好的药、最好的医生，不惜一切代价来救治。有些普通家庭最终卖房、卖地、倾家荡产，有些所谓孝顺的人，甚至去犯罪来筹钱救治这些必死的人，归根结底是中国人抗拒死亡。

我曾经也问过天主教徒的巴西本地员工，她们怎样看待死亡。她们说，虽然她们知道《圣经》中有讲天堂，有末日审判，但她们也像中国人一样，相信人死了就什么都没了，所以在世的时候要及时享乐，不能考虑太长远。这可能是现实教给人的一种思维，毕竟谁都没见过天堂，也没见人从那地方回来过，倒是经常见到谁遭遇车祸撞车。以前有一个远房表叔，大概 40 多岁的时候脑溢血去世，我小舅舅参加他的葬礼回来后，感慨地说，以后要有好吃的多吃点，好玩的多玩点，要不然像大表叔一样该多惨，年纪轻轻就去世了。

这些现实中的死亡，让人不免对怎么生活产生了各种想法。怎么死是不可预测的，反正总是要死，那么在死之前，人能选择什么样的生活呢？按照儒家的说法是要有"义"，甚至有时候要"舍生取义"，"义"可以解释为意义，也可以是道义。为意义而活的人大多成了哲学家，为道义而活的人不是圣贤就是革命烈士。好像所有的宗教都不鼓励自杀，但又有为了圣战而献身的说法，并说这样的人可以进入天堂，按照我国的说法是永垂不朽。为了圣战也好，为了道义和意义也好，反正这些人是坦然面对生命的终结和死亡，他们因为信仰，可以超脱普通人的生死。但是更多没有信仰的普通人，他们该有怎样的一种生死观呢？

不知何谓死，就很难知生！我觉得我们传统中的十殿阎王、牛头马面其实应该回到中国人的信仰中来，或许那样我们会活得更从容些！

理解不了

　　话说昨晚在网上乱翻的时候，翻到一则新闻。天津一个小伙子，跟女朋友谈恋爱谈了一年多，准备结婚了，结果被丈母娘要求有婚房才能结婚。这小子回去找父母要婚房，但父母都是普通人，七凑八凑弄了 30 万，又借了 30 万，好像凑够了一个房子的首付。房子问题解决了，女方妈妈又要求彩礼 20 万，还说别人家里都有，她女儿不能亏了，男方父母这点彩礼都拿不出来，要么是没诚意，要么是没用。小伙子就跑回家跟父母学舌，也说父母没用。做父母的没办法，到处借也只借到了 6 万，跟儿子商量能否先给 6 万，后来的再补上？这事到了对方丈母娘那里，就又变成了男方父母没用。女方接着闹不结婚，男孩回来继续逼父母，自己想去买彩票一夜暴富。母亲逼得实在没办法，反过来求儿子，跟儿子道歉，说这样逼自己是会逼死人的。那儿子居然真说父母没用还不如去死，结果那个母亲真的跳楼死了。

　　今天趁着中午吃饭时，跟我的本地员工讲起这个事，然后就开始了我的舌战群雄时间。我的本地小姑娘说："Mr. Zhang，为什么这个母亲要跳楼呢？"我说："她拿不出给儿媳妇家的彩礼钱。""那为什么要给女方家里彩礼钱呢？"我只好说，这是中国的传统。几个人用葡语嘀咕了半天，又接着问，那男的为什么自己不去挣钱呢？我想了半天，只好说，可能那男的不大会挣钱，要靠父母。后面又被追问道，既然男的现在没有这个经济条件，为什么要急着结婚呢？我实在不知道该怎么解释，就说这是中国的传统，到了一定年龄就要结婚的。为了避免被问到发脾气，我准备反过来问他们。

我问："在巴西，难道男女双方结婚不用准备婚房吗？谁来准备？"小姑娘笑着说："一般来说都是女方准备婚房，婚礼是由女方家长赞助的。"我再问："如果女方家里提供不了婚房呢？"另外几个小实习生很自然地说："提供不了就租房好了，这有什么奇怪的。"想了想，我接着问了一个痛心疾首的问题："那巴西的父母从什么时候会开始逼着子女结婚呢？"那一帮人目瞪口呆地问："父母还要逼着子女结婚？"我结结巴巴地问："你们大学毕业工作了，年龄大了，父母不逼着你们结婚生孩子吗？"几个人在那里激烈地用葡文开始争论，我的大脑也在开始飞快地运转。最后，一口齿伶俐的小姑娘来跟我辩论："为什么父母要逼着子女结婚？中国人到底是父母需要子女结婚？还是子女需要结婚？"我努力地想了想，然后答道："父母是为了子女好，所以要让子女早点结婚，所以会出现父母帮不了自己的儿子结婚而跳楼的事情发生。"最后另外一位大叔总结陈词："结婚就是好的吗？"

我实在辩不过，刚好有电话进来，非常感谢这个电话让我从艰难的辩论中脱身。打完电话，再回想这个辩论，差点不敢进办公室了，好在本地下属没有穷追不舍。不过那大叔的话的确刺激人：结婚就是好的吗？我没有结过婚，只是看别人结过，有好的有坏的。我其实很想听听这个大叔跟中国的父母辩论，为什么要催着、逼着结婚？甚至可以为儿子结婚而跳楼？我表面上理解了这个问题，实际上根本没有理解。

身边的女同事大龄还没结婚的越来越多。其中一个女同事给我讲了她的笑话，说隔了几天没打电话，就遭到她母亲的投诉，打电话过去后，母亲又开始抱怨，抱怨为什么不赶快找人结婚。按照弗洛伊德的理论，这位同事忘记给母亲打电话，实际上是她潜意识里不想打电话，不想打电话是因为打电话会听到抱怨。这位妈妈是很典型的中国母亲，每次打电话，一定会跟她讲，那个谁谁不错，要不要见一下？单位里有没有特别好的单身男同事？要不要一起出去吃个饭？这还不算什么，最神奇的是，这个同事每次回国，几乎天天不落地被预约好去相亲。最厉害的是，这个女同事读书多年，很多同学已经久未联系，这个当妈的居然通过各种手段，把那些多年未见面的男同学都找出来并联系了一遍。

我给同事支招，让她随便找个男同事的照片发回去哄哄，过一阵子说公婆要跟儿子儿媳一起同住，婆婆厉害，要求三从四德，所以又分手了。同事摇头，说这招不灵，若是相片寄回去，后果更严重，会立即进入户口核查和日常行为汇报阶段。要是说分手了，又要进入案例总结阶段和思想教育阶段。接着同事再补充道，每次回国就是一场灾难，父母唯恐自己的说服力不足，会多次组织七大姑八大姨开家庭会议，一方面从思想上对女同事进行传统思想教育，让其端正思想，接受女大当嫁的观念；另一方面从周边同龄人有娃的例子上告知其已严重落后，让父母操心并且让父母没有面子。另外再实际行动给予强烈支持，频繁发动社会关系网，搜寻合适单身男性安排见面、吃饭、聊天。

对这事，我除了同情也很无奈，只能抱以深刻理解。我的遭遇也好不了多少，虽然我是男性，家人对我结婚生孩子的渴望也明显超过了一切，并且也压得我烦躁不堪。每次回国休假，其实是想陪陪家里人，吃吃家里的饭菜，在家住些天，结果每次都要为这事火大。通常的流程是这样的，我回老家之前，跟家里人打电话说要回国休假，母亲就很聪明地说，要提前回老家，准备打扫卫生买新家具。我说不用的，我就住两周，母亲说不买新家具的话，女朋友来家不好看。我开始为这种聪明起火，强忍着说我一个人回来住几天，然后母亲故意表示惊讶，说怎么还不带女朋友回家结婚。我转移话题说别的，母亲会把话题拉回来，说什么大表弟生孩子了，二表弟也快当爸了，三表妹比我小 7 岁也快结婚了。

等我回国到老家后，开始进入思想教育阶段。长期的斗争中，母亲开始知道不能直接跟我说这事，就开始让我的姑父、姨妈、舅舅来轮番教育，比如我母亲一个人在家，就指望着我结婚生子啦；别人家的子女像我这个年龄的，孩子都上小学啦；表弟表妹都结婚生孩子啦；母亲趁着年龄还不算太大，可以帮我带小孩啦；还有母亲给别人家送了很多礼钱，我到现在还不结婚生孩子，那些礼钱要不回来啦……核心思想是三十多岁的人为什么不结婚，到最后，成功地跟我灌输了一种情绪：三十多岁的老男人不结婚是种罪恶。

　　每次说到最后，我的反感就越来越强烈。我就不明白了，为什么我三十多岁不结婚就是一种不可饶恕的罪恶？这三年里，第一年我回老家，给各家大送礼品，各家亲戚不好多说什么结婚生孩子的事；第二年，我提前筹划好了，回去就动手术治鼻子，躲过了一劫；终于到去年，躲不过去了。我从伊拉克回国调到巴西，回老家两周。到的第一天，在武汉就被姨夫担心了一把，说这么大年龄还不结婚生孩子可怎么办呢？回到老家，当晚七十多岁的爷爷突然神神秘秘地跑到我面前，说要跟我说说话。他说他今年七十三了，"古人说七十三、八十四，阎王不找自己去"，他现在就指望在百年之前能看一眼我的孩子，也就是他的第四代孙子。我忍不住说堂妹们不是已经生了孩子吗，他摇头说那不一样，是别人家的，不是我们张家的。到了第二天去外婆家，外婆做饭的时候，厨房就我一人，外婆苦口婆心地讲，让我早点结婚生孩子，她现在还好，还可以帮我带小孩，到时生下来了，小孩归她带，我要到哪里去闯就去哪里，保证不让我操心。等到第三天，晚上吃完饭，我端了一个椅子坐在门口，过一会儿伯父突然也搬了一个椅子坐在我旁边，他刚点完烟就接着问，你明年过年的时候把婚礼办了吧，你看初七怎么样？日子查过了是黄道吉日。当时我暴怒不已，甩脸就走。

　　反复想了很多次，后来总算明白，家里人的诉求是我举行婚礼昭告天下，我们张家小字辈的男丁终于成家了，此为其一。最重要的是，我赶快结婚然后生个孩子（男孩最好），我们张家有后了。至于我找到的是不是好人，或者跟这个女朋友能否相处好，将来在哪里安家，这些完全不在他们考虑范围之内。按母亲的话说，我那些没怎么读书的同学都能找到好媳妇生娃，我读了那么多书怎么就找不到媳妇愿意给我生个儿子呢？他们那时候生活那么穷，两个人都能过，现在我工作也有，工资收入也过得去，怎么就是不结婚生孩子呢？

每次想到这事我都痛苦不堪。这些年，我在工作中碰到了形形色色的人，或涉及利益，或冲突于欲望和身份，我处理得也算游刃有余。再艰难的事，不说闲庭信步，总不会这样焦躁不堪。因为这件事，我根本理解不了，也沟通不了，更别说去解决。要解决，除非我不管三七二十一，找个女朋友，花十八块钱领个证——领个证还不够，还得在我湖北老家，按照蕲春风俗，摆上二十桌酒席，昭告天下，然后迅速进入下一步生孩子的工作，一年内赶快把孩子给生了。大概没有男孩子，媳妇将来的日子也不好过，最好还得给张家生个男丁。

这样推导下来，就明白了自己为这事暴怒的原因。他们让我结婚的核心目的，是为了生孩子，结婚的直接推动力是家人的需要。至于我和媳妇，都不是主角，我们高不高兴不重要，舒不舒服不被考虑。如果我明白结婚是因为家人需要，你叫我这认知怎么拗得过来？又怎么会不反感、不抵触？

为什么都现在这个年代了，我们对自己的生活、自己的婚姻还是做不了主？自己的婚姻反而成了父母和亲戚的需要？的确，跟自己相爱的人一起过日子当然好，我也非常喜欢小孩。可是被逼着去相亲、去租男友女友，直至撒谎欺骗，我们的父母辈就这么不能等吗？就不能让我们自己水到渠成地安排自己的生活？

上次同事父母来巴西，也是湖北人，年龄比我父辈还大一些，很慈祥，忍不住就谈到了婚嫁和彩礼之类的问题。两位老人很热心，给我普及了一课，说做父母的要尽自己的责任，帮自己的孩子结婚生孩子，这样才算是尽到做父母的责任。他们特别提到，男方父母要出钱给自己的儿子操办婚礼，同时要给女方家里彩礼钱，女方家里要准备嫁妆。至于彩礼多少，视男方家里条件而定，男方家里给得多，女方家里嫁妆就多，女方家里嫁妆给少了，到男方家里要吃苦头的……同事忍不住在旁边问，你不是研究文化的吗，怎么这个都不知道？

我的确知道一些习俗和传统，只是我理解不了。就像我母亲和舅舅常说的一样，说我读书读傻了，这么简单的道理怎么就理解不了。我也不知道为什么就我理解不了，而别人都理解了。当初上大学时，老师没给我讲清楚，现在我也跟巴西下属讲不清楚，而他们给我讲的巴西习俗，更让我对中国的这种习俗——理解不了。

萨尔瓦多的伤

临时决定去这个叫萨尔瓦多的城市转转。

临行前同事把旅行攻略给我看，看到精确到几点、到哪个餐厅吃椰奶饭的攻略，我实在没了兴致。旅行，还是随遇而安、随性而至为好，走到哪里算哪里，不用着急，慢慢来。

到萨尔瓦多的第一天在下雨。酒店在城外，驱车很远才到，坐在车上，小黑导游朝我温和地笑，窘窘地告诉我她不会英语。我朝两边的城市街道望去，居然看到跟家乡一样的竹子。越走，越觉得萨尔多瓦像我的老家湖北。公路两边都是不高的小山丘，山上都是茂密的树，不是山丘的地方，都长着高高的、能把公路挡得严严实实的树——只是这个季节在老家已经是秋天了，比这里更寒冷、萧索。

到酒店的第二天还是有雨，询问酒店的导游，导游告诉我最近萨尔瓦多雨水较多，去城里逛不是个好选择。但想想第三天要返回，还是决定去城里看看。第二天起来时没赶上定点的大巴，就找了一个带司机的车，与另外一个人拼车到城里。

一路上，两边的房子大多是两层的，少见高楼大厦。经过长长的海滩，一直到了城里，仍是这种平房，真是出乎我的意料。这可是巴西的第三大城市，也是很长一段时间之内巴西的首都（编者按：1763 年之前，萨尔瓦多是巴西的第一个首都），居然没有太多的高楼。不过这样也好，里约热内卢的高楼并不见得比这个二层小楼舒服。

司机是一个当地的小黑哥，总是憨憨地笑。他把我们带到了一个类似标志性建筑的地方，临海而建，上面有一个很高的圆柱，我走进去马上就明白了，这是一个指点海上晚上行船的灯塔，跟埃及亚历山大港的灯塔几乎一模一样。这曾经是南美洲最大的灯塔，毁于战火，后来又进行了重建，到今天还能用。灯塔旁边是一些历史文物建筑，细看居然有几个中国的瓷碗，虽然是最普通不过的瓷碗，但想想这可能是葡萄牙人从遥远的东方澳门，经过太平洋、印度洋、大西洋运到这里的，也有可能是从明代或清代就运到这里的，也就理解了，这再普通不过的中国瓷碗，确实值得在这里供人观瞻。灯塔很高，要爬很多级旋转楼梯才能到顶。顶上风很大，远处的大洋上碧蓝幽深，不见行船开来，那梦想中从亚特兰蒂斯驶来接人的宝船还未到来。

　　灯塔里外，好多小黑哥和老黑哥，还有黑珍珠一样的姑娘，这个城市似乎是黑人占主导的，当年这些人的祖先应该也是在这座灯塔的照明灯指引下，从遥远的非洲大陆来到南美大陆的，他们可曾为这座灯塔欢呼？除了这些黑人外，还有那些从葡萄牙来到这里扎根的白人殖民者，是他们建立了灯塔，以后的葡萄牙人、荷兰人到来这里时，他们可曾为在海上看到这个灯塔的光亮而欢呼？

　　很早之前，我就听说过这个故事。哥伦布带着一帮水手从葡萄牙出发，异想天开地横渡大西洋，想从西往东找到印度，来证明他"地球是圆的"的伟大猜想。结果船在海上开了三个月，仍看不见陆地，水手们心中焦虑，要求返航，哥伦布不同意，水手们就准备造反罢工，更有极端的准备把哥伦布同学给干掉。不得已，哥伦布只好妥协说，再航行一个月，看不到陆地就返航。为了让这些手下老实并拖延时间，哥伦布同学每天还偷偷修改航海日志，将航行的旅程数少记一些。结果在水手们第二次要崩溃时，天边出现了一个小岛，新的大陆出现在眼前。哥伦布逃过了生死一劫，于是称这个小岛为"萨尔瓦多"，意思为"救世主"。

我不知道救了哥伦布一命的那个小岛是哪个小岛，萨尔瓦多的海边小岛并不多。在塞内加尔的时候，见过一个离岸不远的小岛，岛上有一圈碉堡式的圆房子，是关押黑人奴隶的小监狱。萨尔瓦多的小岛上有什么呢？哥伦布的救世主，可曾是从非洲背井离乡的黑人的救世主？

在这个城市，有几个很有名的教堂，黑人司机带我们去了其中一个。看着那满墙满壁的黄金，还有悲戚的基督像，我有些晕眩，又有些激动。这样庄重而又圣洁的地方，不由得让人想向主诉说隐藏在心底最虔诚的愿望。相爱的人应该来到这里，透过从哥特式高耸的天窗落下的阳光，在主面前许一个长相厮守的诺言，接受主的祝福。

无意中走过教堂的侧角，发现地上铺着很多刻有名字的石头，细看之下，原来是一些家族的墓碑。不管这墓碑下是否真的有葬身异国他乡的葡萄牙亡灵，我还是为他们难过。人死了不能回故乡，不能葬在自己出生和长大的地方，跟父母祖宗相伴，不能遥望家族后代的幸福，该是多么悲戚和孤独的痛苦！

他乡再好，可曾是故乡？背井离乡的人是为了什么？哥伦布是来证明地球是圆的，资助他的西班牙伊萨贝拉女王拿出私产是为了找到黄金和香料，那些水手是想拿工资和年终奖，后来的人是为了什么呢？那些黑人奴隶又是为了什么呢？

黑人司机用葡萄牙语讲着，我似懂非懂地朝他笑，心中却想到他的祖先，更想到把他的祖先带到这片土地来的葡萄牙人、荷兰人。这些葡萄牙人、荷兰人的故乡也不是这里，但是他们却从遥远的欧洲跑到这里来，做生意发财，有在这里娶妻生子的，也有老死葬在这里的，他们到底是为了什么来到这里，又得到了什么呢？

大人物得到权势和财富，小人物得到的，只能是一点生活。或许欧洲当年年景不好，不知那些在这里长久安居下来的人，可曾习惯？十月份我去伊瓜苏拿签证，一对中国夫妻过来托同事帮忙给他们在堪培纳斯工作的女儿带一点东西，我们住在酒店里，他们亲自开车把东西送到酒店，然后找到我们同事。当然，他们还给帮忙的同事送了一堆东西。我们同事是刚毕业的小姑娘，并不是很懂人情世故，那对老夫妻送了她礼物之后，她收下，然后说了声"谢谢"就上楼了，留下两位老人落寞地感谢着。我在旁边，强烈地感受到那对老夫妻是多么想跟中国人说说乡音啊！他们已经在这个巴西的边境城市开农场生活了很多年，女儿也长大离开他们去城里工作了，就算他们现在再有钱，可是有谁来他家串门？又有谁在大年夜里陪他们吃一顿饺子？有谁会在酒桌上陪他们划拳？又有谁可以陪他们打麻将？更为可悲的是，百年之后，他们能不能回到家乡的小山村跟父母做伴，他们的女儿还能不能理解中秋、端午？

　　我不怕异乡工作的艰苦和生活的艰难，却害怕在异乡听不到乡音，吃不到故乡的饭菜，更怕永久回不到故乡。再想那些当初从欧洲来这里的葡萄牙人，他们赚钱了，生活好了，可是在这个城市里，他们可以吃到什么好吃的吗？在那个既没有电话也没有网络，甚至写信都不方便的年代，是否能找到心爱的姑娘和美好的爱情？他们可曾有什么娱乐，他们又何以排遣那种思乡的病？

　　从萨尔瓦多回酒店的路上，两边的房子却没有什么灯火。我再一次想起了张继那个孤独的行人在姑苏城外写的那首《枫桥夜泊》，"江枫渔火对愁眠"，其实也是一种有家却无法到故乡的伤。

　　爱在哪里，故乡就在哪里，只是他乡很难有爱。

那个叫佩德罗的小城

里约附近有个小城，叫佩德罗波利斯。从我的住所到办公室要一个半小时，堵车的时候两个多小时，然而到这个小城只需一个小时。有心的同事和太太在网上找到这个小城，我跟着他们驱车同去。

车在山路中穿行。南美的天空总是晴朗丰富，加上四周的苍翠，显得生机勃勃，这是我第一次在巴西旅行，去一个据说是历史名城的地方。临行之前，同事的太太提醒我在网上搜索一下这个城市的历史，以便玩得尽兴，而我却忘记了。任何一次行走，我都想单纯地行走在路上，不需要太清晰的目标，这样才能看到路两边的风景，不至于行走得急匆匆。

一进小城，就看到有卖糖浆炸椰子块的，每次看到都忍不住要买。卖糖果的小贩不懂英语，憨憨地从我手上拿走硬币，还把零钱找给我，并不因为我是外国人而耍诈。

同事拿出打印好的图纸，按图索骥，而我只是跟着走。这个城市不大，用碎石铺成的路随处可见，汽车在上面驶过时，没有达达的清脆马蹄声，路上的行人并不多，只是那来来往往的车辆让人觉得有些突兀，虽然安静，却还是让人感觉到多得有些不合时宜。这样的青石路，如果偶尔一辆达达的马车经过，那紧闭的马车窗户翘起一角，官家小姐从中向外眺望，该是怎样的一种意境。

我们行走了一天，从教堂起，到山顶的圣母像结束。城中的每一个角落似乎都能看到哥特式的尖顶教堂，巴西的天空是明亮的，连这边的教堂也显得比其他地方的明亮空旷些，进去后并不会有很强的庄严和凝重感。在教堂宽宽的长椅上，我再一次睡着了，安详地入睡，因为那里太安静，同事太太忍不住笑着把我唤起。在里约的天梯大教堂，我也曾安若无人地睡着，连梦都是安详的。或许教堂本身就具备让人安睡的功效，所以那些名人和古代君王喜欢死后葬于教堂。我曾惊讶于为什么那些不可一世的英国国王，非得要求死后葬于威斯敏斯特教堂不可，以至于那个不大的教堂现在拥挤不堪。很多有名的君主，比如英国历史上声名显赫，并且老跟苏格兰国王威廉·华莱士作斗争的长脚爱德华，死后也得屈尊跟别的国王分享四平方米的空间，这简直让我这个外国人都看不过眼。在中国，别说秦皇汉武那样的雄伟大帝死后的陵墓独霸一方，就算升斗小民，恐怕都不止三四平方米的空间。西方人难道是生前太独立、太寂寞了，所以喜欢死后凑热闹？中国人可能是生前太紧密了，以致死后总想彻底地安静。在这个教堂里，也有一堆陵墓，回来后，我才知道，那是巴西帝国时期的佩德罗二世的陵墓，这个城市，也是因他而来。

这个佩德罗二世是巴西帝国的皇帝，在位时间很长，据说非常具有人文精神，掌握多门外语，开明有远见，维护国家利益，曾经发动过对阿根廷独裁政权的战争，也发动过对巴拉圭的战争。最主要的是他在位时，根据当时社会的情况，居然签署了废除奴隶的条约，结果一年后军队和政治势力发动政变，要求皇帝退位，对废除奴隶制不满的种植园主自然加入进来反对他。最可怜的是，那些被解放的绝大多数奴隶，并没有起来支持这位被尊为高尚者的皇帝，他被迫退位并被赶走，最终客死巴黎。直到20世纪，他才被巴西人民想起，从法国索要回遗体，葬于这个城市最大的教堂。

望着那大理石棺材，停放在教堂的一角，尔曹身与名俱灭，就是不能赢得生前身后名，即使被尊为高尚者又如何，即使死后受到后世的追崇又如何，那现世的快乐可曾有过？那鞠躬尽瘁的付出可曾被理解、被回报？民众永远都不会满足，普通百姓在乎的，只是现世个人的满足和快乐舒服的索取，没有人愿意牺牲和等待，这也是天理。

我曾经到过这个皇帝的宫殿，如今看来就是一栋两层楼的房子，考虑到皇室总要有点管家、佣人、士兵，这房子真不算什么，跟我们国家皇帝的宏伟宫殿、高墙大院比起来，心中实在忍不住有一点可怜他。管理这样一个国家，拥有这么多的财富和资源，皇帝的房子居然就这么一点空间，他是怎么招待客人，怎么接见外国大使或召集大会的？土地是不缺的，要找人建房子很难吗？我一间一间地看过去，想想这个皇帝，父亲早早离开巴西，5岁就登基，在权力斗争中活下来，直到最后亲政，该是怎样的惊心动魄？战争、经济发展、政治改革、社会管理都要操心，结果到晚年被赶下台，那些他一直服务的人都反对他，那些他给予恩惠的人都没有支持他。他一生就住在这样简陋的宫殿里，没有后宫佳丽三千，生了两个儿子、两个女儿，结果两个还早夭。皇帝就一定是幸福和快乐的吗？不一定，百姓就是善良和感恩的吗？也不一定。

皇宫不大，很快就能走完，里面现存的一点珠宝，除了皇冠和一些中国瓷器外，并没有什么稀奇，只是那个比一般房屋高的屋顶让这里更显空旷。走过宫殿，旁边是一些更小的两层小楼，毗邻皇宫排开，每一座小楼都有透光的栅栏，有些已经略显破败，有些还被改造来做一些小旅店，还有一间居然被改造成了打印店。看着那些紧闭的窗户，我在想，那些旧时门前的燕子可曾还在，是否已经飞入寻常百姓家？那些紧闭的窗户可曾有官家小姐在凭栏而读？

走过皇宫，走过庭院，同事拿出图纸，告知还有一个山上的小亭，可以俯瞰全城。于是我们操着不算熟练的葡语，一路前往。路越走越偏，人烟越走越稀，如果是一个人，我想我大概不会这样坚持去一个地方，不过有人陪伴，再远再偏的地方也敢于去。我们人生的行走也是这样，一个人走，或许走得快、走得自由，多个人走，却可以走得远、走得丰富一些，路上也不再那么孤单。

那亭子终于找到，找到后才发觉，亭子之所以特殊，是因为亭子中间有一尊圣母像，西方的圣母面容总显得悲戚，即使在巴西也不例外，中国的观音相貌则柔和慈祥很多。实在记不清这个亭子的由来，在这个山顶上看到了美丽的风景，有些美说得出，有些美却只能感受得到。在亭子旁边的小店，我坐在椅子上，拿起面包掰开，一点一点扔给店家的无知小狗，指挥着它们不要抢，要慢慢来，下午的阳光透过小店的屋角，有微风吹过……

利马

我见过终年不下雨的城市，中东多的是；我也见过不下雪、不刮风的城市，北非国家都这样；但我没见过看不到太阳的城市，更让我惊奇的是，不但看不到太阳，也看不到星星和月亮，这就是我现在所在的城市——秘鲁的利马。

原以为只有一两天看不到太阳，谈起的时候，这边的同事微微一笑说，都好几个月没看到太阳了。每天天亮的时候，只能看到一片像蛋壳一样灰白的天空，我忍不住一次次抬头仰望，总指望着那太阳睡得再晚也该起床，可惜太阳似乎喝醉了不愿意醒。从自然气候对人的影响来说，英国的漫漫长夜催生了磅礴文豪，丹麦的漫漫冬夜产生了一堆诺贝尔奖获得者，而同样一直看不到太阳的秘鲁人，却跟我去的另一个城市阿尔及尔像极了——那个位于地中海边的城市，在海水的凛冽中，总让人感到阴冷孤单。秘鲁的利马在太平洋边，也有湿冷的感觉，同样是穿得比较厚、长得胖胖的本地人在街上匆匆而过，我免不了想，这里的人是否会感到寒冷和孤单？

周六的时候打车直奔黄金博物馆而去，原本以为是个很大的博物馆，到了才知道是个私人博物馆，不知道是哪个富豪，钱多到把收藏的黄金制品搞成一个对外开放的博物馆太富有。进了门才知道，这里不仅收藏黄金，还有兵器。无数刀剑和老式的长枪，密密麻麻地挤在一起，仿佛进入了铁匠铺，让人有些压抑。我对这些东西实在提不起精神，恨不得马上转到黄金博物馆。

黄金博物馆在地下室，或许暗黄的灯光

下，看黄金才更有感觉。一进门迎面而来的，是一个很大的黄金脸谱，旁边写着西班牙文，看那呆头呆脑的粗糙样，也知道这脸谱的年代不会太近。仔细凑过去看，果然，是印加帝国时期的东西。诸如此类的黄金脸谱很多，都比较大，唯一有点特色的是鼻子上挂着一个环，这大概是当时贵族的审美取向。除了黄金脸谱之外，还有一些首饰和生活器具，比如项链、喝酒的酒杯、吃饭的碗。忽然想起 2000 年去北京故宫博物院和十三陵，也看到了很多黄金首饰，坦率地讲，从审美上看，我真不觉得印加人以及故宫的黄金制品，有什么特别心动的。若论美，还不如我在巴西 Histern 商店里看到的宝石更赏心悦目，别的不说，施华洛奇那些天然水晶，弄得亮闪闪的，比这些黄金精巧多了。

等到五点快下班的时候，里面的看守见没人，就主动跑过来，指点我在哪里照相，我看了看旁边挂的"不许照相"的牌子，对方摇摇手表示没关系，还很热情地指点我哪个地方照相不错。我真照了几张，对方要小费，我笑了笑就给了。出了院子，忽然想到，那些黄金制品，争来争去有什么意思呢？摆在家里也没多好看，碰到我这样审美取向的，肯定把脸谱找人融了，给我妈打一个 24K 的项链。这个收藏家是明智的，把收藏品拿出来，做成一个博物馆供人参观，可是他收藏这些东西对他来说又有什么意义呢？既不能天天拿着看，放在家里还怕强盗来抢，那些印加人的古物又不能随便卖钱，弄坏了还得担上损坏文物的罪名。甚至，办成博物馆还得请一大批人看守，还得安装防盗措施，又要多花费成本。参观大英博物馆的时候，看到那么多中国文物和其他国家的文物被展览，有一种很奇特的感觉。这些汉代的碑、唐代的三彩、宋明的字画，国人总觉得被别人抢去了，我们有责任要回来。但这次参观利马的黄金博物馆，感觉这些历史文物虽然产自秘鲁或中国，但流传到现在，它们已经属于全人类了，只要不被破坏就很好，放在哪里，其实没那么重要。

在大英博物馆参观时，看到那些文物被妥当保护在现代科技下，我当时想，英国要花多少人力、物力来保护我们的文物？被英政府保护的文物，又有多少免于在"文革"中被烧掉？我们总是愤青地说人家抢了我们的宝贝和文物，其实从另一角度来看，这些文物，只有在历史中才有意义，也只有在后世的追忆中才有价值，要不然就是普通的黄金、石头了。

说到黄金文物，不能不谈谈这个城市的历史。西班牙人当初四处烧杀抢掠，就是为了黄金，据说第一个带兵到秘鲁的西班牙人皮萨罗就是奔着黄金而来的。当年皮萨罗一行骑着马来到印加帝国的领土，由于他们从海上来，身材矮小的印加人没见过身材如此魁梧的人，惊为天人。吃惊之余，印加国王做了蠢事，居然晚上一个人溜出皇宫到西班牙人的营地去玩，结果被西班牙人抓住关起来了。印加人求西班牙人放了国王，西班牙人说要拿装满关押国王房间的金子来换，于是老实的臣民居然用举国之力，凑够了黄金换这个弱智的国王。最后西班牙人黄金拿到手了，顺手撕票，然后把印加帝国给灭了。

还是跟黄金有关。后来还有一个西班牙殖民者，也是四处杀人、抢黄金，后来不小心被印第安人给抓住了。印第安人充分满足了这个殖民者的欲求，将黄金融化，倒在这个殖民者的喉咙里，让这个爱黄金的人在黄金汁中烫死了。真正的金嗓子！

我曾去过巴格达，历史上有一个王朝曾经跟成吉思汗的军队对抗过，最后一个国王先是投降，后来又反悔，继续跟蒙古人打。打了很久，最终还是被蒙古人给攻占了。蒙古人对这种不投降的人向来不留情面，但是却把国王留下来了。这一次蒙古人表现出了幽默，把国王关在一间屋子里，然后在屋子里堆满黄金，最后这个国王在满屋黄金中饿死了。

黄金因为贵重，被西班牙人疯狂地抢夺。为了抢夺黄金，不远万里，从塞维利亚岛跑到南半球之巅，不仅没有外派补助和艰苦补助，也没有机票，这是什么样的一种精神？

带西班牙人来南美的人叫皮萨罗，赶走西班牙人的是一个叫圣马丁的阿根廷人。很巧，我住的宿舍区就叫圣马丁街区。我曾经问在阿根廷常驻的同事知不知道圣马丁，同事说不知道，有些街道叫圣马丁，但至于这个人是干什么的，当地人也不怎么了解。在西语国家，叫这个名字的人实在太多了，就像中国父母不负责地给自己的小孩取名叫王强和刘波一样。

赶走西班牙人，要归功于这个叫圣马丁的人。历史上带领百姓赶走殖民者的人多的是，但这个阿根廷人比较特别。

圣马丁出身于一个军官之家，曾在西班牙留过学，更猛的是，他还参加过反对拿破仑的战争。他在西班牙上学期间，大量阅读卢梭、孟德斯鸠、伏尔泰的著作。那时候刚好拉美独立运动有了苗头，他跑回阿根廷，参军与西班牙人作斗争，居然帮着阿根廷人把西班牙人赶跑了。本来要论功行赏，但他挑了一个跟智利很近的穷省去做省长。他在那个省招募智利人当兵，等兵练好了，他就辞了阿根廷的省长，带着兵到智利，把智利的西班牙人也赶跑了，帮智利赢得了独立。这时他功勋卓著，人们要请他做智利的大官，他还是请辞了大官，跑到一个靠近秘鲁的省。自然还是干老本行，招募士兵，故事重演，带着4000兵打到秘鲁，解放了秘鲁，在利马的武器广场宣布秘鲁独立。

英雄的故事是可以复制的。秘鲁政府成立后，封他为护国公，他居然组织议会，实行三权分立。后来投票选举，他被选作元首。这时从委内瑞拉起家的北方解放英雄中也有一个大人物，就是中美洲的玻利瓦尔。两人约定到一个叫厄瓜吉尔的小城密谈南北解放的大业，可惜这两个伟大人物密谈了两次，都没带秘书，也都没做记录，而且会谈内容至死也没有提及。只是，英雄圣马丁回到秘鲁后，很快自动请辞各种职位，放弃一切权力，再三恳求人们不要选他做元首。然后他带着一个随从回到阿根廷，再过几年定居法国巴黎，在穷困潦倒中凄凉地死去。

从我等后辈来看，实在无法理解，以圣马丁当时的威望和实力，玻利瓦尔以什么条件让圣马丁放弃了一切权力，是收买还是威胁？收买需要多少黄金？不解。或许，圣马丁放弃权力跟玻利瓦尔无关，他只是想帮助这些南美国家获得解放。他放弃秘鲁护国公，恳请人们不要选他做元首，不是因为被其他人胁迫收买，而是因为他本来就不是为了权力而斗争的，他是为了解放，为了人生而自由平等而斗争。

在那个宣布秘鲁独立的广场，我向四周张望，远眺天空，可惜天空还是像蛋壳一样灰白，看不到蓝色，也看不到白云。四周巴洛克建筑吹来的风，吹得人有些凉意，圣马丁将军，我这个中国人敬佩你，来到这里凭空想象你宣布独立时的激动和喜悦，愿你安好！

印加，印加

来秘鲁之前，我的巴西本地员工就跟我狂叫，Mr. Zhang 一定要去去马丘比丘。去问另一个到过的同事，那个女同事说身体不好的人不能去，她去了后有高原反应，又是感冒又是咳嗽的。到了秘鲁后，当地的本地员工倒是极力鼓吹一定要去，好吧，神奇的印加帝国，我又怎么会错过？

因为实在不熟悉这个国家，所以这次出行是完全跟着旅游团走的，先是在利马坐一个小时的飞机到一个叫库斯科的城市，然后以这个城市为据点，每天到各个地方去逛，而马丘比丘只是其中的一个点。

第一天到的时候，已经接近晚上，但利马的蛋壳天空中悬挂的太阳仍像下午那么烈，让我有点惊喜。只是那太阳显得很近，光线让人睁不开眼。黑黑矮矮的导游直接从机场把我们接到车上，开到酒店，告诉我晚上就有安排。

晚上是另外一个导游带我到城市的中心广场去看当地的建筑，老城的街道都是石板砌的，不是那么平滑，车辆压在上面有些吱吱呀呀的——这个不平滑恰恰防止了车辆过快，起到自然减速的效果。最奇妙的是，石板路两边略高，中间略低，正中间是空的，用来排水，这设计实在令人敬佩。我问这是印加人建的还是后来的殖民者西班牙人建的，导游说他也不知道，但他说两边的房子有些是印加人建的。那些石头房子，是一块块石头叠上去的，石头之间没用任何水泥或钉子，为什么不怕倒塌呢？现场看过的人很容易明白，那石头是一块很大的石头，被印加人巧妙地切成有倒钩或转弯的，另一块石头恰恰钩在这块石头的缝隙里，这样一块块地钩着，怎么都崩塌不了。之前听说埃及的金字塔也是，石头之间不用任何水泥，现在对比印加人不用水泥的技巧，免不了觉得古埃及人稍逊一筹——古埃及人是把巨大的石头放在底座，越往上石头越小，由于本身石头就大，所以一块块压下去，自然就稳。

印加人自然的石头建筑旁边就是西班牙人建的巨大教堂，教堂前面是个喷水的水池，一个穿着奇特的印加人伸手指向前方，顺着望去，山顶上有一个洁白的大理石雕成的基督像，跟里约的基督山有点类似。这个印加人跟基督会说些什么呢？印加人会说"基督，你来了"？

大教堂旁边有个不起眼的门，进去后才知道是个不错的餐厅。到了晚上八点，就有人上台演出，留着长发，穿着传统服装的人上了台，有中国式的大鼓，也有中国式的排箫、笛子，也有中国不常用的吉他。现场音乐一起，我听出了空旷辽远的味道，仿佛雄鹰在高山上的翱翔，有孤独，也有桀骜不驯。我受不了这种音乐，因为它太富有特色。在随后的几天中，每一个吃饭的餐厅，都有人来现场演奏，演奏后，演出的人都会拿着自己出的 CD 来兜售，每次我都忍不住买一两张。

走进深山的时候，我更理解了这种音乐的来源。那巍峨的安第斯山脉一片又一片，高得让人绝望，而且要命的是，你能看到山的那边还是山，山之陡峭肃立比桂林钟乳山有过之而无不及，桂林的山是圆润葱绿的，这里的山是瘦立的，犹如一个个枯瘦的老人，已经没有多少骨肉，只是深邃忧伤地看着你。好多次我看着这一片片的高山黯然神伤，这神秘古老的印加文明，不就像这高山一样在衰老、被人遗忘？

一天下午，从山里回来，路过一个景点，好讲话的导游又开始讲印加文明，却被一个西方女性打断："太晚了，能否让我们直接进去看看？"导游讪讪地停住，我们进了一个由一圈小木屋围成的房子，穿着红色传统服装的女孩子把我们领进屋，先是请我们喝一种用当地叶子泡的茶，然后开始讲她们的纺织，现场演示把羊毛纺成线再染成各种颜色的过程，最后还给我们唱了起来。一个小姑娘表演完了，另一个四岁的小姑娘在门口拦着我们，让我们进她们的院子，看那些纺织品，主要是围巾和各种小工艺品。我本有心去买一点东西，但那东西有点贵，于是习惯性地开始讲价，可是她们又不讲价，极端缺乏现代人做生意的灵活性，想照顾一下生意也没心情了。一行人几乎没有人买东西，漠漠然走上车。等到了车上，那些大人跑过来说要给大家唱一首歌，我们说好，于是两个人唱了一首印加语歌曲。那时，月光从高山上射到两个印加女性的脸上，她们在笑，表情却又那么的凄凉。等她们唱完后，问我们好不好，我们鼓起掌，只是零零落落的声音，有西方人在给硬币，我也给了。过一会儿，两个小姑娘也走上车来，羞涩地说再唱一首，我连忙说好，一个小姑娘有点紧张，明显唱走调了几个声音，我还是用力地鼓掌，不是因为她们唱得好听，也不是因为唱得我完全不懂，只是因为我希望从这用力的掌声中，能让她们知道，至少有人会欣赏会喜欢她们的印加歌曲，以及她们祖先口耳相传的歌曲和音乐，不要放弃。

在那行走的路上有人在卖画，有人在弹奏，我总是一路买过去，并非我真的多懂欣赏或是多喜欢，而是我想，如果有人买他们的东西，至少他们会多一点希望，多一点信心，这样会不会晚一点放弃，或者不放弃。

虽然已经回来两天，可无时无刻总是会想起那大冷天穿着印加裙子不穿袜子唱歌的姑娘们，以及她们羞涩的笑容。那些建造神庙的祖先是否会想到今天的后代子孙这样苦苦挣扎？他们会不会抱怨没有人记得他们，他们的后代子孙过得不好？

我曾经不止一次问过导游，是什么人建造了如此巨大的石头建筑，又是谁在这崇山峻岭中建造的帝国？导游老实地告诉我，他也不知道，只是听过一些传说。什么是传说？就是口耳相传、没有文字记录的一些声音语言。即使那不被岁月毁坏的建筑雕刻还存留于世，可与历史已经再也联系不起来了。于是我们现在只知道，古印加帝国在库斯科这个城市建都，后分布在哥伦比亚、玻利维亚、智利、秘鲁和阿根廷，再之后被西班牙给占领了，现在人种也被混了，彻底散落在各个大山角落，像山一样慢慢老去。

最后到了声名远扬的马丘比丘，路不好走，因为马丘比丘本来就是要藏起来的，几座山前后夹击，从远处根本看不到。当初那个美国人刚到这个地方时，路上曾经到处是白骨，很多人在寻找过程中死去。而今我们坐着火车、汽车来了，再隐蔽的地方，只要有工具，总会被发现。由石头砌成的梯田，拾级而上，每一级平地上都是用来种作物的，山顶处则是石头砌成的房子。房子为什么要建在山顶呢？原来是为了逃避西班牙人的追杀，也有说是为了祭奠太阳神而建的神庙。山顶上挖出很多女性尸体，据说是从全国收罗来的女孩，献给太阳神的，在那山上的一角，居然还有一个拴日石，也是印加人的想象。

我被这美景所震撼，也被古印加人的智慧所惊叹，然而最让我感慨的是它的前世今生。在山脚下的一个小店里，我看到这样一幅画，一个光着膀子的印加人，胸口里是马丘比丘，而他却仰望着天空，脸上流下了泪。

那泪为何而流？为印加人地理的闭塞而错失时代而流，还是为印加文明缺少文字记载而断了历史的根而流？

巴西独立日

9月7日是巴西独立日，按照巴西政府喜欢放假的特性，这天也毫不犹豫地放了一天假。去年来的时候，好像已经过了好几个这样的节日，后来才知道是共和日、民主日，今天实在忍不住去了解了一下，原来巴西的独立日。巴西人民的独立日，是一个叫佩德罗的小王子在圣保罗附近的一个小镇拔出自己的剑宣布的，然后通过写信的方式广泛发送给民众，并通过海轮运到葡萄牙，告诉葡萄牙王室和议会：我们巴西要自己玩了，独立了，以后不听你们的话啦，知道不？我很邪恶地想，要是那时候海轮在路上掉进大西洋，或者小王子的书信没有张贴到，这个独立还能不能算数？不过历史就是历史，这样不靠谱的事居然也成功了。要是那时候有我司存在，通过我司的设备打电话出去或者发短信给所有人，那岂不是分分钟的事情！通信改变人类的生活！

记得去年要放假的时候，我问我的本地学法律的员工，巴西独立是从谁那里独立的？小员工告诉我，是从葡萄牙那里独立的。我说挺好啊，谁知小姑娘告诉我："虽然说是独立，其实哪里独立了？葡萄牙人走了，但是葡萄牙的影响还无处不在。"我问都有哪些影响，小姑娘说："像现在的语言都是葡萄牙语的，大公司、大富人差不多都是有葡萄牙血统和国籍的，法律政治体系都跟葡萄牙学，连天下闻名的足球都跟葡萄牙学，有名的球星都往葡萄牙去踢球，总之并没有完全从葡萄牙独立。"我想了想说："现在葡萄牙是个小国家了，巴西经济、人口以及综合国力都明显超过葡萄牙了，应该比葡萄牙更强的。"小姑娘说："就是因为巴西比葡萄牙强，所以现在还受葡萄牙影响，这就非常不应该了。巴西现在应该是什么都独立自主，不应该再听葡萄牙的。"

我细想了想，这似乎也怪不了葡萄牙，本来这块地都是森林，葡萄牙人来了在这里开荒种地，说葡萄牙语也属正常，再说家族资产积累多一点也是可以理解的，小姑娘说法有些偏激。

回过头来看看巴西的历史，倒是颇能理解这种奇怪的心理。巴西原来是新大陆的一部分，最初都是森林和湿地，除了一些土著野人，也没什么人住。我到秘鲁的时候，曾向当地人询问印加人的历史，问到为什么印加帝国没有到巴西时，当地人说巴西到处都是森林和水，太辛苦了，所以印加人不过来。当初西班牙籍的教皇也是这样想的，以致在西班牙和葡萄牙划分全球的时候，把整个南美除巴西外的领地都划给了西班牙，只把巴西这块只产树木不产黄金、白银的领地留给了葡萄牙。

好吧，葡萄牙命苦，只拿到了巴西这块森林。那年头，森林真不投看重黄金白银的欧洲人所好，搞了好多年，巴西都没人去。直到后来，发现红木可以贩到欧洲去做颜料，巴西的发展才有点起色。后来葡萄牙政府为了减轻负担，居然把巴西沿岸分成好多块土地给葡萄牙国内的贵族。结果那些贵族还不满意，好多人都不要，让其荒在那里。好吧，历史总是要往前走的，后来欧洲越来越不好混，更多的人只好来巴西开荒种地、种甘蔗。再后来，慢慢在巴西发现了一些矿藏，欧洲人就开始在这边开矿，人手不足的时候，也从非洲运点黑人兄弟来干活。巴西面积实在太大，那时候又没有户籍制度，所以各个国家的人都往这里跑。这地方大到什么程度？到现在，巴西仍有很多地方是荒的。近期巴西政府出台了最新政策，凡是在巴西获得工作、签满两年之后就可以申请成为巴西永久居民。这个政策也只有巴西做得出来？

历史还是往前走，巴西的人口越来越多，葡萄牙也在这里设地区部、代表处、总裁了，当然这总裁肯定是葡萄牙皇室成员，主要工作是维持社会稳定和收税。当时在巴西，那些贵族肯定过得很舒服，至于其他想做点小生意的或种地的人，应该不怎么好过，从现在巴西政府收的税之高，就可以想象当初殖民统治时期的税赋有多高。从1500年到1800年，搞了300年，原来移民过去的葡萄牙人或欧洲人都有后代了，后代都是在巴西土生土长，对葡萄牙已经没什么感情。当官的仍然是从葡萄牙外派过来的，拿那么高的外派补助，而这里的税赋却那么重，巴西的小老百姓哪里受得了？再者，那些年葡萄牙一直在打仗，老是要从巴西拿东西拿钱甚至抢人去干活，时间长了巴西人自然不甘心。再后来，因为那些在巴西的葡萄牙贵族的庄园，收成好或者土地肥沃，葡萄牙政府要收更高的税去补贴别的地方，时间一长，大家都反对。可是怎么办呢？政府是葡萄牙人控制的，当官的是葡萄牙外派的，语言也是葡萄牙语，还能反了天不成？可后来百姓就反了天了，既然这么累，既然政府收的税这么高，那就不跟你玩了，不交税了，可是不交税葡萄牙的军队就要打过来了。仔细一想，原来所有的政策、制度都是葡萄牙机关制定的，索性把葡萄牙皇室赶回他的机关去吧。因为从普通百姓看来，这个政府除了向本地人收税，赚本地人的钱以外，没给本地人什么好处。

1807年，拿破仑攻入葡萄牙，葡萄牙王室逃到巴西，把巴西当作大本营来经营。搬迁总部又带来一大批问题，政府官员需要安置，搬迁需要经费，只好继续增加税收。一直从巴西百姓那收钱，又不给百姓好处，巴西百姓不答应了，整个巴西国内开始沸沸扬扬要独立，要把葡萄牙人赶出去。最核心的问题还是要求少交税或者不交，大家自己赚钱自己花。

那时的国王叫若昂六世，他到巴西的时候镇压过本地人的反抗，但后来他看到形势比人强，于是在拿破仑被打败时，若昂六世就让自己24岁的儿子来管理巴西。老国王回国前。秘密叮嘱自己的儿子，如果将来形势控制不住，与其让百姓自己宣布独立，不如由他这个年轻的摄政王宣布独立，这样至少可以保证王室的统治，而且儿子不会像外姓的阿猫阿狗一样不尊重老国王。好了，交代完了，老国王回总部了，新摄政王开始了苦难的日子。总部继续要求这边加税，多弄点钱回葡萄牙，而且总部继续派葡萄牙贵族来巴西当官。巴西国内的民众不理解，为什么葡萄牙人老是要从他们这里拿钱？最后终于所有矛盾集中在了领导者是葡萄牙人这一问题上，要换领导人。

英明狡猾的若昂六世早想到了疏解矛盾的方案，让他那个年轻的儿子宣布巴西脱离葡萄牙王国，成立巴西帝国。至于巴西帝国是否比葡萄牙王国更好，税是否收得更少，普通朴实的巴西人民没想这个问题，总觉得会更好一些。好了，在各方角力的情况下，那个叫彼德罗的王子终于宣布独立，成立了完全自主的巴西分公司。

巴西分公司成立了。但奇怪的是，那个王子一直不情不愿的，眼睛一直望着葡萄牙，尊重葡萄牙的传统不说，最后还兼任葡萄牙国王，管理葡萄牙比管理巴西还多，以致民众都看得出来国王的心并不在巴西。

我曾经多次想过这个问题。政府跟现代公司是很相似的，但是现代公司似乎已经从政府的成立和倒闭里吸取了很多经验。你看，葡萄牙王室没怎么在巴西投资，只是派人来收税，要巴西给葡萄牙作贡献纳税，到最后巴西完全超过了葡萄牙。可是那个小王子为什么还是不愿意自己独立？成立完全属于自己的巴西分公司？皇室到底能给他什么好处？让他不愿意独立呢？现代企业的分公司，在各个国家难免有做大的可能，不过这个问题倒不大。分公司的财务和人力资源由母国控制，没有财务和人事任免权，什么都白搭。可即使某个国家的总经理已经有财权和人事任免权，但它的产品和核心技术可能还是由母国总部控制的，想独立真的很难。最核心的是，现代企业制度已经解决了所有权的制度问题，哪怕你在巴西的分公司富可敌国，但如果注册人不是你，你再怎么能干也没有用，最终一纸法律条文还是能让你收拾走人。

好多次，我在想那个小姑娘的话，巴西到底是否独立了？从主权上来讲，无疑巴西是相当独立的，没有外国军队、没有外国人当总统，老百姓想在大街上干什么就干什么，他们还有什么好抱怨"巴西不独立"的呢？

再把目光转移到我公司来。毫无疑问，按照巴西人的标准，我们这样的跨国公司也是让他们没有独立自主感的。别说那令人抓狂的考勤制度和绩效考核制度了，光艰苦奋斗的核心价值观他们就接受不了。除了这些无形的，还有那些实际的，比如各个层级主管大都是中方外派。不但主管外派，还有厨师，甚至夸张到当年在巴林和卡塔尔，连保姆都是中国人，所有业务、所有工作都必须由母国审批，这些巴西人又该怎样理解呢？

据说西方国家到别的国家开分公司的时候，总共就派三个人，一个是总经理，一个是财务经理，再一个就是人力资源经理。总经理干不好可以经常换，财务和人力资源不常换，各个国家的分公司自负盈亏，亏钱亏得狠了就关门，赚钱赚得多了就给总公司多贡献利润。到后来，这些公司大多还启用本地人做总经理，以致到最后，本地人都不能区分这些公司是当地公司还是国际公司？这些公司是否应该有独立自主的要求呢？